JN165715

中日近代文学における留学生表象

――二〇世紀前半期の中国人の日本留学を中心に――

林麗婷

『一衣帯水を行き来する人・物の明暗』

前書き

一九七二年九月に日中両国政府が『日中共同声明』を発表し、声明のなかに、「日中両国は、一衣帯水の間にある隣国であり、悠久の伝統的友好の歴史を有している」という文言が入っていた。それ以来、両国間の関係を善意をもってとらえる方々は、何らかの折にはこの言葉を口にし、または、文章に使ってきた。

この文言は、誰もが知っているように、一種のたとえでしかない。帯一本の幅程度の水だと言うと、両国間の距離が心理的に近く感じられるであろうが、現実的には両国の間に広々とした東シナ海が横たわっている。蒸気が動力として利用されるまでには、命が舟ごと荒波に消えるリスクが常に伴い、蒸気が利用されてからも、渡るのは並大抵のものではなかった。

にもかかわらず、滔天の黒潮が逆巻くこの東シナ海を人や物が渡っていったり、渡ってきたりした。海の東からは、小野妹子、山上憶良、吉備真備、最澄、空海、円仁、それから、伊藤博文、岡村寧次、瀬戸内寂聴が渡り、海の西からは、鑑真がその先鞭を打つが、近現代になってからは、康有為や梁啓超、蒋介石や汪兆銘、また、周恩来、魯迅、郭沫若たちが渡った。物について考えると、海の西からは膨大な仏教や儒教の経典が海の東にもたらされるが、海の東からは、『共産党宣言』が中国語に翻訳されて、海の西に持ち出されたのである。

広々とした東シナ海、いや、一衣帯水の上を常に人と物が渡り合い、歴史を作ってきた。そのような人や物を歴史的にどう評価するかはともかく、そのような人と物が両国の交流史を作ってきていることは間違いない。私自身は言語学者で、歴史学者ではないが、両国の交流史に残る人と物に関する記述の一助になればと思い、このシリーズを編集することになった。

このシリーズは、お互いの国に留学し、両国の言語が分かる若い方々に執筆してもらいたい。そして、このシリーズを読むことを通して、両国の次の世代が互いにより深い理解を得られることを期待し、信じる。

大阪府立大学教授　張　麟声

二〇一九年七月五日

目次

凡例……iv

序章　中日近代文学における留学生……1
一　中日近代文学における留学生……1
二　留学生に関する歴史研究の状況……2
三　留学生表象に関する先行研究……4
四　本書の構成……8

第一章　賈宝玉、日本へ行く　――南武野蛮『新石頭記』を読む――……12
一　二つの『新石頭記』……12
二　日本留学案内と南武野蛮『新石頭記』……16
三　留学生になる　――宝玉の日本体験――……20
四　日本から／へのまなざし　――「苦学生」、『傷心人語』、『東京夢』、『新石頭記』――……28

第二章　余計者としての留日学生　――張資平「一班冗員的生活」を中心に――……40
一　張資平及び「一班冗員的生活」……40
二　第一次世界大戦後の中国人日本留学生……46

三　「エリート」から「冗員」へ　――余計者としての「留日学生」――……49
四　「創造社」作家の描く留学生……54
五　張資平の問題意識……60

第三章　「摩登哥児《モダンガール》」としての中国人女子留学生　――崔万秋『新路』を読む――……68
一　崔万秋及び『新路』……68
二　昭和初期の中国人女子日本留学生……72
三　摩登哥児《モダンガール》としての女子留学生　――『新路』の場合――……77
四　摩登哥児《モダンガール》の行方　――愛国と欲望――……86

第四章　想像としての「アジアの子」　――佐藤春夫「アジアの子」試論――……98
一　日本を去る中国人……101
二　反日になる留学生……105
三　「留学生」、「アジアの子」……108
四　泰少年の運命　――「東洋平和の恋」――……112
五　「アジアの子」の系譜＝「混血児」の問題……115

第五章　「親和」と留学生　――太宰治『惜別』を中心に――……121
一　大東亜共栄圏と留学生問題……124
二　清国留学生である「周さん」　――日本讃美から三民主義の道へ――……129

三　「一面親切、一面監視」——津田憲治の意味——……136

第六章　留学という幻影《まぼろし》——大城立裕『朝、上海に立ちつくす』をめぐって——……144
一　東亜同文書院と戦争……148
二　知名たちの留学——書院生のジレンマ——……154
三　東亜同文書院のありかた……159
四　知名の揺らぐアイデンティティー……162
五　アンチ・上海ノスタルジーの小説……166

終章　まとめ……173

参考文献一覧……178
付録　翻訳「余計者たちの日常」林麗婷訳……197
初出一覧……218
あとがき……219
人名索引……225

凡例

一、南武野蛮をはじめとした作家の作品・評論・随筆などの本文引用は、原則として初刊に拠った。初刊以外に拠った場合はそれぞれの場所で詳細を示した。

一、本文・注・参考文献一覧における年次の表記は原則として西暦を用いた。

一、引用に際して、旧漢字は原則として新漢字に改め、ルビは難解なものを除いて適宜省略した。また、傍線・傍点も全て省略した。／は改行を示した。判読不明の字は■で示した。

一、中国語文献の引用に際しては、タイトルを中国語のまま、内容を日本語に翻訳した。注で中国語の原文をつける場合、漢字を日本の漢字に改めた。

一、論文タイトル・作品名・雑誌・新聞など記事のタイトルなどは「　」を用い、書籍・単行本、作品集の書名は『　』で示した。

一、引用に際し、誤字・誤植であると思われる箇所には、「ママ」を付した。

一、注の番号は本文に「(1)」のようにアラビア数字を用いて付し、各章の末尾にその内容を示した。

一、注では書誌情報を次のように記した。

・著者名『書名』第○章：章題、○○頁～○○頁（○○○○年○月○日、出版社名）。ただし、中国語の著書に限って発行年月のみ記す場合がある。

・著者名「論文名」（『書名』所収、○○頁～○○頁、○○○○年○月○日、出版社名）。ただし、中国語の著書に限って発行年月のみ記す場合がある。

・著者名「論文名」（編者『書名』所収、○○頁～○○頁、○○○○年○月○日、出版社名）。

・著者名「論文名」（「雑誌名」○巻○号、○○頁～○○頁、○○○○年○月）。

・著者名「論文名」（「新聞名」、○○○○年○月○日）。

一、引用文中には、現在の社会的・倫理的規範に鑑みて不適当と考えられる表現もあるが、史料的価値を考慮し、表現を改めることはしなかった。

一、敬称は全て省略した。

序章　中日近代文学における留学生

一　中日近代文学における留学生

日清戦争後の一八九六年、清国が一三名の官費留学生を日本へ派遣した。これを嚆矢として、以後、半世紀にわたって中国人の日本への留学が行われ、一九三一年の満洲事変や一九三七年の盧溝橋事件を経て中日両国が全面戦争に突入してからも途切れることがなかった。そのことは、「満洲国」及び汪兆銘政権の南京国民政府など傀儡国家（政権）が留学生を派遣し続けた事実から窺い知ることができる。

留学生の渡日に伴い、文学においても留学生が描かれるようになった。梁啓超「新中国未来記」、李伯元『文明小史』にはいち早く日本留学生が登場し、履冰『東京夢』、南武野蛮『新石頭記』などのように小説の題材として留学を取り扱うものも増える。一九一二年中華民国が成立すると、留学あるいは留学生を題材とした小説が世間の注目を集めたようで、留学生の堕落した生活を暴く平江不肖生（向愷然）『留東外史』は、出版後瞬く間に人気を呼び、いくつかの続編が出版された。一九二〇年代に入ると、郁達夫、郭沫若、張資平ら創造社の同人による小説に留学生の貧困や恋愛問題などが多く描かれるようになった。さらに、一九三〇年代初頭の留学生を描く作品として、崔万秋『新路』がある。

ところが、一九三七年盧溝橋事件の勃発を機に、日本に滞在していた中国人留学生の多くが帰国することとなり、それに伴って、中国文学では留学生を描く作品が次第に減少していった。一方、同年代の日本では、佐藤春夫「アジアの子」、太宰治『惜別』など、中国人留学生が小説の題材として描かれるようになる。

以上の如く、文学における留学や留学生というテーマは、中国人が日本へ留学したという事実に基づきながら、取り扱われてきた。本研究は、主として日本を舞台に留学生を描く小説（以下では、便宜上、留学生小説と称する）を対象に、中日近代文学における留学生表象を考察することを通して、中日両国の近代交流における様々な現象とその原因について考え、留学生と「近代」、「国家」、「日本」との関係を再考しようとするものである。

二　留学生に関する歴史研究の状況

留学生小説についての研究を振り返る前に、まずは、日中双方における留学生に関する先行研究を概観したい。

二〇世紀の中国人留学生に関する研究は、歴史学や教育学の領域において多大な成果を上げている。日本で刊行されたものは、松本亀次郎『中華留学生教育小史』（一九三一・七・一八、東亜書房）、実藤恵秀『中国人日本留学史稿』（一九三九・三、日華学会）によって、中国人日本留学史研究の基礎が築かれた。さらに、戦後、実藤は『中国人日本留学史稿』に基づいて、『中国人日本留学史』（一九六〇・三・二〇、くろしお出版）や『中国留学生史談』（一九八一・五・一三、第一書房）を出版している。一九九〇年代以降には、阿部洋『中国の近代教育と明治日本』（一九九〇・八・一〇、福村出版）、厳安生『日本留学精神史』（一九九一・一〇・一、岩波書店）が刊行された。

二一世紀に入ると、留学生史研究は活況を呈する。日本で刊行された代表的な研究としては、周一川『中国人女性の日本留学史研究』（二〇〇〇・二・二四、国書刊行会）、大里浩秋・孫安石編『中国人日本留学史研究の現段階』（二〇〇二・五・三一、御茶の水書房）及び続篇『留学生派遣から見た近代日中関係史』（二〇〇九・二・一九、御茶の水書房）、河路由佳・淵野雄二郎・野村京子著『戦時体制下の農業教育と中国人留学生――一九三五～一九四四年の東

京高等農林学校』（二〇〇三・一二・一〇、農林統計協会）、阿部洋『「対支文化事業」の研究：戦前期日中教育文化交流の展開と挫折』（二〇〇四・一、汲古書院）、小谷一郎『一九三〇年代中国人日本留学生文学・芸術活動史』（二〇一〇・一一・二〇、汲古書院）及び続篇『一九三〇年代後期中国人日本留学生文学・芸術活動史』（二〇一一・一二・二六、汲古書院）、大里浩秋・孫安石編『近現代中国人日本留学生の諸相：「管理」と「交流」を中心に』（二〇一五・三・三一、御茶の水書房）などが挙げられる。

中国で刊行された代表的な研究としては、現在確認できる最も早い時期の中国人近代留学史を整理した著書として舒新城『近代中国留学史』（一九二七・九、上海中華書局）がある。戦後の著作では、黄福慶『清末留日学生』（一九七五・七、中央研究院歴史語言研究所）、李喜所『近代中国的留学生』（近代中国の留学生）（一九八七・七・一、人民出版社）、王奇生『中国留学生的歴史軌跡：一八七二〜一九四九』（中国人留学生の歴史的軌跡）（一九九二・九、湖北教育出版社）、沈成殿『中国人留学日本百年史：一八九六〜一九九六』（中国人日本留学生百年史）（一九九七・九、遼寧教育出版社）、尚小明『留日学生与清末新政』（二〇〇二・一〇、江西教育出版社）、劉振生『近代東北人留学日本史』（近代東北人日本留学史）（二〇一五・九、民族出版社）などがある。

以上の研究は、留学生に対する中・日両国の政策やその実施状況、及び留学生が日本で行った活動など、歴史における留学生の実態を究明することを目的としたものであるが、こうした研究に加えて、留学を行った個々の主体と日本との関わりについても、従来、多大な関心が寄せられてきた。特に、魯迅兄弟や郁達夫、郭沫若など、中国近現代文学を代表する作家の日本留学に関する研究は盛んであり、代表的なものには北岡正子『魯迅　日本という異文化のなかで』（二〇〇一・三・三一、関西大学出版部）、武継平『異文化のなかの郭沫若――日本留学時代』（二〇〇二・一二・一〇、九州大学出版会）、木山英雄『周作人「対日協力」の顛末　補注「北京苦住庵記」ならびに後日編』（二〇〇四・七・二七、岩波書店）、厳安生『陶晶孫その数奇な生涯――もう一つの中国人留学精神史――』（二〇〇九・三・二五、岩波書店）、大東和重『郁達夫と大正文学：「自己表現」から「自己実現」の時代へ』

（二〇一一・一・二〇、東京大学出版会）などがある。

本研究が考察の対象とする留学生小説は、留学生の実際の生活を元に創作されたものであり、それゆえに、（当時の）留学・留学生の現実と相通じる部分があると考えられる。しかし、留学生小説には小説ならではの虚構が描かれており、本研究の関心は小説におけるそうした留学や留学生像にある。現実と虚構との差異を読み解くことによって、文学における留学生のイメージと現実とのずれが浮上し、そのずれのなかに作者の意図や現実に対する批評を読み取ることができると考える。留学生に関する歴史的事実が明らかになった今日、「歴史」の枠組みからはみ出したものに光を当て歴史的表現との差異を測ること、そして文学の視点で留学・留学生を捉え直すことが本研究の狙いである。

三　留学生表象に関する先行研究

近年、文学作品における留学生表象に関する研究は活発になりつつある。以下では、関係する先行研究を整理しながら、本研究の特徴について対象作品の選択にも言及しつつ説明する。

まず、留学生小説に関する個別的な論文に注目すると、木山英雄や中村みどり、李兆忠による『留東外史』の考察がある。[1]中村みどりは創造社の成員の一人、陶晶孫についても精力的に研究を行っており、そのなかで、陶晶孫の留学生を描いた小説「理学士」や「特選留学生」を考察し、これらの作品における「対支文化事業」の学費補給をめぐる中国人留学生の複雑な立場と精神的な葛藤とを指摘した。[2]

このような個別の作品を扱った論文のほかにも、主に中国国内において、留学生表象をテーマとする研究が行われてきた。そのなかで、代表的なものを挙げるならば次の二つである。

一つは、欧米を含めた留学生の海外での生活を描いた小説を論じる、李東芳『従東方到西方――20世紀中国大陸留学生小説研究――』（東洋から西洋へ――20世紀の中国大陸の留学生小説研究――）（二〇〇六・一一、中国文聯出版社）である。同書の「上編　世紀初的留学生文学」（世紀初の留学生文学）では、「清末民初的留学生小説」（清末民初の留学生小説）、「前期創造社的留学生小説」（前期創造社の留学生小説）、「〝五四〟以後的留学生小説」（〝五四〟以降の留学生小説）が考察され、「下編　当代留学生文学」（当代における留学生文学）では、一九八〇～九〇年代の作品が対象となっている。李は清末の留学生小説を「激賞類」と「諷刺類」に分け、梁啓超「新中国未来記」を取り上げて、中国を救うカリスマ的な存在としての留学生像について分析し、留学生が民族国家を構築する担い手として想像されたことを指摘している。ただ、この小説で中国の未来を担い得るのはヨーロッパから帰った留学生たちであり、日本留学生は急進的でマイナスなイメージが付与されていることを見過ごしてはならないと思われる。

さらに、創造社の留学生小説に関しては、李は郁達夫や郭沫若、張資平などの作品を扱い、日本では差別を受け、中国では周縁化されている留学生像について論じている。日本人の前で西洋（文学、芸術について）の知識を見せびらかして自信を取り戻そうとする留学生についての李の指摘は興味深いものの、「弱国子民」（弱い国から来た人のこと）としてのイメージを一層引き立たせ、大正時代の留学生のナショナルな一面を強調するにとどまるものである。また、五・四運動以降の留学生小説をめぐって、李は主に欧米へ留学した女性を描く小説を扱い、家父長制度の家庭から自由になりたい女子留学生のありようについて考察する。とくに、張聞天の、アメリカに留学した女性を描く『旅途』に注目して、留学生文学における革命と恋愛の問題を論じた。そして、「下編　当代留学生文学」では、一九八〇年代以降の留学生小説を中心に、文化大革命を経験し、欧米や日本など中国と異なる社会制度を持つ国に留学している人々のありようを考察し、物欲と性愛がこの時期の留学生小説のモチーフであると指摘している。

李は、二〇世紀初めの二〇年間及び世紀末の二〇年間の留学生小説を中心に、外国と自国の狭間に置かれた留学生のアイデンティティーについて論じている。先行研究として貴重だが、欧米留学生と日本留学生が同様に扱われたことについては疑問が残る。また、李の研究では、一九三〇年代以降、中日関係及び世界情勢が大きく変わるなかで、文学における留学生表象がどのように変容したかという問題が扱われていない点が残念である。

もう一つの先行研究は、朱美禄『域外之鏡中的留学生形象――以現代留日作家的創作為考察中心』（域外の鏡における留学生表象――現代留日作家の創作を中心に――）（二〇一一・九、巴蜀書社）である。同書は、そのタイトルが示す通り、日本での留学経験を持つ作家の作品について研究するものである。朱は留日学生を、①『留東外史』に描かれる日本人女性をもてあそぶ「嫖客」の一面と、日本人男性を打ち負かす「英雄」という一面を持つ留学生、②魯迅が描く「偽の外国人」、③創造社作家が作る「弱国子民」、④陶晶孫が描写する「中国からの白馬の王子様」、⑤崔万秋が描く「救国の英雄」、それと対照させる「漢奸」と分類し、それぞれに分析を行っている。

まず、第一章「嫖客与英雄的変奏」（嫖客と英雄の変奏）では、中華民国初期の小説『留東外史』を取り上げて、日本人女性をもてあそぶなどの放蕩をし尽くす留学生の群像について考察している。日本人女性を「淫婦」のように描き、日本を「妓女」化させること、また留学生が日本の力士を打ち負かすなどの「英雄」行為についての描写を検討することで、虚構によって民族的復讐をしようとする作者の心理を読み取り、作者の女性観及び大中華意識を指摘している。つづく第二章「身体与国家想像」（身体と国家《ナショナリティ》をめぐる想像）では、清末の留学生の身体と政治の問題を扱っている。魯迅の作品を取り上げ、異化された身体を持つ留学生のジレンマを分析する。辮髪の留学生が日本で「豚尾奴《ちゃんちゃんめ》」と呼ばれ、日本人のまなざしに耐え切れず辮髪を切ったが、帰国すると今度は周りの中国人にからかわれる羽目に陥る境遇に着目している。また、朱は纏足している女子留学生への男子留学生のまなざしについても触れている。

さらに、第三章「辺縁化的〝弱国子民〟」（周縁化された〝弱国子民〟）では、郁達夫や郭沫若などの作品、特に異国恋愛の失敗というモチーフを取り上げ、郁達夫らが作る「弱国子民」としての留学生像について分析している。そして、第四章「中国的白馬王子」（中国からの白馬の王子様）では陶晶孫の作品を論じることを通して、陶晶孫は中国人男子留学生と日本人女性との恋愛を好んで描くが、郁達夫らと異なり、作中の留学生がいつも日本人女性に可愛がられ、慕われる「賈宝玉」のような存在であること、その際の日本人男性は常に不在であること、を指摘している。また、陶晶孫のアイデンティティーの矛盾——中国人でありながら、日本に引きつけられること——についても分析している。最後に、第五章「在〝抗敵第一戦〟」（〝抗日の第一線にて〟）では、崔万秋の小説、満洲事変前後の留学生を描く『新路』を取り上げる。民族・国家危機に直面する留学生の行動に注目し、留学生を「抗日の英雄」と「漢姦」と二つのタイプに分類することで、小説の「啓蒙より救国」というモチーフを指摘している。

朱は「序論」で「ある意味で、中国現代文学は即ち〝国民文学〟のことであり、中国現代作家は〝国民〟として書くという活動を展開したのである。本書は彼らの書く対象を域外の鏡に於いて透視・分析を試みることにすぎず、その精神的立場は変わることがない」と記し、自らのスタンスを示している。つまり、朱は留学生とナショナリティの問題を前景化しているということである。(3)

二〇世紀前半の中国は欧米や日本など、列強の帝国主義拡張の対象であり、亡国の危機にさらされていた。留学生は自国の近代化を目指して日本に滞在していたが、強国日本と接する際に焦りや苛立ちを抱かずにいられなかったものと思われる。したがって、朱がナショナリズムの視点で留学生像を捉えたのは有効な試みであろう。ただ、そこで問題になるのが、何を以て「中国」とするか、「愛国」とは何か、ということである。留学生小説を読むとこのような問題に必ず突きあたる。当時の留学生のなかには、国民意識が芽生えながらも従来の大中華意識を温存するものもいれば、自国との間に齟齬をきたすものもおり、『新路』で描かれるように満洲事変後日本に居残ったものもいる。ナショナリズムでひとくくりにできない留学生像の考察が必要になってくる。

また、書き手の問題として、李や朱の研究では主に中国人作家の作品を取り上げているが、既述のように、日本人作家の手による留学生表象もある。日本人作家が中国人留学生をどのように描き出すかということは非常に興味深い問題である。さらに、同時代に中国へ渡った日本人留学生の描かれ方を考察することで、中日の留学生が抱えた問題を明らかにすることができよう。

四　本書の構成

前節までに述べてきたことを踏まえて、本研究は比較文学・文化の視点で、「愛国」の裏に様々な問題を抱える留学生の表象について論じてゆくが、そのためには多様な留学生像を扱う必要がある。よって、本研究では書き手の留学経験は問わず、留学生が表象される作品を対象にする。構成は二部から成り、六篇の小説を扱う。以下、各章で扱う作品とそこでの考察の手順とを簡単に提示したい。

第一部では、三人の中国人作家による中国語小説を扱う。第一章では、南武野蛮『新石頭記』を中心に、清末の日本留学がいかに表象されたかを検討する。日清戦争以降、留学生の派遣に伴い、文学者は小説のなかに留学生を描き出すことで理想を語ったり、社会の暗黒面を暴露・批判したりした。しかし、中国人がなぜ留学したのかという経緯を描いたものは多くない。本章で取りあげる『新石頭記』は、古典小説『紅楼夢』の主人公、賈宝玉が近代にタイムスリップして日本へ留学するという一見して奇抜な小説であるが、作品を細かく読み解くことで、近代の中国人日本留学生案内書と相通じるところが多く、読者にリアリティを与え、清末の日本留学ブームと緊密に関わっていることを指摘する。また、宝玉が前近代から近代に来て、近代日本を体験する際のまなざしや、この日本体験と清末の知識人の体験とどのように関わってくるのかといった問題、『新石頭記』における清国と日本との関係のありかたについて考察する。

第二章では、一九二〇年代の文学団体である創造社の主要な書き手の一人であった張資平の作品を扱う。特に「一班冗員的生活」に注目し、大正期の留学生のありかたを考察する。大正期の中日関係の特徴は、日本帝国主義の拡張による「対華二十一カ条要求」（一九一五）や「日支共同防敵軍事協定」（一九一八）などに対して、中国人の反日運動が高まりつつあったことにある。先行研究にもあるように、この時期の文学作品における留学生像として人々に強い印象を残しているのは、郁達夫の「沈淪」に描かれるような、弱小国の出身者として日本で差別を受け、「祖国よ、強くなってくれ」と叫ぶ愛国青年の姿である。張資平の作品にナショナリズムの要素がないわけではないが、「一班冗員的生活」では、ナショナリズムの問題よりも留学生の貧困がクローズアップされている。「一班冗員的生活」は、留学生同士や留学生と自国との間に存在する矛盾を浮き彫りにし、中華民国内部の問題にメスを入れるものである。本章では、作品の社会的背景を踏まえ、「一班冗員的生活」と現実との関連性を明らかにしたうえで、留学生が自分のことを「冗員」と自嘲する原因を探る。そして、創造社の作家たちの留学生小説や張資平のほかの留学生小説との比較を通して、「一班冗員的生活」の独自性を検討する。

第三章では、崔万秋『新路』を対象に一九三〇年代の女子留学生の表象を検討する。中国人女子留学生は中国人男子留学生にやや遅れ、一八九九年から徐々に東京に姿を現すようになった。それに伴って、文学作品でも時折女子留学生が登場するが、『留東外史』や陶晶孫の小説から知られるように、多くの場合端役に過ぎなかった。本章で扱う『新路』に至って、始めて女子留学生が真正面から描かれたといえる。『新路』には留学生、特に女子留学生が資本主義文明を享受する様子や恋愛問題がふんだんに盛り込まれており、一九三一年満洲事変の前後における留学生の日常生活や感情の葛藤が描かれている。本章では、史料や新聞記事から読み取れる実際の昭和初期の女子留学生の状況を踏まえたうえで、『新路』に登場する三人の女子留学生の外見や住まい、活動などの描写から、モダンガールとして造形された女子留学生のあり方を捉える。そして、満洲事変後、作中に描かれる女子留学生たちの三者三様の生き方を分析し、作者の意図やテクストに生じたずれを論じる。最後に中国近代文学における女子留学生の系譜を踏まえ、『新路』の位置づけを試みる。

第二部では、日本人作家の手による留学生表象を検討する。第四章では、佐藤春夫「アジアの子」を考察する。「アジアの子」は盧溝橋事件勃発直後、中国知識人郭沫若がひそかに日本を脱出した経緯を描いたものである。従来の研究では、佐藤春夫と郁達夫の関係、佐藤の日本主義などの面から多くの批判を受けているが、本章では、まず郭沫若の日本脱出に対する日本知識人の反応を確認したうえで、盧溝橋事件によって当時の中国人留学生の帰国がどのように理解された・理解されようとしたのかを明らかにする。そして、留学生の日本での活動を踏まえつつ作品分析を行うことを通して、佐藤の中国知識人・留学生に寄せた期待について検討する。また、倉田百三「東洋平和の恋」などを取り上げ、中日近代文学史における「アジアの子」の系譜についても考察する。

第五章では、太宰治『惜別』を考察する。『惜別』は「大東亜共同宣言」のなかの「独立親和」原則を小説化したものである。従来の研究では、太宰の魯迅理解や太宰の戦争協力問題について見解が分かれているが、本章では、「留学生」にフォーカスし、アジア太平洋戦争期以降における日本の留学生政策と大東亜共栄圏との関係を踏まえて、『惜別』の批評性を論じる。まず、アジア太平洋戦争期以降の留学生に関する政策・言論を整理し、『惜別』の社会的背景を明らかにする。そして、作中に登場する「周さん」の日本に対する認識の変化や三民主義に同調する過程を分析し、「周さん」という人物を検討する。また、やはり作中の登場人物である津田という人物に焦点を当て、彼の言論が持つ機能について考察することで、『惜別』の批評性を論じる。

第六章では、大城立裕『朝、上海に立ちつくす』を扱う。ここまで検討してきた作品とは異なり、『朝、上海に立ちつくす』は沖縄出身の青年知名のアジア太平洋戦争期、上海東亜同文書院での留学経験を綴る小説である。従来の研究では、作者の被害者意識や沖縄とのかかわりを中心に論じられてきたが、本章では、同文書院の描かれ方に重点を置く。まず同文書院と戦争との関わり及び中日両国の戦前から戦後にかけての同文書院に対する認識を整理し、作者の同文書院に関する言説を踏まえながら、『朝、上海に立ちつくす』の意図を明らかにする。そして、作中に描かれる書院生の戦時体験に焦点を絞り、書院生が同文書院の理念と軍国との齟齬に気づく様子を捉える。次に、同文書院についての書院生の議論を分析し、戦時下における同文書院のありかたを検討する。さらに、同文書院に対する認識から、主人公知名のアイデンティティーの揺らぎについて考察する。最後に、一九八〇年代前後日本における上海ノスタルジーの言説との関連から、『朝、上海に立ちつくす』の位置づけを試みる。

注

（1）木山英雄「『留東外史』はどういう小説か」（大里浩秋・孫安石編『中国人日本留学史研究の現段階』所収、一三三頁～一六七頁、二〇〇二年五月三一日、御茶の水書房）、中村みどり「放蕩留学生と日本女性――『留東外史』及び『留東外史補』『留東新史』について」（『野草』第七七号、一八頁～三五頁、二〇〇六年二月）、李兆忠「〝大中華〟与〝小日本〟的悪性互動――『留東外史』解読」（『名作欣賞』第二五期、二四頁～二九頁、二〇一二年九月）。

（2）中村みどり「対支文化事業」と陶晶孫――特選留学生としての軌跡」（『中国研究月報』第六七巻第五号、一四頁～三一頁、二〇一三年五月）。

（3）朱美禄『域外之鏡中的留学生形象――以現代留日作家的創作為考察中心』「序論」三八頁（二〇一一年九月、巴蜀書社）。「在某種意義上説，中国現代文学即為〝国民文学〟，中国現代作家是作為〝国民〟而展開書写活動的。只不過這本書将他們的書写対象置於域外之鏡下進行透視和剖析而已，但這無改其精神立場」。

第一章　賈宝玉、日本へ行く
——南武野蛮『新石頭記』を読む——

一　二つの『新石頭記』

中国古典四大名著のひとつである曹雪芹『石頭記』（別名『紅楼夢』）は清朝乾隆帝の時代（一八世紀中頃）に書かれた長篇小説であり、賈、王、史、薛の四大家族の栄枯盛衰を背景に、賈府の家庭を中心として、貴公子賈宝玉と彼をめぐる林黛玉ら一二の女性の運命を描く物語である。『石頭記』が誕生して以降、多くの続篇が世に送り出されてきたが、そのひとつに呉趼人『新石頭記』がある。呉趼人『新石頭記』は、宝玉が清末にタイムスリップし、義和団の乱を経験したり、「文明境界」（技術が進歩し、民度が高いという理想郷）に入っていろいろな新文明を体験したりする話である。この作品はまず一九〇五年に上海「南方報」に連載され、一九〇八年一〇月に上海の改良小説社より刊行された。文芸評論家の阿英によって清末の「擬旧小説」[1]の嚆矢とされ、しばしば文学研究の対象として取り上げられる作品である。[2]

この『新石頭記』というタイトルで、呉趼人ではない人物が書いたものがある。それが本章で扱う南武野蛮『新石頭記』[3]である。南武野蛮『新石頭記』は、一九〇九年三月に小説進歩社より出版された。呉趼人『新石頭記』と同じく宝玉が清末にタイムスリップするという話であるが、黛玉の登場に関する設定が異なる。すなわち、呉趼人『新石頭記』はその冒頭で、従来の『新石頭記』続篇は黛玉を復活させ、宝玉と黛玉の恋愛を描くものばかりだと批判している。そのため呉趼人『新石頭記』には黛玉が登場しない。一方、南武野蛮『新石頭記』は宝玉が黛玉を探すため日本に渡り留学生になる話である。作者である南武野蛮についての資料は乏しいが、彼は『新石頭記』のほかに、『新官場現形記』（一九一〇）という小説も著しており、前述の呉趼人『新石頭記』単行本の広告頁に『新官場現形記』の広告が掲載されている。そこには南武野蛮について「作者は不遇のまま二十余年に渡り官界に身を置いている」と記されている。即ち、南武野蛮は長年役人として生活した人物のようだ。それ以上の情報は現在のところ明らかでない(4)。

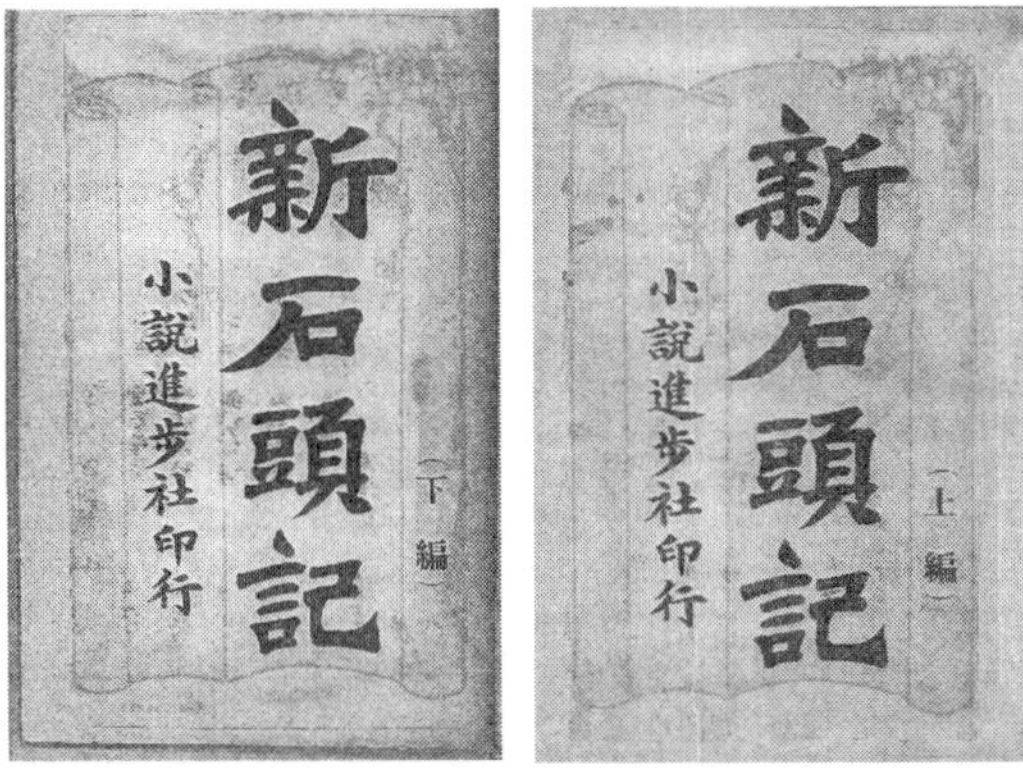

南武野蛮『新石頭記』（スタンフォード大学・東亜図書館所蔵）表紙

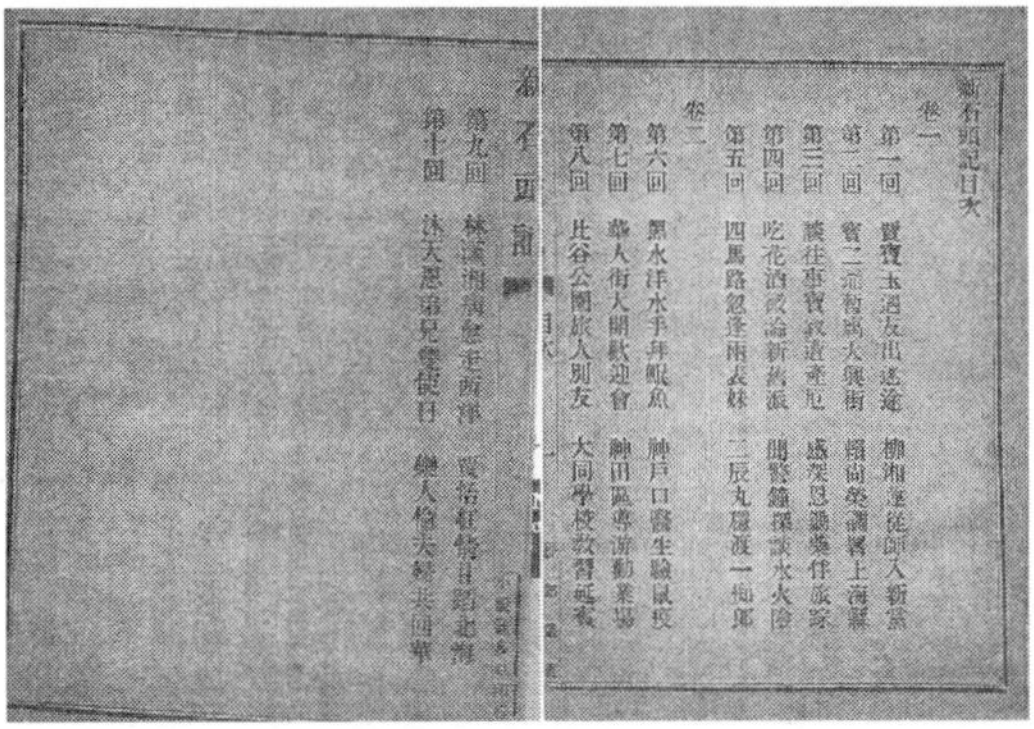
新石頭記目次
卷一
第一回
第二回
第三回
第四回　吃花酒議論新黨派
第五回　四馬路忽逢兩表妹
卷二
第六回
第七回
第八回
第九回
第十回

南武野蛮『新石頭記』目次

宣統元年三月出版
同年同月發行
版權所有
著作者　南武野蠻
發行者　小說進步社
印刷所
總發行所　上海鴻文書局
分發行所　各省各大書坊

南武野蛮『新石頭記』奥付

（全十回、一～五が巻一、六～十が巻二。全部で五八葉、判型は一七〇㎜×一二〇㎜）

曹雪芹『石頭記』では、黛玉は宝玉との結婚が不可能だと知ったことで病状が悪化し、亡くなる。一方の宝玉は、科挙試験を受けた後、僧侶と道士に連れられて行方不明になっている。『石頭記』の続篇の形を採る南武野蛮『新石頭記』は、宝玉は僧侶らと揚州を通ったとき、ある山の洞窟「黛山林子洞」に泊まるところから始まる。目が覚めると僧侶らはいなくなっており、ひとりぼっちになったところで柳湘蓮にめぐりあう。湘蓮は、黛玉が欧米留学を終えたのち、日本で教鞭を執り、最近は上海に戻っているらしいことを宝玉に聞かせる。宝玉はたいへん興奮し、湘蓮について上海に行く（第一回）。しかし上海で新聞などを調べた結果、黛玉はまだ日本に滞在していることがわかる。そこで、宝玉は思い切ってひとり日本へ旅立つ（第五回）。途中いろいろと見聞を広げ、「ここの文明普及は我々より十倍も上だ[5]」と嘆く（第六回）。やがて日本の環球大同女子学堂で黛玉との再会を果たした宝玉は、彼女の勧めによって、東京帝国大学の留学生となる。最後は清王朝と明治天皇双方から恩賞を受け、二人は結婚し共に帰国する（第八回～第十回）。以上が南武野蛮『新石頭記』のあらすじである。

次に、南武野蛮『新石頭記』に関する先行研究を整理しておこう。清末民初の文人呉克岐は『懺玉楼叢書提要』で南武野蛮『新石頭記』の梗概を紹介し、「この本はあまり面白くなく、我仏山人（呉趼人）のものに劣る」と述べた[6]。阿英は『小説閑談』で、「（清国と日本の統治者が宝玉と黛玉との結婚を命じ、そのパレードを東京で行うという）描き方は本当に「遊戯」にほかならない。作者は宝玉、黛玉に新しい魂を注ぎ込もうとするが、事実上効果は全くないというべきだ。特に両国の皇帝が二人に結婚を下賜し、二人が東京で三日間に渡ってパレードをしていたエピソードは荒唐無稽な話だ」と酷評した[7]。阿英は、清末の社会を全面的に反映している李伯元『文明小史』、呉趼人『二十年目睹之怪現状』、曽樸『孽海花』、劉鶚『老残遊記』などを清末小説の代表作として推賞し、『新石頭記』のような「遊戯」の作を認めなかったわけである。

しかしながら、一九九〇年代以降、清末の日本留学を見直す文脈から、南武野蛮『新石頭記』は脚光を浴びるようになった。厳安生は『新石頭記』を「筋はたわいのないものであるが、それも当時の〝東洋留学〟をめぐる流行心理の図式化した側面を反映した」と述べ、黛玉に関する描写を「女子留学生の世界を反映しようとした」ものと捉えた。また王徳威は、『新石頭記』に描かれる留学は不思議なものであるが、「逆に、留学という行為が、清末において、いかに自身の神話的魅力を育んでいたのかということがわかる」と言い、「『新石頭記』においては、原作の非凡なる人物宝玉、黛玉が外国へ行って箔をつけることは、清末の作家（及び読者）の留学に対する想像力のありようが端的に表されている」と指摘した。南武野蛮『新石頭記』と同時代の日本留学との関連を指摘し、清末の女子留学生の問題への関心を喚起する厳の指摘や、南武野蛮『新石頭記』の「神話的魅力」について述べる王の指摘はどちらも示唆に富んでいる。しかし、残念ながら両氏ともこれらの観点からさらに深く論じることはしていない。

清末の文学作品には帰国留学生の振る舞いに重点を置いているものが多いが、南武野蛮『新石頭記』のように海外（日本）が舞台になった作品もいくつかある。これらの作品で海外（日本）がいかに語られているのかという視点は、中国人留学生の表象を相対化するために必要であると考える。そこで本章では、上記の先行研究を踏まえながら、南武野蛮『新石頭記』とそれが発表された当時の社会的状況とのかかわり、日本体験が宝玉にもたらしたもの、黛玉の造形といった観点から南武野蛮『新石頭記』の捉え直しを試みる。まず、同時代の日本留学案内書を参照しながら、南武野蛮『新石頭記』の成立と清末の留学ブームとの関わりを考察する。次に、宝玉の日本行を追い、宝玉が「文明」を体験するありようを明らかにするとともに、黛玉の造形を検討する。最後に、留学生を描いた同時代の作品杞憂子「苦学生」（一九〇五）、夢芸生『傷心人語』（一九〇六）、履冰『東京夢』（一九〇九）と比較することで、中日両国の人々がお互いに投げかけるまなざしを検討し、南武野蛮『新石頭記』の位置づけを試みたい。

二　日本留学案内と南部野蛮『新石頭記』

日清戦争後の一八九六年、清国が留日学生の派遣を開始し、中国人の日本留学が正式に始まった。一八九八年には張之洞が『勧学篇』を著し、日本留学を推奨した。その後一九〇五年の日露戦争における日本の勝利や中国の科挙制度の廃止などが中国人の日本留学に拍車をかけ、一〇年の間に日本留学生の数は一三名から八〇〇〇余名にまで増えた。[10]この時期、留学のほかに清国の官吏や知識人による日本視察・見学も盛んに行われており、渡日体験に基づいて、数多くの日記、旅行記、日本視察日記が書かれた。実藤文庫「東遊日記」[11]のリストには、日清戦争後から一九一一年までに出版されたものが一一四種以上もある。

留学生の増加に伴い、留学を志す読者向けの案内書も現れるようになった。代表的なものとしては、章宗祥『日本遊学指南』（一九〇一）や崇文書局『日本留学指掌』（一九〇五）、啓智学社『留学生鑑』（一九〇六）などがあり、これらは『中国人日本留学史』の中で実藤恵秀によって紹介されている。本節では、こうした留学案内書のなかで特に渡日のルートが詳細に記されている『日本遊学指南』を中心に、ほかの留学案内も参照しながら南武野蛮『新石頭記』を読み解いてゆく。

具体的な分析に入る前に、南武野蛮『新石頭記』の作中時間や設定などに触れておきたい。第一回で、宝玉と湘蓮が再会したとき、宝玉はズボンのポケットから紙片をみつけ、「取り出してみたら、色鮮やかで字もあれば模様もあり神符のようだが、それがなんというものなのかわからない。湘蓮に渡そうとしたが、湘蓮は受け取ろうとせずに、ただ明日湖北の富くじの結果が出るねと言った」[12]、「賈宝玉は一銭も費やさずにただで四、五万金を得た」[13]という場面がある。清末に富くじが流行したことは事実であり、一九〇二年に始まった湖北の富くじの一等賞は現金五万元であった。[14]したがって、南武野蛮『新石頭記』が事実に基づいているとすれば、宝玉が一等に当たったのは一九〇二年以降の話と考えられる。上海に行くための費用を富くじで得たという設定はいかにも近代的な発想であろう。

作中時間や設定を推測するにあたっては、軌道電車に関するエピソードも注目に値する。南武野蛮『新石頭記』には次のような一節がある。「凡そ人力車を引く者は不可解な考え方をしている。必ずほかの道よりいくらか近く、四、五歩ぶん近道できると思い、命を顧みずに電車の走る道路を走行するのが一番好きなのである」[15]。軌道電車が上海に登場したのは一九〇八年三月のことで、当時上海市民はこの真新しい交通機関に畏怖の念を覚え、電車に乗ったら感電すると考えて躊躇したものもいた[16]。南武野蛮『新石頭記』では、勝手に軌道電車のレールの上を走っていた人力車の車夫が電車にはねられ、結果として宝玉の下男を死なせることになる。この設定はのちの宝玉が一人で日本に渡るためのものであるとはいえ、清末という時代の変わり目を感じさせるディテールである。

また、作品内で宝玉は「二辰丸」に乗って日本にやって来る[17]。中国人の日本旅行記には、「春日丸」、「博愛丸」などがよく見られるが、「二辰丸」についての記述は少ない。「東京朝日新聞」朝刊一九〇五年三月一〇日付「上海航路の定期船」では、「郵船会社はチナン号を借入れ同船とベンボリヒ号と第二辰丸と都合三艘を上海航路の定期船と為せり」とあり、これ以降「第二辰丸」が上海航路の定期船として運行することがわかる。そして、「東京朝日新聞」朝刊一九〇五年三月二三日付の記事では、「昨二十二日上海より横浜へ入港せる第二辰丸にて清国浙江、安徽、湖北、広東、四川、福建等の本邦留学生四十人来着したり」と記されている。また、第十回に登場する「東京帝国大学総長の山川健二郎」[18]は当時の総長山川健次郎を指す。山川が総長を務めたのは一九〇一～一九〇五年と一九一三～一九二〇年である。一九〇八年以降上海に登場した軌道電車に関する描写から、南武野蛮『新石頭記』は当時の話題を作品に組み込んだことがわかるが、作品の描写全体を考えると、宝玉の日本行は一九〇五年前後に設定されていると考えられる。

では、宝玉はどうやって日本にたどり着いたのか。全十回のうち、第四回までは宝玉と湘蓮の再会及び上海での見聞が描かれ、第五回の末尾で宝玉は船に乗り日本へ向かう。そして第八回では黛玉との再会を果たす。宝玉が黒水洋[19]で鯨を見かけ、長崎や馬関を経由し、神戸で上陸する行程は次のように詳らかに語られる。「夜中忽ち汽笛が三回鳴ったのが聞こえた。（中略）船が長崎に着いたことを知った。しかし、夜明けまで待っても大雨だった。それゆえ、上陸したがらなかった。午後二時になってようやく汽船は再び汽笛を鳴らして出発する。翌日の十一時までひたすらに走行していた。天気が晴れになる。船は馬関で少し止まった。（中略）十時過ぎにはすでに神戸に到着していた」[20]。

章宗祥が『日本遊学指南』で「我が国から日本に行くには、南と北と二つのルートがある。南方各地では上海から出発する。北方各地では芝罘《ちーふー》（現在の山東煙台）から出発する。芝罘からの場合は乗船切符を買って神戸まで行く。神戸から汽車に乗り換えて東京に着く。汽車はおよそ十七時間で、計十日間かかる。上海からの場合は乗船切符を買って横浜まで行って、汽車に乗り換えて東京に着く。汽車はおよそ一時間で、計七日間かかる。もし船で神戸まで行き、急行列車で東京に行くのであれば五日間で済む」[21]と述べていることを踏まえると、上海から出発し神戸で上陸する宝玉のルートは当時の渡日の主要なルートのひとつであると考えられる。ただ彼は「午前九時にはすでに新橋駅に着いておかり、一七時間をかけずに東京に到着している。

『日本遊学指南』では、上陸後のことも次のように詳細に記される。「神戸または横浜で上陸するとき、当地に顔なじみがいれば、長崎に着いたときに電報を打ち〔甚だ安い、一、二角に過ぎない…原注〕、あるいは手紙を送り、某日何時に船に迎えに来るよう頼む。これで一切の世話をしてもらえる。さもなくば、まず日本の旅館に行き、一切の面倒を頼むこともできる。この方法も非常に穏当である。波止場に着くと、無数の接客係が船に入って客を誘致する。皆それぞれ旅館の印半纏を身に着けているので、一目でわかる。店を決め、荷物を数えて接客係に渡し、運搬などすべて任せて大丈夫である。上陸すると係に案内してもらい、旅館で暫く休憩を取る。そして係に頼んで東京までの切符を買ってもらうことが一番妥当である」[22]。また、中国人を接待することに馴れている旅館に「神戸田中屋」、「横浜高野屋、山崎屋」が挙げられている。田中屋は中国人の間でわりに人気があったようで、清末留学生黄尊三が、神戸に着いた後、田中屋で休憩したことを日記に記している[23]。

南武野蛮『新石頭記』で、宝玉は「頼兄さんの言いつけに従って栄町通一丁目にある海発盛旅館の接客係を見つけて荷物を任せる」[24]。海発盛旅館は実在の旅館のようで、文愷『東遊日記』[25]に登場している。また、「栄町通一丁目」も一八七〇年代から存在している場所である[26]。宝玉は初めて来日する留学生の多くがそうであるように日本語が分らなかったが、幸いにも神戸に上陸したときに、華人の接客係に対応してもらうことができ、宿泊先の旅館も華人が営業するものであった。また、作中には宝玉が神戸で「中国会館」を訪ね、「華人」に歓迎されたという描写もある。この「中国会館」は一八九三年、中山手通に落成した神阪中華会館のことと思われる[27]。このような宝玉と当地の華僑との交流についての描写は、歴史における神戸と華僑の関わりを映しているのである。

『日本遊学指南』では、「それで日本に着いた後、すべてをその知人に任せていい。どうしても知人がいなければ、東京に着いたら電車で中国公使館に行って、状況を説明し、館員や館内の留学生に頼んでもいい」と、読者に本国を発つ前に誰かに日本にいる知人を紹介してもらうことを勧めている。また、宝玉は東京行きの汽車で汪というジャーナリストと再会するが、汪は留学経験があり、東京や留学生の事情に詳しかった。汪が宝玉の面倒をよく見、勧工場（現在の百貨店の前身）を案内したり、中国公使館へ連れて行ってくれたりしたおかげで、宝玉は東京までスムーズに移動できたわけである。

『日本遊学指南』は「遊学之目的」、「遊学之年限」、「遊学之経費」、「遊学之方法」という四章から成り、『日本留学指掌』には日本の官・公・私立諸学校に関する情報が詳しく記されている。一方、『留学生鑑』は、衣食住、衛生、勉強の仕方、旅行などいろいろな項目に分けて留学生に助言をする。注目すべきなのは、『日本留学指掌』と『留学生鑑』では、博物館、動物園、植物園、図書館など東京の施設や見学地が挙げられていることである。多くの日本旅行記が示す如く、清末、日本に習う風潮が起こり、中国人は頻繁に日本の学校を調査したり、図書館、博物館などを訪れたりした[28]。南武野蛮『新石頭記』では、宝玉は汪の勧めによって、勧工場を見学したとされるが、このような記述は当時の見学ブーム[29]を踏まえて書かれたと考えられる。

以上に述べたとおり、南武野蛮『新石頭記』において宝玉が辿る上海から神戸までのルート、上陸後の経験、そして夜行列車に乗って東京に着く行程は、同時代における留学生の経験と重なっている。このような描写は、当時の一般的な留学生を彷彿とさせ、読者にリアリティを感じさせたであろう。南武野蛮『新石頭記』は同時代の日本留学ブームと密接なかかわりを持っているのである。

では、宝玉の日本体験はどのようなものだったのか。それは彼に何をもたらしたのか。次節では、小説に描かれる宝玉の経験――日本での見聞、勧工場への見学――を考察し、宝玉が日本「文明」に接する際の様子を検討する。そのうえで、清末に流布した新女性についての言説を踏まえて黛玉の造形を分析したい。

三　留学生になる　――宝玉の日本体験――

南武野蛮『新石頭記』に先立ち、一九〇五年から一九〇六年にかけて清末の小説誌「繡像小説」に杞憂子「苦学生」という小説が連載された。この小説では、主人公の黄孫が国家振興の使命を背負ってアメリカに渡り、艱難困苦に耐え抜いたあげく学問を成し、中国で新式教育に尽力する。一方、南武野蛮『新石頭記』における宝玉の渡日の動機は先進国家に習うためではなく黛玉を捜すためである。このように南武野蛮『新石頭記』は恋愛ものの設定のように見えるが、テクストを細かく読むと、宝玉がいかに日本の「文明」を受け入れ、留学生になっていったかという過程が語られており、そうした留学の過程を描く点で「苦学生」と共通する。

前述したように、南武野蛮『新石頭記』は宝玉が楊州の洞窟で柳湘蓮との再会から始まる。湘蓮は、自分は一介の庶民に過ぎないが、「しかし自分は磊落な一人前の男のつもりです。尤三姐（曹雪芹『石頭記』において、湘蓮のために自殺した女性）は僕の一生の知己ですが、どうして個人の私情で国民の公徳を忘れることができるでしょうか。彼女はすでに僕のために犠牲になったので、僕は、自分の個人的な障害はすっかり取り払われて、自分の尽くすべき天職をひとつやるほかにないという状況なのです。だから即座にイギリス人の教師について西洋に渡りイギリスへ留学しました[30]」と述べている。つまり、『石頭記』で行方不明となった湘蓮が南武野蛮『新石頭記』ではその後イギリスへ留学したことになっているのである。

南武野蛮『新石頭記』では第一回から宝玉らが「国民の公徳」、「天職」ということばを口にするが、それが何なのかについて、物語の最初では踏み込んで説明されていない。しかし、第九回で黛玉は「現在の国民になった以上、第一は民智を啓蒙することを天職にしなければなりません[31]」と言う。現実の中国では、康有為、梁啓超などの学者がいち早く「国民」を提唱しており、一八九八年、康有為が光緒帝に上呈した『請開学校折』の中で「国民」という言葉を使い、「国民学」を勧め、学校を作り、教育を普及することを提唱している。楊聯芬によれば、康有為は「国民」と「庶民」との異なる意味合いをほのめかしたといい、近代教育を受け、近代的な人格と知識・技能を持っている者こそ「国民」であると述べたと言う[32]。南武野蛮『新石頭記』では、「国民」が何なのかについての説明は見られないが、湘蓮や黛玉が相次いで西洋へ留学に赴くことから、西洋の近代教育を受けることが「国民」になる手段であったという観点がテクスト内から看取できよう。

作中で、宝玉は上海に来てから新聞を読み始め、黛玉の行方を捜しながら、新しい世界を知ろうとする。呉趼人『新石頭記』の中でも、宝玉はひたすら「時務報」や「知新報」などを読んでいる。B・アンダーソンは「同時性という時間観念はナショナリズムの成立にとって決定的な重要性を持つ」、そして「虚構としての新聞が、人々がほとんどまったく同時に消費（「想像」）するという儀式を創り出した[33]」と指摘している。つまり、新聞は人々が国民国家を想像することに技術的な手段（同時性）を提供している。宝玉も新聞を読むことで、「新派」「旧派」など、当時の清末の政治状況に関心を持つようになったのである。

南武野蛮『新石頭記』では宝玉の道中での見聞が詳細に語られる。そのなかで特に興味を引かれるのが、船が馬関（現在の下関）を通るとき、宝玉の目に映る景色の描写である。

船が馬関でちょっと止まった。宝玉は甲板に上がって見渡すと、門司と赤間関が両岸で対峙していて、さすがに景勝の地である。某中堂が国事のために来日したが、まさにこの場で日本側と交渉したのだそうだ。遺跡も残っており、今なおそれを探し尋ねることができる。行ってみようとしたが、水夫に聞いたら、船はすぐ出発すると言われ、あきらめるしかなかった。(34)

一八九五年、李鴻章が欽差大臣として馬関で日本政府と日清講和条約(通称馬関条約)を調印した。李鴻章は李中堂とも呼ばれるため、「某中堂」は李鴻章だと考えられる。上記の記述は一見平凡であるが、面白いことに、同時期の中国人の旅行記には似たような表現が散見される。例を挙げると、沈厳は『江戸遊記』(一九〇六)の中で、「北岸は馬関であり、述之は雨に煙る春帆楼を指差して、あそこはかの李文忠(李鴻章)が甲午議約を結んだ傷心の地であることを余に告げた。〔李文忠は馬関条約を結んだ後に傷心処の三字を題して去った…原注〕」(35)と記している。また、劉禱は『蛉洲遊記』(一九〇八)で、「八日朝五時に門司に着いて、長崎と同じように検疫を受けた。向こうの埠頭が馬関である。友人が言うには、日本人があそこで石碑を建てて、清国李鴻章議約処との字を彫ったという。岸に上るのが不便で見に行かなかった」(36)と述べる。このような沈や劉の記述は、内容としては馬関を経由する際に馬関条約に関する記憶を蘇らせるというものであるが、この記述を通して訴えられるのは日清戦争後の中国知識人が抱く屈辱や危機感である。

沈や劉は、その記述から、同行者の言動によって馬関の位置を知ったと思われる。一方、宝玉には同行者がなく、しかも宝玉は清末にタイムスリップしてきた設定である。その宝玉が「某中堂が国事のためにここで日本側と交渉していたそうだ」と述べる南武野蛮『新石頭記』の描写は、当時の書物などから宝玉が「馬関条約」に関する知識を得ており、その知識が反映された可能性がある。そして、そうした情報を組み込むことで、宝玉に清末の知識人と同じような感想を共有させているとも考えられるであろう。

宝玉は日本の土を踏んだあと、目にしたものから日本の「文明」を感じる。日本の風景を見ると、「日本は山紫水明でやはり上品で美しいところだ、文明がこんなに迅速に進歩したのももっともだと心の中で思った[37]」と風景と「文明」を関連させて考える。宝玉は日本の少女が船に上がって呼び売りをしているのを見ると、「まだ小さい女の子なのに商売もできるし漢字もわかるじゃないか。ここの文明普及は我々より十倍も上だ[38]」と嘆いた。「文明」という言葉自体はもともと中国語にあるが、日本の影響下、近代西洋の civilization の翻訳語として中国で普及したのは日清戦争以降である。物心両面の充実、女子教育の推奨、結婚の自由などは当時の「文明」の現れである[39]。原作の『石頭記』において、宝玉は黛玉や薛宝釵など、大観園（『石頭記』に出てくる華麗な庭園）に住んでいる女子たちとよく詩文を作るとされるが、それはあくまでも上流階級の趣味のひとつである。中国社会全体としては伝統文化の「女子才無しすなわちこれ徳」の考えが主流であり、女子教育は勧められていなかった。南武野蛮『新石頭記』のなかで、宝玉は日本の庶民の女子でも字が読めることを「文明」の普及と考え、女子教育の普及は「文明」を測る物差しと認識している。即ち、宝玉は近代的なまなざしで日本を見ることを習得したのである。

宝玉は神戸上陸時、検疫を受けねばならなかったことに対して「悔しいことにわが中国の国権、国体は各国に踏みにじられっぱなしだ[40]」と過敏に反応した。汽車に乗ると、日本人は皆三等車に乗っていることに気づき、「日本人の中で一等、二等の切符を買える人が一人もいないなんてありえないと宝玉は感心した。やはり金銭を大事にして浪費をしないからだ。彼らは自国でさえそうしているのだ。我々は人さまの国へやって来て、あべこべにこのように浪費している。日本人にお金を稼がれるだけでなく、彼らの笑いの種にもなるじゃないか。そうとわかっていれば、僕だって二等を買わなかったのに[41]」と反省している。宝玉は「国権」や国民意識についてある程度の認識（必ずしも正しいわけではないが）を持ちながら日本のことを見ている。

宝玉は東京行きの列車でジャーナリストの汪と再会するが、汪と始めて出会ったのは上海においてである。「汪が文明事業にたずさわっていると聞いて、宝玉は心ひそかに彼を歓迎する」[42]。ジャーナリストは新聞という「文明事業」の誕生に伴い現れた新興職業であり、人々の精神的共同体を想像させるのに重要な役割を果たしていたと考えられ、李欧梵は中国の近代性（モダニティ）の問題を論述する際に、記事を書き、新聞作りに参与している文人らこそが清末の人々の近代性に対する初歩的想像を完成させたと指摘している[43]。ただ、当時の小説にはジャーナリストを描くものが少なく、南武野蛮『新石頭記』にジャーナリストが登場したことはこの小説の新しさの一つであると考えられる。

宝玉と汪は宝玉が上海に滞在するときに初めて知り合った。その際、宝玉はすでに新聞からその存在を知ってはいたものの、よくわからない「西洋人の発明」や「保険制度」などの話を熱心に汪に聞いている。その後、東京行きの夜行列車で、二人は再び巡りあい、汪から幾度となく勧められて、宝玉は彼と一緒に東京勧工場を見学する。勧工場はデパートの前身と見なされるものだが、各商店がテナントとして出店し、陳列販売方式を採用している。商品には品名、価格、売主の名が記載され、飲食店や庭園が併設されるなど、人々に近代的な新しい消費体験をもたらした。勧工場は広く人気を呼んで、一九〇二年には東京だけで二七店を数えた[44]。その勧工場は宝玉の目にとても立派なものとして映っている。

巨大で透明なアーチ型の建物で、形は上海の市場を彷彿とさせるが、大きさは何倍もある。三階建てでひとつひとつに仕切られており、まさに千門万戸とも言うべきである。三人でなかに入ると、永岡は自国や各国の動物や植物、機械、人力などを指差して説明したが、それらは何千何万種もあって、宝玉は目も眩むばかり、そんなに多くのものはとても覚えきれなかった。ただ、改良部に行ってみたら、今まで人力を使っていたものが機械の力になっていた[45]。

勧工場がいかに留学生や知識人の心をひきつけたかが窺える箇所である。勧工場のほか、当時の留学生及び日本に調査に来た清国官吏は積極的に勧業博覧会を見学している。一九〇三年に大阪で第五回内国勧業博覧会が開催されたとき、署名「同郷会会員」が「浙江潮」に「日本第五回内国勧業博覧会観覧記」を掲載し、博覧会の敷地面積、各展示館の分布、各館の出品点数及び人員表などを紹介している。(46) そこには「博覧会たるものは、勧工場の集合体なり」(47)とあるように、留学生らは博覧会と勧工場の関係をはっきりと認識している。博覧会は西洋に発したものである。日本は海外で開かれる万国博覧会にたびたび参加し、やがて本国で博覧会を開催するに至った。博覧会は各国の豊かな物産や進んだ技術を展示する場所であるだけでなく、優勝劣敗、適者生存という「文明」観念を示し、世界における自国の位置づけをおこなう場所でもある。清末中国人が博覧会に関心を寄せていたのは、このような権力構築のありかたに注目していたものと考えられる。現実では、吉見俊哉の指摘によれば、日清・日露戦争による植民地の獲得と資本主義の発展を背景に、日本の博覧会は、次第に「帝国」としての自国の地位を「未開」の植民地との距離において確認する装置となっていった。(48) 一方、自国が半植民地になっている中国人にとって、博覧会は単に彼らの驚嘆、西洋を羨む感情を呼び起こすだけでなく、自国の遅れを痛感する契機にもなった。第五回内国勧業博覧会で起こった「人類館事件」が中国人に衝撃を与えたのは有名な話である。(49)

渡日の過程や途中の見聞、勧工場への見学など、宝玉の行動は当時の中国知識人の日本体験を「再現する」ものであると同時に、「文明」に対する「追体験」でもあり、梁啓超など清末知識人の日本旅行と同じように、ある種の「聖地巡礼(50)」といえよう。ただ、宝玉が最終的に留学を決めたのは、黛玉の勧めによるものである。宝玉は「環球大同女子学堂」に辿りついて黛玉と再会を果たすが、黛玉は以前のようになよなよとした女性ではなく、はつらつとした女性であった。黛玉は宝玉に「ここに留学し、能力を培い、帰って少しでも学堂を多く作り、少しでも多くの同胞を覚醒させるほうがいいです。これこそがあなたの天職です(51)」と勧める。それに対して、宝玉は「学問というのはもともと官位俸禄を求めるやつのはしごだ。僕がそんなやつになりたければ、挙人の身分を捨てて坊主になることはなかった。林妹妹よ、あなたは従来僕と同じ考えを持っていたのに、なんで変わってしまったのか(52)」と癇癪を起こしたが、「現在は新学が盛んな時代で、あなたが多感で病弱な女子にもかかわらずなお学問のために洋行してきたので、僕が頑固に入学しないと言って昔の考えに固執したら、あなたはきっと気に入らないし僕もそうする勇気がない[53]」と時局を認識し妥協した。官位俸禄を求めるための学問に興味を持っていない宝玉だが、それでも黛玉は留学を勧める。この場面における黛玉の勧学には、民衆を啓蒙するために西洋の教育が必要だという論理が働いていると考えられる。

黛玉の造形は清末に「女学」が興ったことと関わっている。纏足を廃止し、女学を興し、女権を提唱するなどの風潮に伴い、清末の知識人の間で女性の教育問題をめぐって議論が起こった。梁啓超は一八九六年~一八九九年の間に、「時務報」で中国の改革問題について考えを述べているが、その中に女性の教育問題を議論する「論女学」がある。「女学」を「強国」と繋げ、「それゆえ、女学が最も盛んな国は最も強い、戦わずに勝利する、アメリカがそれである。女学が二番目に盛んな国は二番目に強い、イギリス、フランス、ドイツ、日本がそれである。女学が衰えると、母教が失われ、無業が多く、智民が少なく、国が存するだけ幸い、印度、ペルシア、トルコがそれである[54]」と述べた。女子教育が支持されるようになり、女子学堂が提唱され、さらに女子留学生まで現れる。一九〇二年、梁啓超は小説「新中国未来記」の最後の場面では、女子留学生の登場を仄めかした。現実でも、彼は女子留学生を賞賛し、「論女学」の中で、清末最初のアメリカ留学生康愛徳、石美玉について言及した。また、「記江西康女士」という康愛徳の伝記を著し、近代教育を受けて世界に身を置く新女性として康愛徳を高く評価している[55]。

南武野蛮『新石頭記』では、黛玉が清末にタイムスリップし、「あちこちで女学を振興し、官費や自費で女子の外国留学を勧めているのを目にして[56]」、「すぐに揚州学界の保証で外国に渡り、欧米で長年遊学をして学問を身につけ、度量を大きくし、今までの性情を一掃した[57]」。そして、日本の「環球大同女子学堂」で教師をしている設定である。大学名の「大同」は孔子の言葉として伝えられ、広義に解釈すると、公平で平和な理想社会を表すという意味である。清末、康有為や梁啓超、孫文などがこの「大同」や「小康」に注目しており、特に康有為は『大同書』を著し、中華意識に根ざすユートピアを構想した。実際、一八九八年、横浜中国大同学校(横浜山手中華学校の前身)が開校された。この学校は孫文や梁啓超らの呼びかけにより、華僑の子弟を教育するために建てられ、儒教を基本として、英語や日本語の科目も開設された。もともと中西学校と名づけられていたが、康有為が大同学校に改めたという。

以上のような「大同」をめぐる清末の中国知識人の動向や言説を踏まえると、南武野蛮『新石頭記』の「環球大同女子学堂」という学校名は作者の中華意識の表現として理解できるであろう。また、黛玉を日本人の教師にし、宝玉を日本に留学させる設定は、作者が中国と日本との間の均衡を保とうとしたものであると考えられる。

黛玉は日本で英文と哲学の教員をするかたわら、『万国全史』を翻訳し、「中国語に訳して中国人にわかりやすく読ませようとする」[58]。清末の新女性が伝統的な文才（詩作の能力）を捨てて、翻訳に取り組む行為について、劉堃は、清末のインテリゲンチャが求める理想の妻に変化が起こり、女性への新たな要求が提示されたと指摘している。つまり、理想の女性は「西洋の近代教育を受けて、インターカルチャーの能力を有しなければならない。最も良いのは、近代思想を伝播できる十分な言語能力を備え、中国の「頭脳」の近代化のために、おのが伴侶を助けて力を発揮できること」だ。清末の女性にとって、「「文」という儒教の高級文化が女性に賦与した権威が梁啓超の「才女批判」に奪われた後、英語に精通することや西洋の知識に習熟することは女性の文化権威の新たな源になる」[59]という劉の指摘を踏まえると、南武野蛮『新石頭記』の黛玉は留学経験があり、西洋の知識を備え、詩文をやめ、翻訳に没頭している点で当時清末の知識人が求める理想の新女性である。

宝玉の日本行は黛玉を見つける過程であると同時に、近代日本を体験する過程でもあり、また留学生になる過程でもある。彼の日本体験には当時の中国知識人のそれと重なる部分があり、宝玉の目に入った日本は「文明普及は我々より十倍も上」である。では、日本人は宝玉にどのようなまなざしを投げかけるのか。この問題を考えるため、次節では、同時代のいくつかの作品を視野に入れて議論を深めたい。

清末の小説には、留学生がしばしば新しい人間として現れる。たとえば、梁啓超「新中国未来記」は一九〇二年、雑誌「新小説」に五回ぶんだけが連載された未完の政治小説であるが、そこでは新中国を導くリーダーとしてヨーロッパからの帰国留学生黄克強や李去病が登場する。[60]ただ、すでに多くの研究者が指摘するように、清末の小説において目立つのはマイナスイメージが付与された留学生である。彼らは破廉恥で、悪事を働く偽善者である。李伯元『文明小史』には、劉学深（留学生と発音がほぼ同じ）という日本へ留学したことのある人物が登場し、彼は帰国後、自由結婚を主張し放蕩をしつくす。呉趼人『新石頭記』においても、無学の留学生が登場し、「文明境界」に入るために三回も試験を受けたが不合格だったという描写がある。

さらに、清末の小説における留学や留学生にはもうひとつの特徴がある。すなわち、多くの場合小説の舞台が中国本土であり、登場する留学生はすでに留学を終えた者とされることだ。彼らの留学先（欧米や日本が多い）がどんな様子だったかについてはほとんど描かれない。嶺南羽衣女士（羅普）「東欧女豪傑」では、女子留学生華明卿がスイスに留学している設定であるが、小説の内容は、ロシア虚無党、特に貴族出身の女子ソフィアたちの革命活動が中心であり、留学生と全く関係がない話になっている。

ところが、杞憂子「苦学生」の誕生がこのような状況を一変させた。この作品は留学生黄孫のアメリカ留学が主題であり、王徳威は「構成が整っている」、「清末の留学生小説の写実的精神の一派を最も現す」[61]と評価する。この作品が語るのは主にアメリカ留学の話であるが、日本についても言及される。黄孫は先に日本の宏文学校（実在した宏文学院と思われる）で「基礎を固め、英文を学んだ」後、アメリカへ向かう。ところが、上陸しようとすると税関の職員に難癖をつけられ、中国領事館に助けを求めたものの私費留学生であることを理由に助けてもらえなかった。絶望の中で援助の手を差し伸べてくれたのが日本領事館である。

杞憂子「苦学生」では、中国官吏の不親切を批判するとともに、それとは対照的な存在として善意に溢れた日本人が描かれている。アメリカ人学生が黄孫を「苦力、怠け者」と差別する一方で、日本人学生については何も言わないという描写からは、日本の国際的地位が中国より上位にあることも窺われる。また、黄孫に仕事を提供した新聞社のオーナーがフィリピン人であるという設定は、偶然というよりは、むしろ東方人（黄色人種）を一致団結させるという作者の素朴な考えを反映しているものであろう。

ただ、「苦学生」の黄孫はしばらく日本に留学し英語を学んだ後、渡米し正式に留学を始める。日本は仲介の役割のみで、物語の舞台は主にアメリカである。そのため、物語のなかで黄の日本での生活は詳しく語られていない。一方、夢芸生『傷心人語』（一九〇六）では、中国人留学生の日本での振る舞いや日本人からのまなざしがクローズアップされている。とくに、その第七章「東京支那留学生之現象記」では、留学生の醜態が列挙される。例えば、衛生観念の欠如に言及する次のような場面がある。

ヨーロッパ人が鼻をかむとき、ハンカチで覆う。日本人は紙で拭いて捨てる。いずれも自ら清潔を求める意識によるものである。中国人だけが違う。いつも人込みの中で、大通りの公共の場所で、手を蘭の花の形にして、親指と人差し指で鼻柱をつまんでズビーッと音を立てると、音とともに鼻水が下る。液体があちこちへ飛んで、数尺にも及ぶ。都会の混雑しているところで、清潔な衣服が、通行人の鼻水で汚される。だから日本人がこのことを譏って支那人之鼻水というのも、理由のあることなのである。(62)

夢芸生は、ヨーロッパ人と日本人は衛生意識が高いが、中国人は汚くて嫌がられると中国人の衛生意識の希薄さを批判する。このような言説は『傷心人語』だけではなく、清末に広く流布していた。「衛生」は人々の生活、消費を指導する指南だけでなく、イデオロギーと化し、「文明」と「野蛮」を区分する基準になる。(63)

「衛生」について、『留学生鑑』では、留学生に時間を合理的に利用して勉強に励むように勧めるほか、「住居」、「衣服」、「食物」、「入浴」、「身体各部之衛生」などの章を設けて、留学生の日常生活を指導し、彼らの衛生観念を高めるように促している。衛生問題のほか、夢芸生は留学生が日本で道楽をしつくして、国が滅亡する危機にさらされていることを知らないと非難する。「車夫与学生之問答」の節で、日本の人力車夫が日露戦争での日本の勝利を誇り留学生をからかうが、痛ましいことに留学生は嘲られてなお自覚していない。作者は中国人の「不衛生」や亡国の危機感の欠如を批判しながら、日本人の中国人に対する態度の変化も敏感に捉えたのである。

『傷心人語』では、留学生の品行が問題にされるが、ほかの章ではより多く議論されるのは中国国内の状況である。履冰『東京夢』は譴責小説に類するもので、駐日公使や日本を調査に来た官吏、留学生の日本での醜行を暴露することが中心に取り上げられ、日本自体がどうであるかは後景化される。ただ、日本の鸚鵡が中国服を着ている主人公を見かけたら、「見分けがつくようで、豚尾奴《ちゃんちゃんめ》と連呼する」(64)というエピソードもある。周りの日本人がにやにやと笑うが、当の中国人はさっぱりわからないと情けない光景であり、「野蛮」な中国人が日本人の笑いの種になったことが訴えられる。

一方、南武野蛮『新石頭記』には、勧工場の管理人である永岡や旅館のおかみさん、東京帝国大学の総長山川健二郎など、何人かの日本人が登場するが、彼らについての描写はいずれも漠然としており、宝玉あるいは中国人に対して、どのような態度だったかが描かれていない。ただ、物語の最後、宝玉の甥である賈蘭が清国皇帝に宝玉と黛玉の二人を結婚させるよう上奏した際、東大総長である山川も宝玉の結婚のため、環球大同女子学堂の校長と相談したうえで天皇の勅命を乞う場面がある。総長と校長からの話を受けて、天皇は喜んで宝玉と黛玉に祝い金と勲章を下賜するとともに、結婚後、東京の街で三日間にわたってパレードをするよう命じており、留学生の身分にもかかわらず、宝玉は日本で格別の礼遇を受けている。このような礼遇の原因は宝玉ではなく、日本が清国との関係を重視し、両国が前近代の国際秩序を保っているという作者の考えに求めるべきであろう。日本は明治維新を経て富国強兵の道に進み、日清戦争で清国に勝ったことで、清国と日本との力関係は逆転した。しかし、作者は宝玉または清国が依然として「天朝上国」（中華思想）の優位に立っている、という発想を持っていると考えられる。

そして宝玉は、帰国後おそらく、清国政府から留学の業績を称賛され、特別登用で翰林院編修の職を与えられると目される。このような宝玉の帰国後の描写は、日清戦争後、留学が奨励され、清国が「奨励遊学畢業生章程」（一九〇三）や「考験遊学畢業生章程」（一九〇六）などを作って、試験に合格した帰国留学生に相応しい官職を与えるようになったという歴史的背景を踏まえて描かれおり、宝玉は清国の発展に寄与するように造形されている。(65)

以上に見てきたように、『傷心人語』や『東京夢』では、「文明」日本と対照的に「不衛生」、「野蛮」な中国人が前面に押し出されており、中国人に対する日本人のまなざしも厳しいものであるのに対して、「苦学生」や『新石頭記』では、日本は「文明」を遂げながらも清国と良好な関係の構築が期待される存在である。ただ、「苦学生」と『新石頭記』との間にも違いがあり、「苦学生」ではアジアの国々が一致団結し欧米と対抗することが仄めかされ、アジアの国々の連帯感が強調されるのに対して、『新石頭記』では清国と日本との間に前近代的な国際秩序が保たれているという想像が読み取れる。

南武野蛮『新石頭記』では、宝玉の勉強生活について具体的に展開しないが、彼の日本体験は非常に鮮明に描かれる。詳細に語られる渡日のルートや経過は、同時代の日本留学案内と照らし合わせて読むとリアリティに富んでおり、清末の日本留学ブームと緊密に関わっていることが窺われる。「苦学生」が清末のアメリカ留学を描いた代表作だとすれば、南武野蛮『新石頭記』は小説の形式を借りた日本留学案内だと考えられよう。

前近代から近代にタイムスリップした宝玉の目に映るのは、識字率が高く、博覧会が華々しく披露されている日本であり、それはすなわち、西洋近代「文明」を取り入れることに成功した日本である。こうした宝玉の日本へのまなざしは、近代国民国家への想像に基づくものであり、清末の多くの知識人が富国強兵の日本を学ぶために留学したときのまなざしと重なるものであろう。また、南武野蛮『新石頭記』における黛玉の造形は清末の「女学」の提唱と関連している。彼女は欧米に留学したことで、国民意識が芽生え、教育に打ち込み、民智を啓蒙することをみずからの「天職」と考えた。黛玉は、梁啓超が提唱する新女性像を代表しているのである。

以上のような、南武野蛮『新石頭記』における日本の描写を同時代の海外（日本）を舞台にした「苦学生」、『傷心人語』、『東京夢』などにおけるそれを視野に入れて考えるならば、南武野蛮『新石頭記』における中日両国の人々のまなざしは注目に値する。なぜならば、日本人からの差別が語られ、中国人の亡国の危機感を呼びかける『傷心人語』や、『東京夢』、アジアの連帯としての中国と日本の「友好」を描く「苦学生」とは異なり、南武野蛮『新石頭記』では日本の文明が描かれるものの、清国と日本との間に依然として前近代的な関係が保持されているという作者の想像、ひいては当時の国際情勢を正確に認識していない作者の盲点が反映されているからである。

曹雪芹『石頭記』において宝玉は浮世を捨てるが、南武野蛮『新石頭記』において宝玉は日本留学を果たし、黛玉との結婚を遂げる。宝玉は国民の意識を芽生えさせつつも、清国の発展に寄与する人物として造形される。留学生活がどのようなものなのか、具体的には語られない。しかし、清末の留学ブームの一側面が反映され、知識人の近代、日本の文明を経験したありようが浮き彫りにされている点で、南武野蛮『新石頭記』は評価に値する作品なのである。

注

（1）阿英は『晩清小説史』（一九三七年五月、商務印書館、本章では飯塚朗・中野美代子による訳本、第十三章：晩清小説の末流、二六八頁（一九七九年二月二三日、平凡社）を参照）で、古人の小説の題や様式などを模した小説を「擬旧小説」と称する。

（2）呉研人『新石頭記』に関する研究は、欧陽健『晩清小説史』第二章：晩清新小説的第一個高峰（一九〇三～一九〇五）、一四二頁～一五五頁（一九九七年六月、浙江古籍出版社）、王徳威「賈宝玉坐潜水艦——晩清科幻小説新論」（『想

像中国的方法』所収、四五頁～六二頁、一九九八年九月、生活・読書・新知三聯書店）、松田郁子『呉研人小論〝譴責〟を超えて』第六章：〈理想科学小説〉――『新石頭記』における〝救世〟――」、一二六頁～一五九頁（二〇一七年一二月一二日、汲古書院）などが挙げられる。

（3）この小説は絶版のため、現在は入手しにくいが、論者の知る限り、アメリカ・スタンフォード大学東亜図書館に所蔵されている。本章での引用もそれに拠る。資料の閲覧、コピーを許諾して下さった同図書館に感謝を申し上げたい。なお、二つの『新石頭記』を区別するため、「呉趼人『新石頭記』」と「南武野蛮『新石頭記』」のように表記する。

（4）阿英『晩清小説史』の日本語訳（飯塚朗・中野美代子訳、三六六頁、前掲）の訳注で、「南武野蛮とは、黄振先《ママ》の筆名の一に野蛮あり、あるいは同一人物か」と記されているが、黄摩西の年表（王永健『「蘇州奇人」黄摩西評伝』第一章：黄摩西的生平研究、二頁～一五頁、二〇〇〇年三月、蘇州大学出版社）によると、彼は暫く常熟県庁の書記を務めたことはあるものの、大半の時期が東呉大学の教授であったため、官界に浸った南武野蛮のことではないようだ。

（5）本文引用は初刊、南武野蛮『新石頭記』（一九〇九年三月、小説進歩社）を底本とした。以下同。巻二、六表、「可見得此地的文明普及，是要勝我們什倍了」。

（6）呉克岐『懺玉楼叢書提要』影印本、一三五頁（二〇〇二年二月、北京図書館出版社）。「是書無甚精彩又遜我仏山人之作矣」。杜春耕は、同書は遅くとも一九二四年までに出版されたものだと推測している（「序」、二頁）。

（7）阿英『小説閑談』（一九三六年六月一〇日、上海良友図書印刷公司）。本章では阿英『小説閑談四種』九九頁（一九八五年八月、上海古籍出版社）を引用した。「象上述的這種情形，真是「遊戯」。作者企図把宝、黛二人，灌輸以新的霊魂，事実上，効果可説是全無。尤其是両国皇帝賜婚，宝黛在東京街大遊三天，写得尤其荒唐之至」。

（8）厳安生『日本留学精神史』第二章：神山・梁山泊・「文明商販」――留学生の抱いた日本像、七一頁（一九九一年一〇月一日、岩波書店）。

（9）王徳威「賈宝玉也是留学生」（『小説中国：晩清到当代的中文小説』所収、二三一頁、一九九三年六月一日、麦田出版）。「我們反易得見留学之挙如何在清末已自醞釀着它的神話魅力」、「《新石頭記》把原非凡品的宝黛送出国去鍍金，正代表了清末作家（及読者）対留学的想像之一極端」。

（10）清末日本留学のピーク時の留学生数については、いろいろな見方があり、一万二〇〇〇人と主張する学者もいるが、多くの学者は実藤恵秀の八〇〇〇人以上という説を採用している。本章もさねとうけいしゅう『増補中国人日本留学史』第2章：日本留学のうつりかわり、六〇頁（一九七〇年一〇月二〇日、くろしお出版）の説を採った。

（11）『東京都立日比谷図書館蔵実藤文庫目録』、一頁～八頁（一九六六年八月二五日、東京都立日比谷図書館編・刊）、東京都立中央図書館「実藤文庫追加仮目録」（未刊行）を参照。

（12）巻一、五裏、「抽出一看，但見花花落落，也有字蹟，也有花紋，如符籙一般。再也説不出他的名色。只得遞與湘蓮観看。湘蓮也不来接，但説可是湖北的，明天要開彩了」。

（13）巻一、六裏、「宝玉一銭不費，平白地得了四五万金」。

（14）崔聡敏『晩清彩票与社会研究』附録、四九頁～五一頁（二〇一二年四月一日、河南大学修士論文）。

（15）巻一、二七表、「凡是拉東洋車的有一個大惑不解的見決。不顧性命交関最喜歓走有電車往来的路道，以為必比別條路近些，可以省走三五歩路」。

（16）黎霞「上海有軌電車史話」（『史話』第二三一期、三六頁、二〇一三年九月）。

（17）巻一、二九表。

（18）巻二、二八裏。

（19）黄海の一部分である。

（20）巻二、四裏～五表、「剛到半夜，忽聽放汽三回。（中略）曉得船抵長崎了。等到天明，仍是大雨。故也不願上岸。直候至下午両句鐘，方再放汽起椗，一逕進去。到明日十一句鐘，天色已晴。船到馬関略停。（中略）十句鐘後，已到神戸」。

（21）章宗祥『日本遊学指南』第四章：遊学之方法、二八表（一九〇一年、出版社不明、東京都立中央図書館実藤文庫所蔵）。ただし、東北大学附属図書館狩野文庫にも同書が所蔵されており、「嶺海報館排印」と記されている。「凡自吾国至日本，分為南北二大道。南省各地，以上海為出発之地。北省各地，以芝罘為出発之地。自芝罘動身，可買船票至神戸。由神戸換坐火車到東京，凡大車行十七点鐘，計路程共十日。自上海動身，可買船票至横浜，換坐火車到東京，凡大車行一点鐘，計路程共七日。若買票至神戸，由神戸坐急行火車至東京，則五日可到」。

(22) 章宗祥『日本遊学指南』前掲、二九裏～三〇表、「到神戸或横浜上岸時，如該埠有熟人，可於到長崎発一電報（価甚廉，不過一、二角），或発一信，嘱其某日某時，至該船来接，則一切可有招呼，否則可先至日本客桟託其招呼一切，亦甚妥当。凡船到埠時，即有無数接客至船中招攬生意，身上均穿店中号衣，一望而知，可択定一家，将行李幾件，一一点清，交付与渠，搬運一切，均聴渠為之，万無一失。上岸時，即由渠引至店中，暫時休息，然后再託渠代买車票上京，最為妥当」。この箇所の日本語訳は佐藤三郎『中国人の見た明治日本――東遊日記の研究――』（二〇〇三年一一月三〇日、東方書店）を参考した。

(23) 黄尊三著、実藤恵秀・佐藤三郎訳『清国人日本留学日記』第一章：日本留学への門出、八四頁（一九八六年四月二五日、東方書店）。

(24) 巻二、五表、「依着頼大哥交代，找喚栄町通一丁目，海発盛旅館的接客，来前接管行李」。

(25) 文愷『東遊日記』一九〇七年活版、東京都立中央図書館実藤文庫所蔵、マイクロ番号九、「寓海発盛桟桟主乃山東人招待甚殷」。

(26) 神戸史学会編『神戸の町名改訂版』八二頁～八三頁（二〇〇七年一二月一〇日、神戸新聞総合センター）によれば、栄町通は一八七三年に開設された大通りで、翌年近くの町などを含め「栄町通」と名付けられた。神戸開港後、長崎などから移って来た中国人が一丁目と元町通二丁目の付近に住みつき、一八七六年ごろには南京町の通称名で呼ばれたという。なお、『地図で見る神戸の変遷』（一九九六年八月二〇日、日本地図センター）「I、一八八六（明治一九）年頃一：二万」と「V、一九九九（平成一〇）年頃一：二万五〇〇〇」を合わせて見ると、現在の栄町通とほぼ同じ地域である。ただし、海発盛旅館は栄町通一丁目にあったかどうかは確認できなかった。

(27) 中華会館編『落地生根――神戸華僑と神阪中華会館の百年―― 増訂版』第二章：中華会館の創建と発展、九八頁（二〇一三年一二月二四日、研文出版）。

(28) 例えば、呉汝綸『東遊叢録』一九〇二年、三省堂、項文瑞『遊日本学校筆記』一九〇三年、敬業学堂、黄嗣艾『日本図書館調査叢記』一九〇五年九月五日、湖南各書坊（いずれも東京都立中央図書館実藤文庫所蔵）などが挙げられる。

(29) この見学ブームについて、楊雨青「20世紀初中国人対日本的考察」（『近代史研究』一九九三年第六期、一一二頁〜一二五頁、一九九三年一二月）を参照した。

(30) 巻一、三裏、「然自命為磊磊落落的丈夫。三姐雖是我一生知己，豈能為了個人私情，忘却国民公德。既他為我亡身，我只落得掃盡私障，幹一番自己應盡的天職。故當日即隨著個英国教師，同他渡海西去，在英留学」。

(31) 巻二、二二裏、「做了如今的国民，第一要把開導民智認做應盡的天職」。

(32) 楊聯芬『晩清至五四：中国文学現代性的発生』第五章：晩清・五四文学的〝国民性〟焦慮、一六〇頁〜一六一頁（二〇〇三年一一月、北京大学出版社）。

(33) B・アンダーソン著、白石隆・白石さや訳『定本　想像の共同体―ナショナリズムの起源と流行』Ⅱ：文化的根源、四九頁〜五〇頁、六一頁〜六二頁（二〇一五年一〇月一五日、書籍工房早山）。

(34) 巻二、四裏、「船到馬関略停，寶玉至艙面一望。只見盟司《ママ》与赤間関兩岸對峙，果然好一個海關形勝。聞得某中堂為国事来日，正在此處談判，尚有遺跡可尋。意欲上去一觀。因問了水手，說此間即要開船，只得罷想」。

(35) 沈厳『江戸遊記』一九〇六年八月、上海武昌各書局、東京都立中央図書館実藤文庫所蔵、マイクロ頁番号一六八、「北岸為馬關，述之於煙霧濛籠中指春帆樓而告予曰，此那李文忠甲午議約傷心處也（李文忠在馬關議約畢題傷心處三字而去）」。

(36) 劉檮『蛉洲遊記』一九〇八年活版、東京都立中央図書館実藤文庫所蔵、マイクロ頁番号二四六、「初八日晨五鐘抵門司，驗病如長崎，對埠為馬關。友人云日人植碑其地上勒清国李鴻章議約處數字，登岸不便未往觀也」。

(37) 巻二、四裏、「暗想日本山明水秀，果也是個文秀之区，無怪其文明進歩，如此速疾」。

(38) 巻二、六表、「怎麽都大一個女孩子，又会做生意，又是識得華字。可見得此地的文明普及，是要勝我們什倍了」。

(39) 黄興濤「晩清民初現代〝文明〟和〝文化〟概念的形成及其歴史実践」（『近代史研究』二〇〇六年第六期、一頁〜三四頁、二〇〇六年一一月)。
(40) 巻二、五裏～六表、「只可惜我們中国的国権国体，被各国蹧蹋尽了」。
(41) 巻二、一四表～一四裏、「宝玉不覚嘆道，如許日本人中，豈無一個富貴之人，可坐得頭二等的。可見得他們愛惜金錢，不肯浪費浪用。想他們在本国尚且如此，我們到他国度裏来，反要如此耗費，不要被他們賺了錢去，還要笑我們麼。早知如此，我也不該買二等票了」。
(42) 巻一、一九裏～二〇表、「宝玉聴説是個辦文明事業的，心裏暗暗歓迎」。
(43) 李欧梵『中国現代文学与現代性十講』Ⅰ：晩清文化、文学与現代性、一三頁（二〇〇二年一〇月、復旦大学出版社）。
(44) 鈴木英雄「勧工場と明治文化（1）」(「環境と経営：静岡産業大学論集」第六巻第二期、二三五頁、二〇〇〇年一二月)。
(45) 巻二、一二表、「只見絶大的一所透明圓屋，形式与上海菜市相彷，不過要大到幾倍。上下三層，一一隔開，可稱得千門万戸。三人一同進去，永岡一一指點本国各国動物植動《ママ》機力人力，何止千百万種。宝玉看得眼花，那裏記得清許多。只有到了改良部中，却是以前人力的東西，現改為機力的」。
(46) 同郷会会員「日本第五回内国勧業博覧会観覧記」(「浙江潮」第三期、一九〇三年四月、引用は中国国民党中央委員会党史資料編集委員会による複製版、一八五頁～一九四頁、一九六八年九月一日)。
(47) 同郷会会員「日本第五回内国勧業博覧会観覧記」注46に同じ、一八五頁。
(48) 吉見俊哉『博覧会の政治学』第五章：帝国主義の祭典、二一四頁（一九九二年九月二五日、中央公論社）。
(49) 無署名「学術人類館」(「風俗画報」第二六九号、三七頁、一九〇三年二月一日、東洋堂）によれば、一九〇三年大阪第五回内国勧業博覧会で、「学術人類館」が設けられ、北海道アイヌ人、台湾生蕃、朝鮮、支那、印度、同キリン人種、爪哇、バルガリー（ベンガル）、トルコ、アフリカなどから都合三二名の土人が展示される予定であるという。しかし実際には、中国人留学生が事前に情報を得て強く抗議し、留学生や在日華僑の運動によって、日本側が清国人を展示する計画を中止せざるを得なかった。また、留学生は展示されている纏足の女性が日本側のいう台湾人ではなく実は中国人だと疑い、再び調査を行った。琉球人や朝鮮人も抗議をした。「人類館事件」に関しては多くの研究があるが、例えば、福田州平は「博覧会における「文明」と「野蛮」の階梯：人類館事件をめぐる清国人留学生の言説」（「OUFCブックレット」第一期、四三頁、二〇一三年三月）で、中国人留学生が抗議したのは自国をほかの「野蛮」国家と同じように扱われることに対してであり、人間を「文明」と「野蛮」に区分すること、「野蛮人」を展示すること自体に対してではなかったとし、「日本と中国で「文明」と「野蛮」の階梯に自らを「文明国」として位置づけようとする意識が共有され、むしろ共犯関係にすらあった」と指摘している。

（50）劉堃は『晩清文学中的女性形象及其伝統再構』第二章：教育神話：〝呼喚国民〟的学習、一二五頁（二〇一五年七月、南開大学出版社）で、清末中国の旅行者（単士厘、梁啓超）にとって、彼らの仰ぎ見る対象の日本は、改革や戦争の勝利によって清国との権力関係を逆転させたため、彼らの仰ぎ見るという行動も文化的な聖地巡拝の意味を持った「仰視」になると述べた。「対於晩清中国的旅行者（単士厘、梁啓超）来説，他們仰視的対象日本，由於改革和戦争的勝利而反転了与大清帝国的権力関係，他們的仰視行動也変成了具有文化朝聖意味的〝仰視〟」。

（51）巻二、二二表～二二裏、「宜在此間留学，学得本事回去。多辦幾個学堂，多喚醒些同胞。那纔是你的天職」。

（52）巻二、二三表～二三裏、「学問二字，本是禄蠹的階梯。我如甘做禄蠹，怎捨得把個挙人丟掉，去做和尚。林妹妹阿，你素来与我一般見識的呀，怎今日也変成這様了」。

（53）巻二、二三裏、「如今是盛行新学時代，你是個多愁多病的嬌弱女子，尚且出洋求学。我説必不肯入学堂，仍守従前的主意，你心裏必不歓喜，我也不敢如此」。

（54）梁啓超「変法通議・論女学」「時務報」第二三冊、一八九七年四月、引用は『梁啓超全集』第一冊第一巻、三三頁（一九九九年七月、北京出版社）による。「是故女学最盛者，其国最強，不戦而屈人之兵，美是也。女学次盛者，其国次強，英、法、徳、日本是也。女学衰，母教失，無業衆，智民少，国之所存者幸矣，印度、波斯、土耳其是也」。

（55）梁啓超がいかに「記江西康女士」を通して新女性の形象を描き出し、中国の振興の象徴にさせたか、その過程でいかなる矛盾や歴史的なパラドックスを抱えていたかについての分析は、胡纓「歴史書写与新女性形象初立：従梁啓超「記江西康女士」一文談起」（「近代中国婦女史研究」第九期、五頁～二九頁、二〇〇一年八月）を参照した。

(56) 巻二、二〇表、「果見各処振興女学，官資自費勧女子出洋遊学」。

(57) 巻二、二〇表、「即由揚州学界保証出洋。在欧美遊学多年，学就了一身学問，開拓了万丈心胸，把以前的一切性情，掃除尽浄」。

(58) 巻二、二一表、「要訳成了中文，使中国人便於誦読」。

(59) 劉堃『晩清文学中的女性形象及其伝統再構』第五章：理想妻子：〝現代〟場域与女性未来、三一五頁、前掲。「她需要接受西方的現代教育並擁有跨文化能力，最好能够具備足够的語言能力来伝播現代思想，為中国〝頭脳〟的現代化而助她的伴侶一臂之力」、「当〝文〟這種儒家高級文化賦予女性的権威被梁啓超的〝才女批判〟所剥奪之後，対英語的精通和対西方知識的駕軽就熟就成為女性文化権威的新的来源」。

(60) 李東芳は『従東方到西方：20世紀中国大陸留学生小説研究』第一章：清末民初的留学生小説、六五頁〜八五頁（二〇〇六年一一月、中国文聯出版社）で、留学生表象の視点から「新中国未来記」を考察している。

(61) 王徳威「賈宝玉也是留学生」、二三二頁、前掲。なお「苦学生」の先行研究として、王昊『従想像到趨実：中国域外題材小説研究』第九章：留学務工——弱国子民的酸辛与異化、二一九頁〜二二四頁（二〇一〇年九月、人民出版社）も参照した。

(62) 夢芸生『傷心人語』第七章：東京支那留学生之現象記、五一頁（一九〇六年九月、振聵書社）。「欧人之噴鼻，則掩之以汗巾。日本人則掩以帋頭，蔵而棄之。皆所以自求清潔之意。独中国人不同。毎於稠人広坐之中，大道通衢之上，以手作蘭花式，用拇指与食指夾鼻梁呼然一声，涕随声下，噴珠飛溢，遠及数尺。轂《ママ》撃肩摩之地，常有着清潔服裳，被路人鼻涕所污點者。故日人譏之為支那人之鼻涕而有由来也」。

(63) 張仲民「衛生、種族与晩清的消費文化——以報刊広告為中心的討論」（「或問 WAKUMON」第一四期、五頁、二〇〇八年七月）。

(64) 履冰『東京夢』第三回：悵興亡桜叢弔古／徴歌舞桃源問津、三〇頁（一九〇九年三月、作新社）。「好似認得的一般，便連叫了幾声豚尾奴」。

(65) 周一川『中国人女性の日本留学史研究』第一章：民国以前の状況、四八頁〜四九頁（二〇〇〇年二月二四日、国書刊行会）。

第二章　余計者としての留日学生
――張資平「一班冗員的生活」を中心に――

一　張資平及び「一班冗員的生活」

本章では、一九二一年日本で発足した中国の文学団体、創造社の創始者の一人張資平（一八九三～一九五九）の短編小説「一班冗員的生活」（余計者たちの日常）を取り上げ、一九一八年第一次世界大戦後の中国人日本留学生の表象を考察する。

考察に先立って、まずは張資平の生い立ち及び日本留学の経緯について振り返りたい。張資平は、中国広東省梅県（現在梅州市）の没落した地主家庭に生まれ、生後一ヶ月で母を失った。五歳から父に『論語』や『詩経』を教わる。しかし経済的理由で、張資平が九歳のとき、父は南洋（タイからスマトラ島、マレーシア・ペラ州）へ出稼ぎに行かざるを得なかった。同じ年、張資平は私塾に入るが、腕白なため二年で退学。この間に、祖父の死去で帰国してきた父が塾を開き、張資平は改めて父の指導を受ける。一九〇六年からはミッションスクールである広益中西学堂で学ぶ。父もまもなく塾を閉め、広益中西学堂で中国語、算数、それに地理を教える。張資平は英語や野球など学校生活を楽しんだが、宣教師の偽善に反感を覚え、信者になることを拒否する。一九〇九年からは広州にある高等警察学校で勉強し始める。日本人の教師に教わったことがきっかけで、法律に興味を持つようになり、学業に励み、成績は常にトップを保つ。また、英語や数学が得意であったため、教員に留学を勧められる。

中華民国が成立した一九一二年春、広東で近代教育に携わってきた鐘栄光（一八六六～一九四二）が広東軍政府教育司の司長に就任し、新政府による派遣留学の選抜試験が行われる。「民国の（成立）に貢献した人」が主な応募条件であったが、張資平は辛亥革命に参加したと偽って応募し、両広方言学堂で選抜試験を受ける。第一次試験は三日間連続で行われた。日本留学の受験者は一〇〇〇余名に及んだが、一次試験に合格したのは張を含めわずか五十余名であった。二次試験は難易度が増し、特に英語と数学は非常に難しかった。張資平は経済的困窮や自尊心によるプレッシャーに耐えながら、最下位の成績で合格した。

張資平の自伝によれば、一九一二年八月二八日、ほかの官費生と一緒に香港でフランスの郵船に乗り、九月四日に横浜に到着したという。しばらく一橋通にある「高等日本語学校」（不明、高等商業学校のことか）で学んだ後、家庭教師を雇い日本語を習った。しかし、いずれも効果がなかったため同文書院に入学。一九一三年六月には第一高等学校特設予科の試験を受けたが失敗し、さらに一九一四年三月、高等師範学校の受験も落第。明治大学の予科に入るが、授業でノートを取ることに困難を覚え、挫折した。この間、中国各地で第二革命が一九一三年七月に起こったが失敗に終わり、第二革命の指導者の陳炯明（一八七八～一九三三）が広東から香港へ敗走し、袁世凱（一八五九～一九一六）政府の支持者である竜済光（一八六七～一九二五）が広東省の統治権を掌握した。一九一四年四月中旬、一部の留学生は官費を受けながら香港に戻って竜済光政府に反対する活動をしていたため、省政府は官費生の官費を取り消し、一人当たり七〇元の帰国旅費を支給することになった。張資平は日本に残る決心をし、背水の陣を敷いて猛勉強した結果、東京高等工業学校は不合格であったが、その後一九一四年七月中旬、第一高等学校特設予科に合格し、北京政府の官費生になる。第一高等学校特設予科を経て第五高等学校に入学、一九一九年七月、五高を卒業。そして東大在学中に、張資平はキリスト教に入信した。

張資平は、東京帝国大学理学部地質学科に入学し、一九二二年三月に卒業するまで一〇年間日本に滞在した。中国にいた頃は勉学のみに専念していたようだが、日本に渡ってからは外部からの視点で中国のことを考えるようになる。一九一六年に留学生が結成した丙辰学社（のち中華学芸社に社名を変更）に入ると、鉱山や石油問題についての専門知識を生かした文章を機関誌「学芸」に寄稿した。

一九一八年五月、段祺瑞政権による日本政府との「日支共同防敵軍事協定」締結に反対するため、留日学生は中華民国留日学生救国団を成立し、帰国して愛国活動を行う。救国団は上海に救国団総部、北京にその支部を設立し、それぞれ請願活動などを行った。張資平は上海へ赴いて請願活動に参加した。一九一八年七月から、留日学生救国団は「救国日報」を発行し、自らの考えを主張した。

張資平は上海に二週間滞在した後、日本に戻り、八月に福岡市箱崎海岸で郭沫若（一八九二～一九七八）と三年ぶりに再会した。その際、二人は帰国運動について話しており、張資平は段祺瑞政権の煮え切らない態度に不満を漏らしている。また、救国団の団員らが熱心に「救国日報」を売り歩き、また宣伝する行動を評価しつつも、「救国日報」については「空っぽなやたらに力んだ文章ばかりだ。ぼくの見るところ、彼らはみんな政治家なんだな」と否定的な見解を示し、救国団の活動についても「しかしそんな生活をいつまで続けられる？　影響だって知れたもんだろう？国を救おうと思ったら、やっぱり実際の学問が少しなくっちゃだめだろうな[1]」と述べた。一九二〇年、「救国日報」は資金難のため休刊を余儀なくされ、張資平の予感は的中した。

また箱崎海岸では、張資平と郭沫若は、一緒に文学雑誌を出すことについて話し合っている。後年郭沫若は、自伝でこのときの会話を創造社の「受胎期」と称する。一九二二年、「創造」季刊が発刊され、張資平は中心的な書き手の一人となる。

救国団の活動に参加したことが原因で、張資平は日本の期末試験に間に合わなかった。追試験も認められなかったため、高校を一年延期せざるを得なくなった。一九一九年五高を卒業し、同年一〇月に東京帝国大学に進学。一九二二年張資平は大学を卒業し広東に帰る。婚約者であった熊淑琴と結婚し、九月に隣県の蕉嶺鉛鉱山（中米合弁）で責任者兼技師の仕事につく。一九二四年に北上し、武昌師範大学（翌年武昌大学に改名）で自然地理や地質学、文学概論、英国文学史などの授業を担当する。一九二六年、北伐軍政治部国際編訳局の編訳委員となる。そこで恋愛小

創造社時代の張資平（呉福輝・銭理群編『張資平自伝』1998年9月、江蘇文芸出版社）

説を多数創作し、張資平はベストセラー作家になる。

一九二八年には上海へ行き、しばらく創造社の仕事に参加したが、夏に創造社を離脱する。直後の九月に楽群書店を作り、雑誌「楽群」を一年ほど発行した。創作のほか、文芸論の執筆や日本プロレタリア文学の翻訳をしている。一九三〇年、反日的小説『天孫之女』（天孫族の後裔）を出版し人気を呼び、五版を重ねた。

同じ一九三〇年、張資平は鄧演達（一八九五～一九三一）の推薦により第三党に加入するが、その鄧は一九三一年末に国民党当局に暗殺される。翌年六月に張資平は第三党から離脱した。この間張資平は、民族主義文芸や平民文芸を提唱する「絜茜」月刊を二期発行する。

一九三三年、曽今可などと「文芸座談会」を結成し、半月刊「文芸座談」を発行する。この「文芸座談」は反日の性格を帯びていると当時の日本政府に見なされた。ここに掲載された張資平による「朝から午後まで」（一九三三・七・一）や「佐野学氏の転向」（一九三三・七・一五）は、日本の外務省資料館が所蔵する「支那本国ヨリノ反日宣伝刊行物郵送配布ニ関スル件」で抄訳が読める。(2)

一九三八年、張資平は親日政府の準備をする梁鴻志（一八八二～一九四六）や日本憲兵の勧誘から逃げるため、一時香港へ逃亡。その後広西大学鉱冶系主任になるが、家族を迎えるために上海に戻る途中、香港で駐香港日本総領事中村豊一（一八九五～一九七一）の招待を受け、旅費を受け取った。一九三九年、日本人の援助を受け雑誌「新科学」や「文学研究」を創刊。一九四〇年三月に汪兆銘南京政府農鉱部簡任技正に就任する。一九四一年に中日文化協会に参加し出版組主任になり、月刊「中日文化」を編集する。一九四四年に上海に戻り、上海芸術大学文学系主任となる。一九四八年四月、張資平は漢奸罪で一年三ヶ月の判決を受けるが、一九四九年一月に取り消される。その後生活が困窮し、潘漢年（一九〇六～一九七七）や、郭沫若、周恩来（一八九八～一九七六）、劉少奇（一八九八～一九六九）に相次いで手紙を出し、政府から仕事を紹介してほしいと嘆願している。一九五五年、粛反運動（反革命分子粛清運動）が行われ、張資平は反革命罪によって逮捕される。一九五八年に漢奸罪で二〇年の判決を受け、翌年一二月、安徽省の労働改造農場で病死した。(3)

以上に見てきたように、張資平は汪兆銘政権に参加し、最終的には「漢奸」となって国を裏切るが、最初から日本に対して協力的立場を取ったわけではない。彼が留学していた時期、中華民国は成立したばかりであり、軍閥が林立し、政治状況が混乱していた。と同時に、帝国日本は中国をコントロールしようとしていた。そのような時代の流れのなかで、張資平はほかの留学生とともに愛国活動に従事していたのである。留学時期の作品を通して、張資平の中日関係に対するスタンスを再考する必要がある。

従来の中国文学史の記述において、張資平の作品イメージは「通俗的な恋愛小説」として定着しており、否定的に評価されてきた。しかし、近年、新たな研究動向が見られる。例えば、城山拓也は張資平の作品が一九二〇～三〇年代のベストセラーであったことに着目して、彼の作品を同時代の社会的な文脈の中に置き、『資平小説集』と『資平自選集』とに収録された作品を考察することで、張資平が一九一九年五四運動以降の中国新文学作家の目指す「自己表現」とは異なる形で近代社会の現実を表現しようとしていたことを指摘している。(4) このような近年の言説を踏まえつつ、本章では、張資平の社会意識に注目し、留学時代の生活を反映する「一班冗員的生活」を中心に、大正時代の留学生が抱えていた問題の一端を明らかにしたい。

「一班冗員的生活」は留学生の貧困を描く小説である。官費留学生であるCは、官費支給の遅配などにより、生活難に陥っている。周りの留学生も貧困に苦しんでおり、毎日節約の方法を考えるばかりで勉強に専念できない。そんなある日、友人の言が「救国日報」の再刊についてCのところへ相談に訪れた。その後、別の友人Lも、Lの同郷人である程のことで相談に来る。官費留学生であった程は恋愛に夢中になり、落第して官費を取り消されている。同郷会が一度募金し、程に帰国の旅費を贈ったが、Lによれば、程は帰国せず日本に滞在し続け、家賃の滞納により警察に引っ張って行かれたという。

次に、「一班冗員的生活」の先行研究を整理する。まず、一九九〇年代、鄂基瑞・王錦園が『張資平――人生的失敗者』（張資平――人生の失敗者）において、張資平の恋愛小説以外の小説を紹介する際に「一班冗員的生活」について、「直接に留日学生の経済の窮迫を描写」し、「明らかに作者自身の経験が感じられ、リアリティがある」といったんは肯定しつつ、郁達夫（一八九六～一九四五）の「沈淪」と比べ、郁においては、個人の問題を国家の問題とつなげることで、小説の主題を昇華させたのに対し、張資平の小説は主に経済問題を語るにとどまっており、作者の「利益を重視し、視野が狭いという根本的な弱点」が露わになっていると批判している。[5]また、馬良春は張資平の短編小説を、留学生活を描いた小説、自伝的な「身辺小説」、そして恋愛小説の三種類に分けたうえ、「「銀鑭躅」、「一班冗員的生活」では、日本で弱い国の出身者として青年らが蒙った屈辱、そして彼らの祖国への深い愛情が描かれ、また、腐敗した軍閥政府に対する留学生らの憤懣やるかたない思いが語られた[6]」と指摘している。

二〇〇〇年代に入ると、日本社会における中国人差別の状況に対する張資平の中立的、客観的態度に着目した盧徳平が「郭沫若、郁達夫の作品には、強い民族意識を持ち、自分の弱い身体を以て東洋帝国に抗争しようとする留学生の姿がよく見られるのだが、張資平の作品でより多く見られるのは、失望させられる留学生の姿であろう[7]」と述べ、張資平の描いた留学生が郭や郁のそれとは異なることを指摘した。

以上に見てきたことを整理すると、鄂・王は「一班冗員的生活」のリアリティを肯定しつつも「沈淪」と比較して主題がよくないと批判し、馬や盧は「一班冗員的生活」の独自性を評価したものの、その独自性について詳細な考察を行っているわけではない。

このような先行研究の指摘を踏まえつつ、本章では、従来の研究では注目されてこなかった点に光を当てる。すなわち、留学生が描かれる際に、なぜ同時に貧困問題が扱われたのか、また彼らを表象する際になぜ「冗員」という言葉が用いられたのか、という問題である。この問題を考察するにあたって、まずは時代背景――日本政府の「対華二十一カ条要求」(一九一五)及び「日支共同防敵軍事協定」(一九一八)などに反対するために起きた留学生の反日愛国運動、留学費用の増額運動――と、作品に登場する留学生の形象との関連性を検討する。その上で、留学生の社会的地位の変化や中国政府との齟齬に注目し、小説のタイトルにある「冗員」の意味を探りたい。さらに、初期創造社同人の留学生を描く小説を視野に入れて「一班冗員的生活」の独自性を論じた後、「一班冗員的生活」以外の張資平の留学生小説との比較を通して「一班冗員的生活」における張資平の問題意識をあぶりだす。最後に、「一班冗員的生活」と一九一〇年代末における魯迅「狂人日記」をはじめとする「問題小説」、すなわち中国の社会問題を提起・議論する小説との接点を求め、「一班冗員的生活」の位置づけを試みたい。

二　第一次世界大戦後の中国人日本留学生

まず、「一班冗員的生活」に織り込まれた情報と時代背景とを確認しつつ、第一次世界大戦後における中国人日本留学生の状況を整理したい。

「一班冗員的生活」には作中経過時間が明記されていない。ただ、作中時間を考えるうえで注目に値する記述として、「午後官費生が青年会を借りて会場とし、官費の増額を求める大会を開いたという。代表を決め、北京に帰らせて教育部と直接に交渉することになったのだ」[8]という一節がある。この「官費の増額」に関して、外務省外交史料館に所蔵されている一九二〇年一月二四日付の「支那留学生官費増額問題ノ件」[9]には、次のように記されている。

> 在京支那官費留学生聯合会ニテハ増額運動ノ為メ旧臘三十一日代表二名ヲ北京ニ派タ《ママ》ルガ偶々同一用件ニテ北京出張中ノ金代理監督ト打合セノ上右運動ニ従事シタル結果現給与額ニ対シ十円ツ、増額サル、コト、ナリタルヨリ前記金及代表二名ハ一昨二十一日皈《ママ》京セリ(10)

留学生代表が官費増額のために北京（教育部）と直接に交渉したことがわかる。また、「備考」に「官費生聯合会ニテハ昨年十二月下旬中国青年会館ニ於テ官費増額運動ニ関シ協議会ヲ開キタル」と述べており、この記述と「一班冗員的生活」で語られる内容とは合致している。さらに、「一班冗員的生活」では、「言君は救国日報を再び発行することについて、Cの意見を求めに来た」、「現在東京の団員はY君、S君と君しかいない」など、「救国日報」の再刊について語られている。第一節で触れたが、「救国日報」は一九一八年七月に創刊されたが、資金不足や中国国内の支持を得られなかったため、経営難に陥って、一九二〇年一〇月に廃刊を余儀なくされた(11)。その後、外務省資料館の記録によれば、一九二一年七月ごろ「今回再ヒ発刊スヘク資金募集中ニシテ留日学生ニ対シテモ個人的ニ交渉アリタル趣ナルガ留日学生総会ニ対シテハ未タ交渉ナキ由ナリ(12)」とあり、同紙の再刊が考えられていたことがわかる。

このように、留学生の官費増額問題や「救国日報」の再刊が登場人物の話題に上っていることを踏まえると、「一班冗員的生活」の作中時間は一九一九～一九二一年頃であると考えられる。史実では、官費増額問題と「救国日報」再刊の話との間に一年半以上の時間差があるが、張資平は作品の中で二つの出来事を並列して描出した。ここには、作者が経済問題と救国問題とを同時に置き、それを通じて留学生を表象しようとする意図が窺える。

中国人の日本留学は清末に始まったが、速成生と普通科生が多く、留学生の受け入れ先も私立の留学生教育機関や私立大学の留学生速成科が中心だった。留学生のレベルアップを目指して、一九〇七年、清国政府は日本政府と「五校特約」の協定を締結した。この協定により、予科試験に合格した留学生は予科での勉強が許され、その後、高等学校に入り、さらに帝国大学などに進学するというエリートコースが用意されることとなった。「五校特約」は、一九一二年中華民国が成立してからも続き、一九二二年まで実施された。張資平、郁達夫、郭沫若らは皆五校特約のエリートコースを歩んでいる。しかし、留学生はつねに勉学に専念できる環境だったわけではなく、彼らの生活や人生は変化する中日関係から強く影響を受けていた。たとえば、一九一五年一月、日本政府は中国での利権拡大を要求する「対華二十一カ条要求」を袁世凱政権に突き付け、その承認を迫った。また、前述のように、一九一八年五月、日本政府は段祺瑞政権と「日支共同防敵軍事協定」を締結して、段祺瑞政権を日本政府の従属下に置こうとした。このような情勢下で留学生の反日傾向が高まり、二度にわたって帰国運動が行われた。

しかし、「一班冗員的生活」では「救国日報」がすでに廃刊になったとされており、愛国活動についても下火になったものとして描かれている。そして、こうした愛国活動に代わって小説でクローズアップされているのが留学生の貧困問題である。たとえば、貧民窟に住む官費留学生Cは朝食を抜いたりするなど、節約をせざるを得ない状況であり、官費を取り消された留学生程は四カ月分もの家賃を滞納し、最終的に警察に引っ張って行かれた。

「一班冗員的生活」では、貧困問題に直面する留学生が借金を申し入れるシーンが何度も描かれる。また、金銭、物価に関する数字が頻出しており、留学生が硬貨を一枚ずつ数えて生活する様子が克明に描かれている。張資平は小説で中国の貨幣単位「元」、「角」、「分」を用いて日本の物価を説明している。たとえば、官費留学生Cは家賃「六元」の部屋に住んでおり、毎朝「二枚の銅板」を節約するために、イギリスパンの代わりにフランスパンを食べ、おかみさんから「五角」を借りて、その「一〇分の一」を使って銭湯に行っている。また、東京市内の電車に乗るには、距離を問わず往復で「一角五分」、つまり「一五枚の銅板」がかかるという。岩崎爾郎『物価の世相100年』(一九八二)によれば、日本では一八七四年から一九五三年まで使われた硬貨には一厘、五厘(半銭)、一銭(一八七三年から)、二銭がある。一九二〇年六月一日から東京の市電は片道八銭(通行税一銭を含む)、往復一五銭となった。それによって張資平のいう「銅板」は一枚一銭の硬貨であることが推定できよう。「一角五分」は一五分、すなわち一五銭であるから、一分は一銭になり、一元は一円になる。すなわち、「一班冗員的生活」では日本の貨幣単位をそのまま中国の貨幣単位に置き換えて使ったことがわかる。このような細かい金銭の描写を通して、張資平は留学生の貧困を克明に描き出しているのである。

すでに孫安石が指摘しているように、この時期の留学生にとって、貧困は深刻な問題であった。[13]特に、一九一八年以降、留学生の貧困は一層深刻化した。「申報」一九一八年四月三日付の「東京電」では、留学生百余名が留学生監督処の責任者に面会し、物価が高騰しているため「学資」（官費）の増加を求めて騒ぎ出したので、日本の警察が出動したと記されている。また同四月一一日付の記事によれば、四川留学生六十名が中国公使館に押し寄せ、学費問題で章（章宗祥）公使との面会を求めたという。[14]前述のように、留学生は官費留学生連合会を作り、官費増額の運動を行った。その結果、一九二〇年二月、「従来帝大生ハ五十二円、一高、高工、高師、千葉医専等ハ四十六円、其ノ他ノ官費生ハ四十三円ナリシガ本年二月分カラ各々十円宛増額スル事ニ決シ近々本国政府ヨリ送金アリ次第支給ナル筈」[15]と、一旦官費の増額が決定された。しかし、「東京朝日新聞」朝刊一九二二年五月一八日付の記事「空財布を抱いて途方に暮れる留学生／行李を纏めて帰国す／二千余名の善後策評議」によれば、一九二二年の時点でも留学生の境遇は改善されなかったことがわかる。「一班冗員的生活」の末尾に記された擱筆日は奇しくも同じ一九二二年五月一八日となっているが、[16]「一班冗員的生活」は張資平が同時代における留学生の境遇に触発されて書いたものと考えられる。

三　「エリート」から「冗員」へ　――余計者としての留日学生――

前節で、貧困は当時の留学生が直面していた現実問題であったことを述べたが、では、なぜ多くの留学生が貧困に陥っていたのだろうか。その原因について、孫安石は「①中国国内の度重なる軍閥混戦により財政が窮乏し、留学経費を確保することが出来ず、送金が途絶えてしまったこと、②留学経費が確保されたとしても優先順位で別の用度に流用されてしまう、という中国内部の理由[17]」を指摘した。段祺瑞が主導する北京政府に対抗するため、一九一七年に中華民国軍政府が広州に立ち上がり、これ以降中国では南北が対立する状態になった。中華民国の前期は政治的に不安定な状態が続いており、その影響は経済にも強く及んだのである。北京政府は軍事経費や内外債務の返済に追い込まれ、外国、とりわけ大日本帝国から巨額の借款をした。「一班冗員的生活」においても、「毎月の官費が途切れがちなため」、「官費増額の件は、いくら申請を出しても、電報を打っても、教育部は全く応じてくれない」と、官費が不足する同時代の状況が多く反映されている。

張資平は第一高等学校特設予科で学んだ後、一九一五年九月から第五高等学校で四年間を過ごし、一九一九年一〇月に東京帝国大学に進学した。この間に、日本は大正バブルと呼ばれる大戦景気期に入り、それに伴って物価が高騰した。富山の米騒動などが端的に示すように、大量消費時代の到来と共にインフレーションで貧困に陥った人が後を絶たなかった。そして、一九二〇年に東京の株価が暴落し戦後恐慌が起こり、留学生も恐慌の波にさらされる。「最近あちこちの下宿で、家賃やら食事代やら皆値上がりした」といった描写からは、東京の社会・経済状況の激変に影響された留学生の様子が窺われる。

先行研究で指摘された通り、「一班冗員的生活」は張資平自身の留学経験とも関わっているであろう。ただし、張資平の自伝によると、彼は大学時代に「性的苦悶と経済的圧迫」のために発奮しようとする考えと自暴自棄とが拮抗し、矛盾した生活をしていたようである。日本人の商店で生徒に英語を教え、キリスト教の信者になったが、「ほとんど毎晩のようにカフェで洋酒を飲み、ウェイトレスと談笑していた」り、「時々秘密の魔窟へ探険したりした[18]」という自伝の記述からは、実際の張資平の経済状況は「一班冗員的生活」に見られるほど悲惨な状態ではなかったことが窺われる。つまり、彼は自分の体験そのものを描くことよりも、当時の留学生全体が持つ経済問題の描出を目指したと考えられる。

また、「一班冗員的生活」では日本人教授のY博士が留学生Wに「日本では農民でさえ、子供を東京の中学校に進学させたら、毎月の仕送り額はそれ以上ですよ。中国の政府は君たちを勉強させるために日本に派遣したんですかね」と尋ね、留学生の困窮に同情を示す場面があるが、それに対して、Wは「政府は私たちを冗員と見なしていて、とっくに見捨てているのです」と答えたかったという。「冗員」は中国に古くからある言葉で、『正字通』に「古設官分職、人有常守、転移執事、不可無人、故有冗員備使令」[19]（昔から官職が設けられて職務が与えられている。固定の職位に就く者もいれば、移動して仕事をする者もいる。人がなくてはならないため、派遣するのに冗員も用意された）と記されている。すなわち、固定の職位についていない官吏という意味であった。転じて、余った人員という意味になる。似た表現に「冗兵」、「冗費」などがある。留学生Wは自分たちの存在は中国政府にとっては余計者であることを看破している人物、ということになろう。

エリートと冗員、留学生と余計者とは、一見、相反する存在である。ではなぜ、留学生Wは、「エリート」であるはずの留学生を政府は「冗員」と見なしている、と考えたのだろうか。

「五校特約」のエリートコースを歩む留学生が「エリート」であることは疑いない。アヘン戦争（一八四〇～一八四二）及びアロー戦争（一八五六～一八六〇）の敗北によって、清国政府はようやく「天朝上国」（中華思想）の夢から目覚めることとなった。一八六〇年代、清国は「中体西用」（伝統的な学問や制度を主体に置きつつ、西洋の技術文明を取り入れる）を標榜し、洋務運動を起こしている。日清戦争後、張之洞が『勧学篇』（一八九八）を著し、隣国日本への留学を勧めて以来、留日学生が増加する。さらに、一九〇五年清国は科挙制度を廃止し、留学経験の有無が官吏を登用する際の基準の一つとなり、中華民国の成立以降、留学生を対象に高等文官試験及び普通文官試験が行われた[20]。日本留学を経て中華民国の政治・軍事・社会・文化界で活躍している人は少なくない。張資平は来日の際、「革命政府から日本に派遣された官費留学生だよ」と自負していることから、留学生がそれなりのプライドを持っていたことがわかる。[21]

このように、留学生は試験に合格する必要があり、誰でもなれるものではなかった。特に、「五校特約」が結ばれた後は、「五校」に入るために激しい受験戦争を経なければならなかった。張資平は幾度もの落第を経てやっと第一高等学校特設予科に合格したことは第一節で述べた通りだ。その甲斐もあって、第一高等学校に合格した際には、「日本の帝国大学生の卵になった」と喜んだという。[22] しかし、「一班冗員的生活」では、自信満々で意気揚々とした留学生の姿は描かれない。「一班冗員的生活」で描かれる留学生は、生活費を工面するために周りの同級生やおかみさん、留学生監督処などに借金を申し入れており、落ちぶれている。

「一班冗員的生活」では、留学生Wのことばを借りて留日学生が「冗員」化されつつあると語られるが、このような考えは、実は、当時の社会的な状況を反映している。舒新城は『近代中国留学史』のなかで、「最近留学生問題についての文章が見られ、その多くに留学生に対して不満を抱えることが記されている」と述べた上で、帰国留学生が問題視されるのは彼らが特殊な坐食階級であること、外国にかぶれること、党派を作り悪事を働くことなどが原因であると指摘した。「一班冗員的生活」においても、日本かぶれの謝、日本人女性を騙す程、同郷会で勝手にふるまう陶といった留学生が登場する。彼らはまさにその素行が問題となった留学生たちと考えられる。

また、舒が「加えて成績が国内で学ぶ学生より優秀であるどころか、国内で学ぶ学生に及ばないこともあるため、彼ら（留学生）に対して社会では不満の声が上がるようになった」[23]と述べているように、当時の中国国内の教育の向上による帰国留学生の学力も問題となっていた。これと同様の意見は陳独秀の文章にも見られる。陳はかつて日本に留学をしたものの、「随感録（72）——留学生」[24]の中で、留学生、とりわけ留日学生を槍玉にあげ、留学生が新文化運動で収めた成績は「国内の大学生や中学生にも及ばない」と酷評した。実際の新文化運動においては、陳自身を含めてかつての留日学生が活躍したので、陳の発言は誇張があるとも思われるが、中国国内の教育が着実に発展し、五四運動において国内の大学生が甚大な役割を果したことも留学生の地位を低下せしめた要因と考えられる。このような国内教育の発展に伴い、留学生経費が教育経費に占める割合も削減される傾向にあった。[25]つまり、留学生が「冗員」化された背景には、留学生の個人的な要因だけではなく、中国国内の教育水準の上昇という社会的な事情が関わっていると考えられる。

さらに、留日学生の地位を相対的に低下させた出来事として、欧米留学生の増加がある。清国政府は一八七〇年代に米国留学のプロジェクトを立ち上げて一二〇名の幼童（一〇歳から一六歳、平均一二歳の子供たち）を米国に送ったものの、中途半端に終わっていた。[26]その後、一九〇八年、米国は義和団賠償金の一部を返還する条件として、清国政府に留米学生の派遣を要求した。そして一九〇九年、清国が四七名の留学生を米国に派遣したのを皮切りに、米国への留学生は徐々に増えていく。

近代中国人の日本留学の動機は、西洋化に成功した日本から効率的に西洋のことを勉強するためと言われてきたが、大正時代の中日関係の悪化により中国の教育発展計画に方向転換が起こった。すなわち、「対華二十一カ条」事件後、中国は西洋の教育制度を採用し、日本の教育は次第に見本ではなくなった。[27]欧米留学の道が切り開かれると日本留学の魅力は逓減した。さらに、一九一〇年代末の新文化運動で米国留学中の胡適が白話文学を提唱した「文学改良芻義」を「新青年」[28]に寄稿して注目を浴びたように、中国文学界において欧米留学生が重要な役割を果たすようになり、一九二〇年代ごろからは英米へ留学したインテリたちが思想・学術においての優位性を見せ始める。[29]

一九二〇年一二月、北京政府教育部は清国時代から始まった「五校特約」を二年後の満期を以て解除することを決めた。さらに、「五校特約」を解除した後、国内の教育体制における改革の一環として、米国の「六三三」学制を取り入れることになった。[30]「外国留学に関しては、この八年来、東洋（日本）留学の熱が冷め、西洋（米国）留学が人気を集めるという傾向が見られる。ことに最近数年間その転換が早くなる。清の時代に日本留学生が二万人にも達したが、現在はがた落ちである。一方、米国留学生の数が日増しに増えており、最近一五〇〇人に達している」[31]。「昔は日本留学生を重要視したものの、現在は米国留学生を重要視している」、「諭〔記事の執筆者〕が日本留学生であれば勿論淘汰される列に入っただろう[32]」といった「申報」上の発言は、もちろん個人の意見に過ぎないが、そこに前述のような中国における米国教育の影響力の拡大と日本留学生の社会的地位の変化とを垣間見ることができよう。「一班冗員的生活」において、Wの「政府は私たちを冗員と見なしていて、とっくに見捨てているのです」という一節には、Wの中国政府への不満とともに、日本留学生としての危機感が滲み出ている。

以上から、この時期、留日学生自身の素行不良や中国国内の教育水準の向上、米国留学生の増加などによって、留日学生の社会的地位に変化が起きたことがわかる。張資平はこのような変化を敏感に捉えて、「冗員」という言葉を以て北京政府にとっての余計者としての留日学生を描き出しているのである。

四　「創造社」作家の描く留学生

「一班冗員的生活」に登場する留学生の程は、ろくに勉強せず官費が取り消された。「冗員」といっても過言ではない存在であろう。一方で、「一班冗員的生活」にはまじめな留学生Cや言、かつては留日学生救国団に参加し、現在では『救国日報』の再刊に努めている留学生もいる。

既述のように、留日学生救国団は「日支共同防敵軍事協定」に反対するために結成された団体である。しかし、中国政府は留学生の「救国」を認めなかった。段祺瑞は留学生の帰国活動を「誤った風潮」と見なし、「留学生を国家の人材として考えるに当たって、誠に遺憾なことである[33]」と批判した。留日学生救国団に対して、最初中国政府は寛容な態度を取ったが、救国団の活動が活発になると、締め付けを図るようになる。中国教育部は相次いで布告を出し、留学生の復校を促している。中でも官費留学生には官費を取り消すことで運動を離れるよう迫った。本章第一節で張資平と留日学生救国団とのかかわりを述べたが、張資平は自伝で「上海泰安桟で一泊六角の狭い部屋に泊まり、暗くて臭くて、病気になって二週間も臥せっていた。その間に、徐家匯にある李公祠で会議に二回参加したり、公共体育場へ請願デモに行ったりした。しかし、結局我々の休学が無駄であることがわかって、またバタバタと日本に戻った[34]」と苦渋を味わった経験を振り返っている。

張資平の経験から明らかなのは、留日学生救国団の愛国行為は、中国政府の政策を妨げる性質を持ったことである。したがって、「一班冗員的生活」にある言やCの行動は中国政府から疎まれたと考えられる。特に、Cはしばしば中国の政局に対する不満を漏らしている。Cは「留学生を帰国させればその分の官費を軍事費に当てられる」と北京政府を皮肉り、「国はすでに滅びました」と時局に失望し、軍閥林立の状況を批判した。また、「新青年」を愛読していることから、Cは向上心のある留学生であり、現実の中国の状況や、「先進的な教育家」など中国の官僚に対し失望を抱いている青年として造形される。Cは南方の出身であり、自分の生存に関わる現実の南北対立に苦しんでいる。また、Cは周りの留学生からの相談に乗ったり困窮した留学生に援助したりするなど、温厚な人柄であるが、皆が熱中している各種の集会、同郷会に馴染めず、冷ややかな視線を投げかける。さらに、Cは同郷会の幹事に選ばれているが、彼はそれを操り人形にたとえている。Cは留学生集団に対して疎外感を持つ人物として描かれるのである。

以上のような留学生Cの造形は、同時期の留学生表象と比較した時、どのような特徴を持つのだろうか。この問題を考えるにあたって、まずは同時期に創作された留学生小説における留学生の描かれかたを確認したい。

この時期、創造社の同人たちはしばしば日本を舞台にした留学生小説を創作しており、例えば、郁達夫の最初の短編小説集『沈淪』（一九二一）に収められた三つの小説「沈淪」、「南遷」、「銀灰色的死」ではいずれも留学生の日本での運命が描かれているが、「創造」季刊にも留学生の生活を描く小説が多数発表されている。そこで、「創造」季刊に掲載された留学生小説について、初出年代、作者、タイトル、おおまかな内容を表の形でまとめることにする。

作者	タイトル	内容	初出
東山（鄭伯奇）	最初之課	日本の大学における授業初日、日本人教師が中国のことを「支那」と呼び、周りの日本人学生にも差別されたことで、留学生の屏周が屈辱を覚える話。	「創造」一-一、一九二二・三
張資平	她悵望着祖国的天野	中日混血の少女の秋児が上京し工場の監事に騙された後、長崎で中国人留学生Hと出会い中国に行きたいと考えるが、Hにも騙され絶望に陥る話。	「創造」一-一、一九二二・三
成仿吾	一個流浪人的新年	留学生の「彼」が日本でお正月を過ごした経験が語られ、異国での孤独とホームシックが描かれる話。	「創造」一-一、一九二二・三
郁達夫	風鈴	留学生の質夫が中国で就職しようとしたが、中国にいる旧友や周りの留学生のように名利を追うことに抵抗感を覚え、日本に残ると決意したものの、むなしい日々を過ごす話。	「創造」一-二、一九二二・八
張資平	木馬	留学生Ｃの視点で、下宿先の日本人の女の子が行方不明になったという日本の庶民家庭の悲劇が語られる話。	「創造」一-二、一九二二・八
郭沫若	残春	妻子を持つ留学生「私」が日本人看護師Ｓと出会った後、夢のなかでＳの病気を診察しようとしたところ、妻が子供を殺すという夢を見る話。	「創造」一-二、一九二二・八
郭沫若	未央	日本で家庭を持つ留学生の愛牟が、近代教育が始まった頃の中国での学生生活や、親の決めた結婚について思いを巡らす話。	「創造」一-三、一九二二・一二
張資平	一班冗員的生活	留学生Ｃの視点で、彼を含めた留学生たちの貧困、及び中国との齟齬を滑稽化しながら語る話。	「創造」一-三、一九二二・一二
滕固	壁画	留学生崔太始は中国で家庭を持つが、真の恋愛を求めて周りの女性にアプローチする。しかし、女性に不人気で挫折を重ねたあげく、吐いた血で壁に絵を描く話。	「創造」一-三、一九二二・一二
陶晶孫	木犀	留学生の素威が中学生のころ、小学校の先生だった Toshio との間に恋が生れたが、先生が病気で亡くなる話。	「創造」一-三、一九二二・一二
張定璜	路上	女子留学生「彼女」が中国に帰った後、帰国の途上で綴った手記を読みなおして、京都に対する未練や未来に対する不安を語りながら、帰国途上で出会った中国男子留学生を思い出す話。	「創造」一-四、一九二三・二

滕固	石像的復活	禁欲主義を守った留学生の宗老は彫刻の裸の少女が映る一枚の絵をきっかけにかつての下宿先の少女、中村苔子に恋心を抱き彼女を探したが、結局会えず、発狂してしまう話。	「創造」一-四、一九二三・二
張資平	回帰線上	留学生Gが電車で日本人少女の碧松と出会い好感を覚える。その後、友人Hが入院中の病院で碧松と再会したが、Hの碧松に対する気持ちに気づいたGは碧松と距離を保とうとする話。	「創造」二-二、一九二四・二

〔注：表にあげた作品のほかに、登場人物がかつての留学生だったという設定の小説もいくつかある。ただ、舞台は主に中国であるため、表には収めていない〕

これらの小説では、「路上」を除くすべての作品が男性留学生の日本での生活を描いており、特に、男性留学生と日本人女性との（成就しない）恋愛物語が多い。最もよく知られているのは「創造」季刊が発刊される前に発表された郁達夫「沈淪」である。「沈淪」では、繊細な神経を持つ「彼」が旺盛な性欲に悩まされ、日本人女性に愛を求めたいものの、自分の出自――「支那人」であること――に劣等感を覚え、罪悪感を抱きながら下宿先の娘の入浴を盗視したり、自慰行為をしたりする。ある日「彼」は買春しようとして果たせなかった後、「中国よ、強くなってくれ」と叫んで自殺することを決める。この小説では、恋愛不能の原因を自分が「支那人」であることに求めており、個人の運命を国の強弱に置き換えて語られる。

また、東山（鄭伯奇）は「最初之課」（最初の授業）で、留学生屏周の境遇を描いた。屏周は初めて東京に着いて中国公使館を探していたとき、何人かに「中華民国の公使館はどこですか」と聞いても誰も答えてくれなかった。怒りを抑えて「支那公使館はどこですか」と聞いたら、「清国公使館のことですか。だったらあの坂にあります」と一人が答えた。屏周はショックを受け、その後半年間も忘れられなかったという。期待していた大学生活では、最初の授業で自分の国籍について日本人教師から侮辱を受けた。「ふん、そうか。君の名前、名簿にない。君は日本人じゃない。朝鮮人かい？　清国人かい？」という教師の質問に対して、屏周は「僕は中華民国の人です」と冷静に答えた。

しかし、教師は「何？　中華民国？　俺は知らないぞ。支那じゃないか？」と「中華民国」を認めない。さらに、教師は堂々と日本の中国侵略の正当性を鼓吹し、「支那人を見よう！〔屏周を睨んで、そして再び目を天井板の角に投げた…原注〕奴らはどこに行っても嫌われる。豚と呼ばれても、奴らは泰然と平気だ。世の中で一番多い、どこにもあるのは鼠と支那人だ。……」と中国人差別の発言をする。周りの日本人学生も自国が一等国の列に入ったことを自慢して、中国のことをからかっている。「支那」があまりにも弱いから、渾天儀（中国で前二世紀頃から天体の位置測定に用いられた器械）を発明したことさえ疑問視されたという。

「最初之課」の中で、屏周は「国家主義」に疑問を持ったとされるが、この作品の書き方――日本人と中国人との間にくっきりと境界線が引かれたこと、横柄な日本人といったステレオタイプの造形がなされたことなど――から、全体としてこの小説はナショナリズムの色が濃いといえよう。[35]

上岡弘二はアイデンティティーと他者との関係について、「帰属意識あるいはアイデンティティーというものは、他者に対してのものである。他者の存在を前提にしないで成立しない。帰属意識を、優越感と劣等感の複合体と言い換えてもそれほど実体を離れてはいないであろう[36]」と指摘しているが、郁達夫や鄭伯奇が描く留学生はまさしく日本という他者との対峙を通して、自分が「中国」人であることを執拗なほど確認する。マイノリティーとして異国に滞在している留学生は、他者からのまなざしによって自らのアイデンティティーを確認し、獲得していくのである。

しかしながら、張資平「一班冗員的生活」において、日本人はやや異なる形で表象されている。たとえば、「一班冗員的生活」でも教室で授業を受ける場面があるが、やんちゃな日本人学生のいたずらが描かれるなど、教室は和やかな雰囲気に包まれており、「最初之課」のような緊張感は見られない。

Ｃが同郷会の活動に冷ややかな視線を投げるように、「一班冗員的生活」では、留学生同士の矛盾が描かれている。このような態度は、上記の表に収めた郁達夫「風鈴」と似通う点がある。ただ、「風鈴」は中国での就職を考える留学生質夫が中国にいる旧友や周りの留学生の名利を追う姿に耐えられず日本に戻る話であり、質夫の憂鬱や苦悶が描かれるのに対して、「一班冗員的生活」は留学生の集団を公平な視線によって描き出すことに重点が置かれる。それは例えば、作者が同情を寄せる焦点人物の一人であるCのお金がないときにあらゆる節約の方法を考える様子を滑稽な筆致で描いたり、何とか借金したお金ですぐに友人にごちそうする無計画性を暴露したりする点から窺える。つまり、「風鈴」では留学生である質夫の憂鬱を描くことによって質夫のナルシシズムが表現されているのに対して、「一班冗員的生活」では張資平は努めて客観的な立場から留学生を描いているのである。このような留学生への視線は、張資平の創作方法と深く関連すると考えられる。というのも、張資平は郭沫若と文学創作の方法について議論をしたことがあり、その際、「創作するにも、やはり先ず観察しなければならないじゃないか[37]」と、社会に対しての観察の重要性を説いているからである。「一班冗員的生活」においても、登場人物をよく観察し、一人一人を個性豊かに描いているといえよう。

「一班冗員的生活」では、中国の利益を日本に売る段祺瑞政権の存在、帝国列強による侵略など、いろいろな問題を抱える「中華民国」が浮かび上がる。城山拓也が「張資平は、一九二〇年代における社会体制の激変の中で、多くの新文学者とは異なる立場から、青年たちを新しい社会にいざなおうとしていた。彼は小説創作にあたって、創造社のメンバーの目指す『自己表現』よりも、一九二〇年代当時の近代社会の情報を書くことに、リアリティを見出していたのである[38]」と指摘したのは妥当だと考えられる。ただ、「一班冗員的生活」では、張資平の目的は、「近代社会の情報を書く」ことそのものにあったのではなく、「近代社会の情報」を織り込むことで、「冗員」化されつつあった留日学生が抱える問題を浮かび上がらせ、中国内部の問題をあぶりだすことにあったのではないかと考えられる。

五　張資平の問題意識

ここまでに述べたことを踏まえて、本節では、「一班冗員的生活」の位置づけについて、張資平のほかの留学生小説を視野に入れながら考察する。

張資平の初期の小説には留学生が登場するものが多い。「一班冗員的生活」のほかに、第一作「約檀河之水」（「学芸」二 - 八、一九二〇・一一）、中国近代文学史上初の長編小説である「沖積期化石」（一九二二）、「她悵望着祖国的天野」（「創造」一 - 一、一九二二・三）、「木馬」（「創造」一 - 二、一九二二・八）、「銀躑躅」（「孤軍」一 - 八・九合併号、一九二三・九）、「回帰線上」（「創造」二 - 二、一九二四・二）、「緑黴火腿」（「東方雑誌」二五 - 四、一九二八・二）などが挙げられる。これらの小説を通じて、張資平は多様な留学生像を描き出したのである。

「約檀河之水」（ヨルダン河の水）は留学生「彼」と下宿先の娘との哀れな恋愛物語である。[39]『沖積期化石』（沖積期の化石）は「私」の視点で、自分のことを交えながら、親友「韋鶴鳴」のことを語る。中国南方の農村に生まれ、私塾を経てミッションスクールに入り、日本へ留学に至ったことなどが延々と語られていることから、自伝的色彩が濃い作品といえよう。この二作には、同時代の日本文学からの影響が認められる。[40]また、これらの作品では他者（日本）との問題より、青春期の少年の家庭問題、恋愛問題に重点が置かれている。

「她悵望着祖国的天野」（彼女は祖国を侘しく眺める）では、中日混血の少女秋児の不幸な境遇が語られ、さらに秋児が、日本人男性と中国人男子留学生の両方に騙されたという設定である。「木馬」では、主に留学生の視点で日本の庶民家庭の不幸が語られる。さらに、「回帰線上」（回帰線の上で）では、二人の男子留学生と日本人少女との三角関係をめぐり、恋愛と友情の間で悩まされる青年が描かれる。これらの作品では、「留学生」はあまり問題にはならないのである。

一方、「銀躑躅」（銀ブラ）、「緑黴火腿」（黴の生えたハム）では、日本人との衝突が描かれる。「銀躑躅」では、中国がすでに「中華民国」に変わったにもかかわらず、朝鮮人の朴君は地図帳に載っている清国の国旗である「黄龍旗」を中国の国旗だという。中華民国の留学生が朴君と口論になったところ、日本の警察に「朝鮮人であれ、台湾人、モンゴル人、インド人、支那人であれ、我が日本政府は皆同一視しているぜ」と言われる。「私」はこれこそ「本当の侮辱」だと憤激を覚えた。中華民国が認められない上、中国を朝鮮、台湾など日本の植民地と同列に扱われることは当時の留学生にとっては辛いことだったのである。

一九二二年、日本留学の経験者（特に京都帝国大学出身が多い）による孤軍という同人団体が発足し、機関誌「孤軍」を発行した。この同人団体は「国民的忠僕」、「国民的先鋒」を自任し、国家主義を呼びかけ、軍閥統治を批判した。(41)孤軍の成立当初、郭沫若はそこによく寄稿したが、ついに同人にはならなかった。張資平もまた同人ではなかったが、「孤軍」第一巻第八・九合併号に短編小説「銀鑭蠲」を掲載した。軍閥政治を批判する箇所もあるためか、馬良春は「銀鑭蠲」と「一班冗員的生活」とを同列に並べたが、二作の主題は若干異なる。前者では、主に中華民国が日本人に認められない留学生の憤懣やるかたない思いや祖国が帝国列強の侵略にさらされる危機が訴えられるが、後者では、留学生という集団が持つ問題、中国との齟齬が中心になっている。

「緑黴火腿」では、携えてきた故郷の名物のハムに黴が生えたため、留学生の鄔伯強がハムを部屋に干したところ、汚いからトイレにしか置き場がないと管理人に言われる。伯強はハムを調理して管理人を招待し、管理人がハムとは知らずに食べている最中に「これはあなたが汚いと言っていたハムですよ」と言って、管理人に恥をかかせようとした。しかし、そこで管理人は素直に前言について謝罪したという話である。作中時間は清末の留学ブームの時期に設定されており、留学生の経験したカルチャーショックが語られる。

以上見てきたように、「約檀河之水」などの作品においては、「留学生」というより、青年が抱える恋愛問題や家庭問題が中心となっている。「銀鑭蠲」と「緑黴火腿」は日本と接するときに生じる政治的・文化的な齟齬の問題が中心である。一方、「一班冗員的生活」では「留学生」という集団が描かれ、留学生を戯画化しながら、留学生の「冗員」

になった社会背景、特に中国政府との関係に重点が置かれる。中国が単なる連帯感を持つ精神的な共同体ではなく、様々な問題を抱えた中華民国であることが提示されるのである。つまり、「一班冗員的生活」は張資平がいくつか創作した留学生小説のなかで、留学生活の大変さや留学制度の不備、また中国と日本、アメリカとの力関係の変化を提示した点に独自性があり、注目に値する作品である。

「一班冗員的生活」では、留学生という集団が注目され、留学生同士、留学生と自国との間の軋みも描かれる。留学生のなかには、堕落したものもいれば、国の方針と齟齬が生じる愛国活動を行ったものも存在する。堕落した留学生がエリートから「冗員」になるのは当然であるが、官費をもらいながら北京政府の政策に反対する留学生もまた政府にとっては不要な余剰な者となる。留学生の諸相を中華民国にとっての余計者という意味の「冗員」として描いたのは、一括りにできない中国内部の社会状況を浮かび上がらせ、留学生及び中国政府両方に批判のまなざしを投げかける意図があったのである。

張資平は、留学生の置かれた立場や留学生の将来に関心を持ちつつも、中国の現実状況に対しては批判的な態度である。このような態度は、一九一九年に発表された謝冰心の留米学生を描く短編小説「去国」（『晨報』一九一九・一一・二二〜二六）と相通じる。「去国」は留学生の英士が米国で実業を学び、抱負を持って帰国したところ、中国社会は混乱しており、人は真剣に働かず、投機的なことばかりが話題にのぼっている。このような中国の状況に英士は絶望し、再び米国に戻ったという物語であり、中国近代文学史における「問題小説」の一つと見られている。「問題小説」は一九一九年五四運動前後から一九二五年五・三〇事件にかけて創作された、中国の社会問題の議論がモチーフとなった作品の総称であり、その代表作としては魯迅「狂人日記」（『新青年』四-五、一九一八・五）が挙げられる。ただ、「去国」が主として描くのが留学生の社会への不満であるのに対して、「一班冗員的生活」では中国政局への不満とともに留学生個人に対する批判も見てとれる。つまり、「一班冗員的生活」は中国近代文学史における「問題小説」との接点を持ちながらも、集団を構成するそれぞれの留学生が個々に内包する問題にも言及し、留学生の様々なありように光を当てた点で評価に値する作品である。

注

（1）郭沫若著、小野忍・丸山昇訳『郭沫若自伝2』「創造十年」、一二六頁（一九七二年八月二〇日、平凡社）。

（2）「一般／5昭和8年18日から昭和8年11月9日」JACAR(アジア歴史資料センター)Ref.B02030943400、共産党宣伝関係雑件／対日宣伝関係 第八巻(A-3-4-0-2_4_008)(外務省外交史料館)。

（3）張資平の経歴については、張資平『脱了軌道的星球』（軌道を外した星、一頁～二〇六頁、一九三一年七月、上海現代書局）、張資平『資平自伝』（二頁～一三九頁、一九三四年九月一五日、第一出版社）、顔敏『在金銭与政治的漩渦中――張資平評伝』（金銭と政治の渦中に――張資平評伝、三三二頁～三四七頁、一九九九年一月、百花洲文芸出版社）、松岡純子「張資平研究資料（1）年譜」（「長崎県立大学論集」第三四巻第四号、一七五頁～二〇六頁、二〇〇一年三月）、立松昇一「張資平への言説をめぐって：創造社同人の文学」（「拓殖大学語学研究」第一一二号、七九頁～一〇〇頁、二〇〇六年九月）を参照した。

（4）城山拓也『中国モダニズム文学の世界――一九二〇、三〇年代上海のリアリティ』第1章：張資平と憧れの近代――『資平小説集』と『資平自選集』、六一頁～一一四頁（二〇一四年一〇月六日、勉誠出版）。

（5）鄂基瑞・王錦園『張資平――人生的失敗者』三：非恋愛題材小説面面観、一三七頁～一三八頁（一九九一年七月、復旦大学出版社）。

（6）馬良春「前言」（李葆琰編『張資平小説選（上）』所収、一頁、一九九四年一〇月、花城出版社）。

（7）盧徳平「中国現代文学中的日本形象」（「中国青年政治学院学報」二〇〇〇年第六期、一〇五頁～一〇六頁、二〇〇〇年一一月）。

（8）「青年会」とは中華留日基督青年会のことで、留学生の生活や学業、活動の場として一九〇七年に設立された。さねとうけいしゅうは『増補版　中国人日本留学史』第3章：留学生の日本生活、二〇二頁（一九七〇年一〇月二〇日、くろしお出版）

において、青年会は「大正時代には、二十一か条問題・シベリア出兵問題、そのほかたびかさなる日本の中国侵略に反対の運動をしたときの参謀本部であった」と述べた。

（9）本文引用は伊藤虎丸編『創造社資料　第2巻』（一九七九年二月、汲古書院）に拠った。日本語翻訳はすべて筆者が施した。

（10）「支那留学生官費増額問題ノ件」、JACAR(アジア歴史資料センター)Ref.B12081625400、在本邦清国留学生関係雑纂／留学生学費之部（B-3-10-5-3_5)(外務省外交史料館)」。

（11）「排日紙救国日報廃刊一日上海特派員発」（『東京朝日新聞』朝刊、一九二〇年一一月三日）は、「救国日報は爾来絶えず排日記事を掲げ排日学生運動の一労力をなしたるが経営困難の結果十月三十一日限り廃刊せられ」たことを報道した。

（12）「在上海『救国日報』再刊計画ノ件」JACAR(アジア歴史資料センター)Ref.B03040700400、新聞雑誌発刊計画雑件（1-3-1-29_001)(外務省外交史料館)。

（13）孫安石「経費は遊学の母なり――清末～一九三〇年代の中国留学生の留学経費と生活調査について――」（大里浩秋・孫安石編『中国人日本留学史研究の現段階』所収、一六九頁～二〇六頁、二〇〇二年五月三一日、御茶の水書房）。

（14）「申報」上海版、一九一八年四月四日付「東京電」、一九一八年四月一一日付「外電」。

（15）「支那留学生監督処ニ関スル件」、JACAR(アジア歴史資料センター)Ref.B12081625100、在本邦清国留学生関係雑纂／学生監督並視察員之部（B-3-10-5-3_4)(外務省外交史料館)。

（16）張資平は「我的創作経過」（『文芸創作講座』第二巻、一九三二年五月、本章での引用は呉福輝・銭理群編『張資平自伝』（二三〇頁～二三八頁、一九九八年九月、江蘇文芸出版社）の中で、文芸創作に当たり、推敲の上に推敲を重ね、プロットの発展を極めて重要視し、一つの短編小説を書くのに七、八回もの改稿も行い、三年間もかかったと記している。「一班冗員的生活」に関しては、「大学三年目の一年間、『沖積期化石』のほか、「愛之焦点」や「一班冗員的生活」、及び「時事新報」文芸欄にいくつかの小品を書いた」との記述から、「一班冗員的生活」の執筆は早ければ一九二一年七月ごろから始まったと考えられる。

（17）孫安石「経費は遊学の母なり――清末～一九三〇年代の中国留学生の留学経費と生活調査について――」注13に同じ、

一八二頁。

(18)「我的創作経過」、注16に同じ、二三七頁。

(19)〈明〉張自烈・〈清〉廖文英『正字通』、二六三頁（一九九六年七月、中国工人出版社）。

(20)市隠「文官考試之雑談」（「申報」上海版、一九一七年一〇月七日）。

(21)張資平『資平自伝』(四)、前掲。

(22)張資平『資平自伝』(四)、一三九頁、前掲。

(23)舒新城『近代中国留学史』第十五章：結論——歴史告訴我們的留学問題（二二〇頁、一九二七年九月、上海中華書局）。「加之其成績並不優於非留学生，甚至遠不及非留学生，社会上対他們不満的感情也随之而来」。

(24)陳独秀「随感録(72)——留学生」（「新青年」第七巻第一号、一二〇頁、一九一九年一二月）。

(25)劉功君・沈世培「北洋政府時期留日経費籌措考察」（「歴史档案」二〇〇九年第一期、九九頁〜一〇九頁、二〇〇九年二月）。

(26)一八七二〜一八七五年の間、清国は四回に分けて合計一二〇名の児童（平均年齢一二歳）をアメリカに送った。所謂「幼童留美」計画である。この計画により、留学生が十五年間をかけてアメリカ人の家庭に寄宿し教育を受けることになる。しかし、留学生はだんだんアメリカの文化に馴染み、清国の礼儀制度・精神文化に抵抗するようになったため、清国政府の逆鱗に触れた。その結果、一八八一年にすべての留学生が呼び戻され、「幼童留美」計画は挫折した。

(27)羅志田「救国抑救民?〝二十一条〟時期的反日運動与辛亥五四期間的社会思潮」（『乱世潜流：民族主義与民国政治』所収、八〇頁〜八一頁、二〇一三年六月三日、中国人民大学出版社）。

(28)中華民国の新文化運動の中心的な役割を担った雑誌であり、一九一五〜一九二二年に発行された。

(29)羅志田「序言」（Bieler, Stacey 著、張艶訳『中国留美学生史』所収、一一頁、二〇一〇年六月、生活・読書・新知三聯書店）。

(30)徐志民「一九一八〜一九二六年日本政府改善中国留日学生政策初探」（「史学月刊」二〇一〇年第三期、七六頁、二〇一〇年三月二五日）。

(31)「時論」(「申報」上海版、一九一九年一〇月一〇日)。「至於外国留学八年来漸露東西洋消長之機而最近数年間其転■尤速清之季日本留学生最多至両万人今乃一落千丈而美国留学生数日見増加最近乃達千五百人」。李喜所の指摘によれば、一九〇〇年まで、アメリカ留学の人数はわずか十数名だったが、一九〇五年に五百余名に増え、一九一一年に六五〇名になり、一九一八年には千百余名に上るという(李喜所「清末民初的留美学生」「史学月刊」一九八二年第四期、五一頁〜五六頁、一九八二年三月)。アメリカへの留学生は増える傾向にある。ただ、日本留学生よりは少ない。

(32)野雲「旅京蘇同郷之招待会」(「申報」上海版、一九二二年七月二七日)。

(33)「北京電」(「申報」上海版、一九一八年五月一六日)。

(34)張資平「曙新期的創造社」(「現代」第三巻第二期、二二四頁、一九三三年六月)。

(35)この時期、留学生が日本で差別に遭ったことは珍しくないものの、鄭伯奇の描写には幾分誇張があると考えられる。もっとも、タイトルが示すように、作者はアルフォンス・ドーデ「最後の授業」(『月曜物語』、一八七三)を意識していると考えられる。「最後の授業」は一九〇三年に中国語に訳され、その後、胡適が一九一二年に「割地」に訳すなど、いくつかの翻訳が出た。愛国主義を高揚する作品として中華民国初期から広く読まれ、一九二〇年代からは商務印書館によって出版された中学校の教科書にも収録された作品なのだ。

(36)上岡弘二「私は、何者か――イラン人の帰属意識と国家意識――」(飯島茂編『せめぎあう「民族」と国家――人類学の視座から』所収、四七頁、一九九三年五月三〇日、アカデミア出版会)。

(37)郭沫若著、小野忍・丸山昇訳『郭沫若自伝2』「創造十年」、一三二頁、前掲。

(38)『中国モダニズム文学の世界――一九二〇、三〇年代上海のリアリティ』七九頁、前掲。

(39)この小説に関して、松岡純子「張資平「約檀河之水(The Water of Yoldan River)論」(「九州中国学会報」第三〇号、一〇一頁〜一二三頁、一九九二年五月)を参照した。

(40)例えば、張競は張資平が「約檀河之水」を書くときに大正時代の日本文学、特に田山花袋「蒲団」から影響を受けたことを指摘している。張競『近代中国と「恋愛」の発見』第七章：苦しい模倣の歴程——張資平の恋愛小説と田山花袋、二三七頁〜二六〇頁（一九九五年六月二七日、岩波書店）。

(41) 無署名「孤軍宣言」(「孤軍」第一巻第一号、一頁〜七頁、一九二二年九月)。

第三章　「摩登哥児《モダンガール》」としての中国人女子留学生
——崔万秋『新路』を読む——

一　崔万秋及び『新路』

本章では、崔万秋『新路』を扱う。『新路』は、一九三〇年代初頭の中国人日本留学生を描いた長編小説である。作者の崔万秋（一九〇四～一九九〇）は中国山東省に生まれ、一九二四年に山東省立第六中学校を卒業すると、同年九月に来日し、一九二五年から一九三三年まで広島高等師範学校及び広島文理科大学に留学した。来日した翌年にあたる一九二五年には中国青年党に入り、一九二六年七月に旅日支部の代表として中国青年党第一回全国代表大会に出席している。一九三三年に帰国してからは、上海「大晩報」の文芸副刊「火炬」、「剪影」の主編を務めながら、滬江大学や復旦大学で教鞭を執る。一九三七年盧溝橋事件後、一時は日本に渡るが、一九三八年から重慶「国際宣伝処」対敵宣伝科に務めるなど、抗日活動に従事した。一九四八年に駐日本台湾代表団専門委員となり、駐日本代表団が「大使館」に変わった後は一等秘書となり、のちに政務参事官となった。一九六四年台湾に渡ると「台湾外交部亜東司」副司長に就任し、一九六九年に駐ブラジル台湾公使になった。一九七二年に定年退職を迎えた後は台湾で日本文化の紹介、文化交流の促進に尽力し、一九七六年、アメリカに移住した(1)。

崔万秋遺影『崔万秋先生記念文集』
（1993年3月、アメリカ剣橋出版社）

このように日本と深い関わりを持つ崔万秋は、生涯、政治活動に従事するかたわら、文学活動も精力的に行ってきた。日本留学時代には、文学や歴史学を専攻しながら、夏目漱石や武者小路実篤、林芙美子など日本人作家の作品を翻訳した。主な翻訳作品には『孤独之魂』（一九二九・四、上海中華書局、日本語原題『孤独の魂』、武者小路実篤著）、『草枕』（一九二九・五、上海真美善書店、日本語原題『草枕』、夏目漱石著）、『放浪記』（一九三二・一、上海新時代書局、日本語原題『放浪記』、林芙美子著）などがある。

また、翻訳だけではなく創作にも積極的に取り組んだ。彼が執筆した小説には、たとえば、『熱情摧毀的姑娘』（一九二九・六、上海真美善書店）や『紅一点』（一九三五・四、上海時代図書公司）、『第二年代』（一九四三・四、重慶文座出版社）などがある。『熱情摧毀的姑娘』と『紅一点』は短編小説集である。この時期の崔の作品には、中国男性留学生と日本少女との哀れな恋や、上海を舞台とする中年男性知識人の苦悶といった題材が多い。『第二年代』は長編小説である。政治宣伝工作に従事する知識人葉唯明の視点から、一九三八年に起きた第二次上海事変や徐州大会戦、国民政府の重慶遷都などを描いた『第二年代』は、戦後、日本語に訳され、『抗戦第二年代』（大芝孝訳、一九五〇・八・一五、ジープ社）の題で刊行された。

母與子的作者譯者

留学時代の崔万秋と武者小路実篤との写真（「真美善」第四巻第六号、1929年10月16日、京都大学図書館所蔵）

本章で取りあげる『新路』は、「大晩報」（一九三三・三・三〇～九・三〇）に連載された。「大晩報」には『新路』に関する読者の投稿はなく、連載時の『新路』への反応は不明なところが多い。ただ、連載の最終回に「作者付記」があり、そこに「この小説は本日を以て六カ月間付き合ってくださった諸君と別れを告げます。皆さまに感謝の代わりにメッセージをお伝えします。この本はすでに大晩報、時事新報、大陸報、申時通訊社が合併する『四社出版部』によって単行本として刊行されることが決まっております。現在は印刷中」[2]とある。そして、実際、一九三〇年一一月に上海四社出版部より単行本が出版された。このことからも、『新路』への読者の反応は悪くなかったと考えられる。

『新路』初刊本は、連載時の小見出しを削除したほかに、幾つかの場面の削除、細かい表現の変更、「両条路線」という章における叙述の順番の入替が見られるものの、内容は連載時のものとおおよそ一致している。また、一九四八年三月に長風書店より再刊されたが、これも初刊を底本としている。それゆえ、本章での引用も初刊本を底本とし[3]、初刊本において削除された部分については後述することとしたい。

『新路』の梗概は次のようである。

一九三一年四月、「北平早報」の主筆だった馮景山は、国際法を研究するため仕事を辞めて日本へ渡る。そして神戸から東京へ行く列車で女子留学生林婉華と知り合う。馮に恋した林が告白してくるが、馮は自らが妻帯者であるという理由で林の愛情を拒絶する。しかし心の中では、告白してきたのが林ではなく、林の親友である金秀蘭だったらどんなに嬉しいだろう、とも思う。一方の林婉華は、失恋によって大きなショックを受け、「堕落」した生活を始める。その後、満洲事変が勃発し、馮景山や鞠晩声をはじめ、留学生が反日愛国運動を起こす。林婉華もこの愛国運動に巻き込まれ、馮景山らと共に警察に逮捕される。一九三二年四月、馮景山をはじめとした留学生は日本から追放される。林婉華は個人の愛情よりも、国のために身を捧げることを重く考え、馮の仲間になろうと中国東北へ向かうが、彼女の親友である金秀蘭は「私は臆病で皆と一緒に活動に参加できない」として、日

『新路』連載一回目（「大晩報」1933年3月30日、上海図書館所蔵）

本に残る。

また、抗日救国の道に選ぶ林婉華とは異なる道を歩む留学生もいた。奉天金州出身の梅如玉という女子留学生は、金州の愛人方潜亭を裏切って、裕福な男子留学生周星庵をパトロンとし、物質的享楽に耽り、同時にほかの留学生をもてあそんでもいた。彼女は日本人が作った旅順師範学堂で教育を受け、「中華民国」の国民としてのアイデンティティーを持たず、しばしば日本の特務に留学生の動向を密告した。満洲事変が起きると、同じ金州出身の留学生王文尤と共にスパイとなるが、まもなく金州からやってきた方潜亭に殺される。

次に、『新路』に関する先行研究を概観したい。革命と恋愛との関係について論考のある韓冷は、『新路』が「革命＋「恋愛」という構造であることを指摘し、『新路』と革命文学との共通点を論じた。[4]また、余婉卉は、女子留学生林婉華の人物造型について「女性の自立に対する男性中心主義社会の焦慮を表している」[5]と述べる。韓や余によって、『新路』の構造における問題や女子留学生のセクシュアリティの問題、ジェンダーの問題が提示されたが、残念ながら、こうした問題点は論点の指摘に留まるものである。

また、『新路』における抗日愛国の要素に着眼した研究もある。朱美禄は、『新路』に描かれた留学生像を「忠／奸」、「正／邪」に分類した上で、留学生の満洲事変以降の活動に注目し、『新路』における「啓蒙より救国」というモチーフを指摘した。[6]この指摘は示唆に富むものであるが、二項対立で捉えたために登場人物の多様性を見落とした嫌いがある。また、陳思広は『新路』の題材の新しさに言及し、「民族主義と愛国主義を高揚する優秀な作品」[7]だと評価している。

『新路』では「満洲事変」といった「非日常」的な事態よりも、留学生の「日常」生活や感情の葛藤などが細かく描かれており、とりわけ林婉華や梅如玉、金秀蘭など、女子留学生の華やかな生活や恋愛をめぐって物語が展開する。したがって、『新路』を読み解くうえで、韓や余によって提起された女子留学生のセクシュアリティの問題やジェンダーの問題は、さらなる考察が必須であると考えられる。ところが、従来の研究では女子留学生の描かれ方に関する考察が十分に行われていない。

本章では、作中に描かれた複数の女子留学生の人物造形に光を当て、モダンガールとしての女子留学生を表象した小説として『新路』を読み解く。まず、昭和初期、東京に滞在する中国人女子日本留学生の状況を確認し、当時の新聞報道に記された女子留学生のイメージを掴む。それを踏まえつつ、次に、『新路』に描かれた女子留学生の特徴を、外見・住まい・活動などの点から検討する。これらの確認・検討を通して、作中の女子留学生たちが時代の先端を行く摩登哥児《モダンガール》として描かれながらも、(8)戦争の足音が近づくにつれて享楽と愛国の間で揺らぎ始め、のちにそれぞれの運命を歩むことになることを明らかにする。

二　昭和初期の中国人女子日本留学生

本節では、中国人女性の日本留学史及び昭和初期の女子留学生の概況について確認した上で、昭和初期の女子留学生に関する新聞報道を見ていく。

清国が正式に男子留学生を日本へ派遣をし始めたのは、日清戦争後の一八九六年である。女子留学生の渡日はこれにやや遅れるものの、一八九九年から徐々に東京にその姿を現すようになった。実藤恵秀によれば、初期の女子留学生は、家族に伴って来日するケースが多かったという。(9)一九一〇年、清国政府は女子留学生の資格に中学卒業以上という制限を加え、官費支給の条件を東京女子高等師範学校、奈良女子高等師範学校、及び東京高等蚕糸学校女子部に合格した者に限ると定めた。

一九二三年になると日本で「対支文化事業」が発足する。一九二四年二月には「日本対華事業協定」(「汪—出淵協定」)が成立し、三月に中国政府教育部は「日本対華文化事業補助留学生学資分配辦法」を公布した。学費補助制度では、留学生に対して「特選留学生」、「一般補給留学生」、「選抜補給留学生」の三つの枠を設け、選抜に際し男女の区別をしないとの規定がなされた。一九二七年五月には、上記の「辦法」に修正や補充を加えて、「中日文化事業留学生学費分配辦法」が公布された。こうした奨学金制度の整備によって、より多くの女子留学生が学費補助を獲得することが可能になった。

中国人留学生史研究者である周一川の調査によると、一九二七年、一九二八年の女子留学生はそれぞれ九七名、一〇七名であり、一九二九年、一九三〇年の女子留学生の詳細は不明であるという[10]。ただ、「東亜高等予備学校学生男女別人員」には、一九二九年に一一二名、一九三〇年に六〇名の女子留学生が在籍したことが記されていることから[11]、この時期の女子留学生は少なからず東亜高等予備学校に在籍していたと考えられる。つまり、日本に留学した女子留学生の数は東亜高等予備学校の記録にある人数よりも多く、『新路』の作中時間である一九三一年頃には、多くの中国人女子留学生が日本に滞在していたと考えられる。

つづいて、一九三一年に日華学会が出版した『留日中華学生名簿　第五版』(一九三一・九・五、日華学会学報部)に基づき、女子留学生の当時の状況をまとめてみよう。

学校別	留学生総数	女子留学生数	女子留学生割合(%)
文部省直轄学校	838	42	5.02
ほかの官省及公共団体設立学校	186	—	—
軍事専門	378	—	—
私立大学（共学）	1065	69	6.48
私立大学（女子）	67	67	100
一般予備学校	532	12	2.26
学校外実習研究	30	2	6.67
計	3096	192＊	6.20

〔＊原注　一部予備校ノ女性数不明ナレバ実際ハ是以上ノ女性ヲ含ムベシ〕

上の表からわかるように、女子留学生の数は留学生全体の六・二〇%を占めるにすぎないが、それでも二〇〇名に近い。共学の私立大学に在籍する女子留学生数が女子私立学校を上回って一位を占めるものの、人数の差は二名にすぎない。

ただし、原注にもあるように、一九二名は必ずしも正確なデータではない。例えば『留日中華学生名簿』では、一九三一年に東亜高等予備学校に在籍する女子留学生が一二名とされるが、「東亜高等予備学校学生男女別人員」では、一九三一年に在籍している女子留学生が二〇名とされている。これは留学生の数が一ヵ月の間に増減していたことと関係すると思われる。(12) また、「在留地方別表」(13)によれば留学生は全国二九の地方に分布していたが、東京に滞在する者は二五六八名おり、これは全体の八割以上を占める。女子留学生の場合も、奈良女子高等師範学校の二八名を除けば、そのほとんどは東京に滞在していた。

では、東京の女子留学生の住居形態はどうだったのだろうか。留学生の大半は、日本では寄宿舎、下宿、貸間などに住んでいた。例えば、東亜高等予備学校には寄宿舎があり、中国劇作家である夏衍の妻、蔡淑馨は留学時代に東亜高等予備学校の寄宿舎に住んだことがある。(14) 東亜高等予備学校は一九一四年松本亀次郎により創立されたが、一九二五年、同校の経営は財団法人日華学会に委譲され、寄宿舎の管理も日華学会の下に置かれた。その結果、寄宿舎は東亜高等予備学校の学生のみならず、ほかの学校の留学生も受け入れるようになり、留学生が増加したためにさらに寄宿舎を購入したという。事実、「日華学報」第一一号(一九三〇・一一)には、「女子寄宿舎の購入」という記事があり、そこには「本会経営にかかる大和町、白山御殿町の両女子寄宿舎は、年々増加する女子留学生の収容に就きすでに狭隘を感じ、種々の不便に逢着」したため、「府下中野町中野上原九〇九番に中央線東中野下車寄宿舎」を購入して、「室数二十九室その外に集合所応接室食堂娯楽室等あり、学生勉学余暇を利用して十分なる慰安を供するに足れり」と記されている。

もちろん、民間の下宿などに住んでいた留学生もいた。一九二〇年代の留学生K女史の事例を取り上げ紹介している加藤直子によると、K女史は一九二六年、東亜高等予備学校で学んでいた間、神保町の木村館に下宿していた。(15) また、一九三二年に渡日し、早稲田大学大学院を修了後、東京帝国大学大学院に入学した韓幽桐は、「東京ではあちこち転々と、ふつうの貸間やアパートに住んでいた。最初は、植物園の横の、白山御殿町という所の貸間である」[16]と振り返っている。

民国初期（一九一二〜一九二七）の女子留学生の状況を清末のそれと比較・分析した周一川によれば、民国の女子留学生は教育水準の向上が見られること、社会活動に消極的なこと、「教育、科学救国」を留学の目的とすること、などの特徴を持つという。[17]つまり、『新路』の背景として、寄宿舎や民間の下宿に居住していた女子留学生たちは、社会活動より勉強に没頭していたことが窺える。

次に、女子留学生の動向を報道した新聞記事を参照することで、一九三〇年前後における女子留学生のイメージを確認したい。

中国人女子留学生に関する記事は、おおむね清末に相当する明治時代に集中しており、大正時代にはあまり見られない。しかし、昭和に入ると「東京朝日新聞」にはいくつかの女子留学生の記事が見られるようになる。例えば、「支那女子留学生のいぢらしい心根」（「東京朝日新聞」朝刊、一九二八・六・一二）という記事がある。中国人女子留学生「王さん」は、送金の書留が同じ学校の生徒に盗まれ、「王さん」の保証人がその生徒の処分を学校に要求しようとしたところ、「王さん」は、あの人はこの学校に入るのにさぞ骨を折ったから、三十五円のために処分されては可哀相だ、お金は要りませんから、その人を処分しないでくださいと、涙ながらに訴えた、との記事である。「済南事件等を新聞でかきのぞいた位で王さんを白眼視した学友達に、王さんのこの心根に対して恥を知れといつてやりたい程です」[18]と記事は締めくくられる。

また、「東京朝日新聞」朝刊の一九二九年四月から八月にかけて掲載された「婦人室」というコラムには、中国人女子留学生に関する記事が三つある。四月二一日付の記事では、女子留学生の傾向に注目し、これまでの女子留学生が手芸などを学んだのに対し、近年では、女子高師や女子医専などに在籍する人の増加や法律研究を志望する傾向が見られ、勉強熱心な人が多いことが報じられている。五月一〇日付の記事では、明治大学に在籍する女子留学生が学長に提出したという、中華校友会への入会許可を求める請願書が紹介される。男女平等を主張し、明大の中華校友会に入るための許可を学校当局に求めた女子留学生に対し、コラムでは、「これが曾て『男女七歳にして席を同じうせず』と我国人に教へ、彼等もまたつい近頃までこれを信条として奉じて来た、中華婦人の変遷です。感深いものがあります」とコメントしている。八月五日付の記事では、父親と共に日本に来た女子留学生が、同じ留学中の男子留学生と親しく往来し、遂に父親に無断で男子留学生との旅行を企て、父親に監禁されたため、親子の縁切り証文を残して家出した、と記されている。

これらの記事では、日本人の書き手の優越感が窺えるものの、女子留学生はいずれも好意的な調子で報道されている。温厚な人間性、勉強熱心、男女平等を求めるなど、進歩的な女子留学生のイメージが浮き彫りにされている。家出をした女子留学生に対しても、「極端から極端に行かうとする危険時の一つの犠牲ではあるまいか」と同情を寄せている。

では、中国では女子留学生をどう見ていたのだろうか。この時期、蔡淑馨や謝冰瑩などが日本に留学し、廬隠や凌叔華といった女性作家も日本に滞在していたが、管見の限り、彼女たちは女子留学生についての記述をあまり書き残していない。恐らくその関心が留学生より、日本や日本人に対して向けられていたためかと思われる。

上海の代表的新聞「中報」にも女子留学生に関する記事は少ないが、『新路』の作品内時間とはやや離れたものに、署名「一髪」による記事、「関於中国的女子留学日本」（中国女性の日本留学について、「中報」上海版、一九三六・一・一二）があり、この記事には女子留学生は医科を研究する人が多いこと、私立大学で文科、法科、経済科を勉強する人も少なくないこと、日本に行くには国内で高校卒以上の資格が必要であることなど、女子留学生に関する状況が多く記されている。また、女子留学生が外国で男子留学生と交際することに理解を示しながらも、それがために学業をおろそかにすることを非難したり、女子留学生が日本で家事をせず下女を雇っている点について、「日本人は中国の婦人は皆女子留学生のように家事をしないと誤解している」と批判したりしつつ、学業のために千里を辞さず祖国を離れる女子留学生は日本人に尊敬されている、と述べてもいる。

以上に述べてきたように、昭和初期の中国人女子日本留学生は人数としては留学生全体のごくわずかにすぎないが、広く官・公・私立大学、女子専門学校などに在籍していた。彼女たちは中国で中等以上の教育を受けたのち、日本で医学や法律、政治などの高等教育を勉強していた。こうした女子留学生に対する新聞記事は中日両国において多くないものの、いずれも比較的好意的な視線を送っていたと言え、とりわけ日本側の記事は女子留学生を高く評価していたと言える。

三　摩登哥児《モダンガール》としての女子留学生――『新路』の場合――

本節では、『新路』に登場する女子留学生がいかに描かれているのかを見ていくが、それに際して、まずは女子留学生の通う学校や住居に関する設定を見てみよう。

氏名	留学先	出身校	出身地	住居
林婉華	早稲田大学政治学部学部	長沙女子師範	湖南	下宿
梅如玉	不明	旅順師範学堂	奉天金州	下宿
金秀蘭	東京音楽学校	蘇州振華女子中学	江蘇	下宿

表からわかるように、彼女たちはいずれも中国国内で中等（中学校）以上の教育を受けている。三人の出身校はいずれも地元の名門学校である。中国で受けた教育背景及び日本での勉強状況に関する設定は、前節で見た昭和初期の女子留学生の実状を反映している。

次に、「東京に来て一年以上が過ぎた」とされている林婉華の学歴を見ると、林は長沙女子師範を卒業し、上海のS大学で一年の修学を経て来日し、「東亜予備学校」で金秀蘭と知り合っている。「東亜予備学校」は東亜高等予備学校を指すと思われる。同校は、当時、予科と本科に分かれ専修科を設置していた。中国で中学校を卒業した人は、予科に入る資格があり、予科が半年で修了すると本科に入る。本科の年限は一年である。本科を卒業すると、東亜高等予備学校あるいは日華学会の紹介で、官・公・私立大学専門部などを受験することができた。林婉華たちがこのようなコースを経たのであれば、東亜高等予備学校に少なくとも一年半ほど在学したと思われる。ただ、そうだとすると、林婉華が「東京に来て一年以上」で、すでに早稲田大学の学生であることと食い違う。梅如玉は満洲からの留学生とされるものの、どの学校に通っていたのかについては不明である。

住居について確認すると、「東京に女子留学生が二百名ぐらいいる」と書かれているように、『新路』の舞台は東京に設定されている。林婉華や梅如玉、金秀蘭は皆下宿しているが、寄宿舎に住んだ経験があるかどうかは確定できない。ただ、林婉華と金秀蘭との関係については、「本来、男性の相手がいない思春期の女子は寂しがり屋だ。二人は男性の友人がいないし、付き合っているうちに、純潔な友情が淡い同性愛感情になってもおかしくない[19]」と語られている。女学生同士の同性愛的な感情が、寄宿舎という空間で生まれるのは、不思議ではない[20]。

また、林婉華が「白山御殿町中華女生寄宿舎」に住む友達を訪れる記述がある。これは、日華学会経営の小石川区白山御殿町一一五番地の白山女学寄宿舎を指すと思われる。林婉華は高田馬場あたりに住んでいるが、馮景山と家を出てすぐ同じ早稲田大学の女子留学生である柳慶荇らに出会う場面もあり、作品の描写でも「この辺に住んでいる中国人女子が多い」とされている。

以上に述べてきたことを踏まえると、『新路』に描かれた女子留学生の状況は、全くの虚構ではなく、当時の女子留学生の現実をある程度反映していると考えられる。彼女たちは中国で中学以上の教育を受けており、日本の高等教育機関へ入ることが可能だった。そして、日本に来て、まず東亜高等予備学校などで日本語を学び、それから官・公・

私立大学や専門学校などに入ったのである。

『新路』では、「政治や経済の勉強をする中国人女性が急に増えたのは勿論西洋文化から刺激を受けたもので、女子の覚醒の現れであるが、と同時に中国の状況が、たとえ女性であっても座視するに忍びず、立ち上がらずにいられないほど混乱していることも恐らく彼女たちが政治や経済に向かった理由だと思われる。芸術や文学、科学を学ぶ女性は勿論けなげであるが、政治や経済を学ぶ女子の悲壮なる決心も敬服すべきものである[21]」と当時の女子留学生の状況に言及している。しかし『新路』は、女子留学生の勉強・学校生活よりも、その日常生活に重点を置き、恋愛問題や娯楽などがメインテーマではないかと思われるほど、それらを詳細に描いている。そこで以下では、『新路』における女子留学生の外見や住居、活動など、日常生活の描写を中心に分析を試みる。

【外見】

『新路』は林婉華と馮景山の出会いから始まり、馮景山の目を通して林婉華の容姿が語られる。馮はまず林の断髪に気づき、心の中で林の女学生の恰好と健康美を賛美しながらもまた、「彼女の唇がどれほど美しいか。馮君は今を時めく中国の女優胡蝶の唇が林婉華の唇によく似ていると思った」という描写からは、馮が林にエロティックなまなざしを投げかけていることもわかる。また林婉華は「留学生界の新女王」と呼ばれるが、モダンボーイ周星庵らを相手にしない。彼女は『紅楼夢』の林黛玉のような弱い女性が嫌いで、「旧小説にある才子佳人式の恋愛」を批判している。

これに対し梅如玉は、「面長、長身で、米国の女優グレタ・ガルボに幾分似ている。顔に近代的鋭敏さを帯びて、すっと通った鼻筋に、目が大きくてキラキラしている。乳白色の肌、苺のような唇、髪は漆黒である[22]」とされる。梅は作中で、「爛熟の妖星」と呼ばれる。旅順師範学堂を卒業した梅は、金州で小学校の教員になり、校長の方潜亭と不倫に落ちた。方は梅の地位を上げてやるため、倹約して梅を東京へ留学に送った。しかし、東京に来た梅は「周星庵の経済的援助を頼りに、今日は三越呉服店で香水を買い、明日は牛山美容院でパーマをかけ、三ヵ月の「練磨」を経て、今やすっかり都会のモダンガールになった。留学生が集まる東亜予備学校や、中国留日青年会に姿を現すとたちまち、故国を遠く離れて性的苦悶を覚える独身留学生の求愛対象となり、「留学界の女王」と呼ばれるようにな(23)り、方を裏切る。同じモダンガールでも、享楽主義で男をもてあそぶ生活をしている梅如玉とモダンボーイらを相手にしない林婉華とでは違いがあり、とくに、林は健康的で梅は退廃的だといえる。

一方、林の親友の金秀蘭は、馮景山によれば、「議論に長け、声がよく響く林婉華がモダン女性の代表だとすれば、口数が少なく、振舞が淑やかな金秀蘭は、中国伝統の閨秀を代表できよう」、「林婉華も中国旧女性の美徳を備えているが、金秀蘭と比べたらまったく及ばない」という。この金に馮景山は惹かれるが、馮には中国に妻がいた。馮は田舎で育った無教育な妻のことに頭を悩ませており、何度も離婚を考えたが、「纏足の妻が役に立たないのは教育を受けなかったからで、彼女自身の責任によるものではない」と考え、離婚を切り出すことができなかった。良妻賢母型の金秀蘭は、馮が求める理想の女性だが、馮は「時代の殉道者」になろうと述べるように、金とは恋愛関係にならなかった。

馮景山の女性観・家庭観は、ある程度、作者の道徳意識を反映しているのかもしれない。というのも、崔万秋は『新路』を連載しながら「大晩報」の文芸副刊「火炬」の編集もしており、その「火炬」のコラム「女性的煩悶」(女性の悩み)には崔万秋やほかの編集者が女性読者の悩みにアドバイスをする通信欄があった。例えば、一九三三年四月二七日付の「結婚前要堅守最後的防線――答王受貞女士」で、崔万秋は女性の自由恋愛を肯定しながら、結婚の前に男性に身を委ねると、生涯の悔いとなる危険性があるから、気を付けるべきだ、と述べている。また、一九三三年五月七日付の「勧你及早抽身……答顧莉娓女士」では、既婚の男性に恋を抱く女性看護師に対して、他人の家庭幸福を破壊しないで、職業女性として愛情を仕事に捧げることを勧めている。

【住まい】

『新路』の女子留学生は皆下宿をしている。林婉華は高田馬場諏訪ノ森付近の、長野家という洋風の家に下宿している。浴室は和洋折衷であったようで、「室内に体重計や大きなガラスの鏡がある。入浴する前に子供の体重を量り、増えたか減ったかで、健康のものさしにする」[24]と、モダンな生活風景である。また、家主一家は毎朝ラジオ体操をしており、林も参加しているという。日本人家庭での朝食の様子も描かれている。

パンもナイフもフォークもテーブルに並べてあるし、スープも出来上がった。でも子供たちはみな手を出さない。長野夫婦が林婉華に勧めると、林婉華はいつものように日本語で「いただきます」と言って、スプーンを手に取った。それを見て子供たちも、「いただきます」と言って、食べ始める。彼らは食事をしながら、新聞に載っている面白い話題についてしゃべる。その後、和やかな雰囲気のうちに朝食が済み、林婉華は「御馳走様」と言った。[25]

上記の引用部分のように、林婉華は中国人留学生として日本の礼儀作法に則って西洋風の朝食を取っているが、このような体験を描くシーンは面白い。また、中国語の漢字で「いただきます」と「ごちそうさま」の発音を記すことで、作者の日本文化を中国の読者に伝えようとする姿勢が垣間見える。

梅如玉は、下北沢の別荘に下宿しており、家主は未亡人の千枝子である。梅如玉の部屋は、家具はとても豪華だが、「これに対し読書や書きものをする設備はむしろ至極簡単だ。ガラス製のインク入れ、万年筆が一本、半開きの通俗小説が一部あるのみである。室内に大小のソファーがいくつかある。円型の肘掛け椅子、ティーテーブルが整然と並べられている。これは女学生の部屋どころか、まるで裕福な若奥様の客間のようだ」[26]と記されている。

金秀蘭は「純日本式の家」に下宿している。畳の部屋には寝台がなく、テーブルも椅子もないので、ごく普通の下宿である。とはいえ、馮景山が夏に広島に行った際には、友人の紹介で日本人の別荘に二ヵ月間滞在するなど、全体的に言えば、『新路』に描かれる留学生の住居は恵まれている。張資平は「木馬」で、留学生の下宿探しの大変さに触れたが、『新路』ではそのような問題が見られない。留学生は裕福な生活を送り、お金に不自由なく、昭和のモダン文明を享受している。

【活動】

『新路』では留学生の学校生活がほとんど語られない。留学生は山水楼や松本楼などのような高級料亭で食事をしたり、話題の映画を見たり、牧逸馬の探偵小説を議論したり、熱海の海水浴場へ行ったりする。また、林婉華の旅行にまつわる描写では、蘆ノ湖に関する詳細な記述から、登場人物の目を借りて、中国の読者に日本の風景を紹介する作者の意図が窺える。

「中国留日青年会」については複数回、言及される。林婉華は暇つぶしに「中国留日青年会」に行く。「この青年会は東京名物の一つである。日本人は留学生と言えば、大体まず青年会を思い浮かべる。ここは留学生が集まる中心地である。国慶記念や国恥記念日の留学生集会だけではなく、各同郷会やら、校友会やら、学術研究会やらも皆ここに集まる。留学生同士でも、よく「某日何時に青年会で会おう」と約束をする」[27]。この「中国留日青年会」は、中華留日基督教青年会を指すと思われる。中華留日基督教青年会は一九〇七年に設立され、留学生にとって重要な活動拠点であった[28]。

映画についての記述も何箇所かあり、たとえば、梅如玉は憧れの男性である徐博を映画館に誘うが断られている。また、彼女と方潜亭との不倫関係は映画『嘆きの天使』[29]に譬えられている。最後に梅が殺されたのも映画館の外であった。梅は、一九三一年九月一九日、方潜亭に殺される前に、新しい愛人と邦楽座で映画『間諜マタ・ハリ』[30]を見ていたとされる。実際の『間諜マタ・ハリ』の日本上映は一九三二年九月であるが、梅如玉にまつわる話が常に映画と密接なかかわりを持つことを踏まえると、作者が映画の公開日を誤認していたのではなく、梅如玉のドラマチックな結末を増幅させるための方法であると思われる。

留学生の活動のなかで最も多く描かれるのは、彼女らがダンスホールで踊る場面である。フロリダダンスホールや帝都ダンスホール、銀座パレスなどがしばしば作中に登場する。日本では、大正時代から社交ダンスが普及しており、一九二八年にはダンスホールが開設ラッシュを迎え、「黄金時代の到来」と呼ばれた。「フロリダダンスホール」は一九二九年に開設されたものだった[31]。上海でも一九二〇年代後半から、ダンスが流行になり、ホテルにダンスホールが併設されたほか、新しいダンスホールが相次いで建てられた。一九三三年に至って、上海で営業許可のあるダンスホールは三九軒にも上った[32]。

『新路』では、留学生がダンスに熱中しており、モダンボーイの男子留学生はもちろんのこと、馮景山も歓迎会の後、友人に連れられて帝都ダンスホールに行っている。金秀蘭も「林婉華に連れられて何回か行ったことがある」し、日本人のモダンガールと一緒に熱海のダンスホールを訪れた。留学生にとっては、ダンスホールはすでに日常的なものとなった。それは中国海派小説家[33]が描くモダンなライフスタイルとも共通している。作者である崔万秋自身も日本留学時代に東京フロリダダンスホールや帝都ダンスホールを訪れたことがある[34]。また、林婉華が徐博と関係を結んだ後、金秀蘭と会うのは熱海のダンスホールであり、林が馮と再会するのもダンスホールであった。ダンスホールは物語の進展における重要な場所として機能する。つまり、ダンスホールは『新路』のモダニティを表す装置である。

『新路』では、女子留学生だけでなく、鈴木信子や前田初枝、入江恵美子など、日本人のモダンガールも描かれる。実際、モダンガールは国際的な現象で、一九二〇年代から東京や上海などに出現した。小説においては、梅如玉は東京に来てからモダンガールに変身するが、林婉華はそもそも上海で「S大学の皇后に選ばれた」ことがあるとされる。これに関して、高橋俊は、一九三〇年代の「映画スター人気投票」ブームを論じて各大学では「ミス・キャンパス」が選ばれたこと、女性スターには「皇后」という名称が与えられ、「この時期の小説を見ると、ヒロインがある大学の「皇后」の称号を冠せられているものが散見される」[35]ことを指摘する。

崔万秋は女子留学生を描くのに、なぜモダンガール像を取り入れたのであろうか。その理由の一つとして考えられるのは、当時の上海における女学生のイメージである。この時期の女学生はファッショナブルで、しばしば雑誌のカバーガールになったり、商業広告のイメージガールになったりしていた。[36]『新路』では、林婉華が中国女性の誇りを見せるため、早稲田大学へ通うのにもチャイナドレスを着る、との記述がある。近代上海のチャイナドレスは、「民族」的な服としてより、むしろモダンの象徴という側面があった。[37]このような林婉華のイメージは、上海の女学生／モダンガールと重ね合わされているのである。

ほかの海派小説のほとんどが、上海を舞台にしたのと異なり、『新路』は日本を舞台にしている。そのため、女子留学生の日本に対するまなざしも描かれている。林婉華は東京と上海とを無意識のうちに比較している。たとえば、東京のダンスホールは夜一一時半に閉店するのに対して、「上海では、一一時半は賑わいの最中で、翌日の四時まで踊れるのに。東京はあまりにも田舎だ」と不満を漏らしている。さらに、東京の街を歩くと上海の霞飛路を思い出し、松坂屋を見ると永安公司を連想する、といった描写も見られる。

中国現代作家凌叔華は散文「登富士山（一）」（富士山に登る）の中で、服装のために日本のウェイトレスにからかわれた経験を綴っている。[38]

三合目に着いて茶寮でお茶を飲んで休憩しているところ、二人の若いウェイトレスが私の服装をじろじろと見て、朝鮮人ですかと聞いた。中国人だと答えたら、一人はさも賢そうなふりをして、「支那人の服装はかわいいわね。朝鮮の服装はちょっとおかしいけど」と笑いながら言った。ちょうど私たちの頭の上に電気がぶら下がっていたため、例のウェイトレスが話し終わると目配せしてみせるいやな様子がはっきり見えた。[39]

これに関して、凌叔華自身が「不運の国の人民は外国に行くときにいつでもどこでも神経過敏にならざるをえない。まして我が国を衰弱させた国にいるのだから、なおさらである[40]」と述べている。

日本と東アジア諸国の力関係について論じたマッキーによれば、この時期の日本はすでに欧米列強と肩を並べ、朝鮮や台湾とは、支配者と被支配者の関係にあった。また、中国に対しても準植民地支配関係を築きつつあり、東アジア諸国に対して「宗主国のまなざし」を投げかけていった[41]という。この先行研究を踏まえると、「登富士山（一）」におけるウェイトレスの発言は、まさに「宗主国的な」まなざしによったものだと捉えられる。凌が日本に滞在していた一九二八年は済南事件が起きたばかりであり、凌はウェイトレスのまなざしに反感や危機感を覚えたに違いない。

このように、凌叔華は日本で体験した差別を散文で語っているが、『新路』にはそれとは異なる経験が描かれている。たとえば、『新路』では、モダンガールの鈴木信子が中国の伝統閨秀である金秀蘭に「ストッキングを穿きませんか」と質問したことに対して、金は「パリや上海なんかでストッキングを穿かないのが早くから流行しているのに、このモダンガールであるつもりの信子女史が知らないなんて実に可笑しい[42]」と軽蔑感を覚えた、というエピソードがある。また、林婉華がダンスホールに姿を現すと、日本人ダンサーたちが「素敵ですね」と一斉に驚嘆の声を上げる場面もある。このような場面では、女子留学生が日本人よりも優位に立つ存在として描写されており、留学生の東京（日本）に対するアンビヴァレンスが暗示されている。作者は日本のモダンガールよりも上位にある女子留学生を造形することによって、日本と中国との力関係を覆す可能性を発見したとも捉えられる。

以上、中国人女子留学生の外見、住まい、活動などについて、彼女たちがどのようなイメージで造形されたのかを見てきた。崔万秋は「留日学生生活之一斑」（留日学生の生活の一断面）（『青年界』一・五、一九三一・七）の中で、留学生の衣食住や学校・休暇生活を紹介して、当時の留学生全体が質素な生活をしていたと記している。したがって『新路』は小説であるがゆえの、誇張や虚構があり、実際の女子留学生とはギャップがあることが想定される。とはいえ、作中の女子留学生が、上海の女学生／モダンガールのイメージを彷彿とさせながら、東京（日本）のモダンガールよりも優位に立つ存在として描かれている点は非常に興味深い。

四　摩登哥児《モダンガール》の行方　――愛国と欲望――

モダンガールは一九三〇年中国の海派小説、とりわけ海派小説の一つとされる新感覚派の小説にしばしば登場する。新感覚派作家の描くモダンガール像は「異国の雰囲気をまとい、単独で行動し、男性を弄ぶような神秘的な女性」(43)である。劉吶鴎「両個時間的不惑症者」（時間に惑われた二人）や、穆時英『被当作消遣品的男子』（慰め物とされた男性）によってその典型が示されるように、モダンガールは都市の消費文明を享受している。男女関係において、男性はモダンガールのいうままに従って行動する。モダンガールは伝統的な男性支配体系を打ち破ろうとする存在なのである。

『新路』では、梅如玉に関する描写が、新感覚派作家の描くモダンガールに近い。これに対し、林婉華は梅と対比的な存在として造形されている。梅如玉が物質的な享楽に耽り、経済的に男性を頼るのに対して、林はむしろ男性にお金を出す側であり、経済に窮しても自力で生きようとする。さらに、失恋のショックによって男性に「復讐」しようともする。

両者の差異が最も顕著に現れるのは、中日間の緊張が高まる時代以降の、モダンガールの行方においてである。一九三一年、満洲事変の後に、留学生たちは日本で抗日救国活動を行うが、林婉華は最初から参加したわけではない。林は失恋の経験を経て「堕落」していた。今まで相手にもしなかった男子留学生とダンスをしたり、遊んだりする生活を送っていたため、支出が増え、困窮していた。

林は政府から奨学金をもらう「選抜された」留学生であったが、お金が足りなくなったことを機に「働こう」と考え、フロリダダンスホールのダンサーになる。ところが、フロリダダンスホールで運悪く馮景山と鞠晩声に出くわしてしまう。馮は林に対し、「留学生の面子をつぶす」と憤慨する。そして、林婉華の接客は馮景山の目に次のように映る。

憎らしい顔つきの布袋腹の商人が、林婉華の前までに行って、軽く頭を下げると、林婉華は機敏に立ち上がった。布袋腹は林婉華の腰に手を回し、有頂天になって、乱暴に踊っている。林婉華は特に歓迎の意思を示さないものの、別に不機嫌な表情でもなく、ビジネスライクに布袋腹と付き合っている。(44)

この商人は日本人であるが、その描写にある「憎らしい顔つき」、「布袋腹」、「有頂天」などの言葉からわかるように、馮景山は明らかにこの商人に敵意を覚えている。馮景山は自身もダンスホールに通っていることを棚に上げて、林婉華に対し、次のような批判の手紙を出す。「日本軍が錦州を砲火で攻めている最中、敵国の帝都東京の、贅沢三昧のダンスホールフロリダで､林女士のダンサー姿を見かけ、僕は驚異より憤慨を覚えた。憤慨より悲しみを覚えた」、「代々が読書人の家柄、翰林のお嬢さん、政府から選抜された留学生の身で、異国でダンサーにまで堕落するなんて。林女士、あなたの行為は度が過ぎる」と。

馮景山は林婉華がダンサーになったことを「堕落」と責めるが、「ダンサー」の仕事は果たして「堕落」だろうか。林にとっては、「ダンサー」は「職業前線」の選択肢であり、経済的独立の手段である。彼女は「身を売ることだけはしない」と決めている。しかし、馮はダンサーの仕事を「お客さんに媚びを売り、精神的な売笑である」と批判している。もっとも、「憎らしい」、「敵国の帝都」などの表現が暗示しているように、馮にとってもっとも忌まわしいのは林婉華が日本人を相手に（性的）サービスを提供する可能性である。ここでは、林婉華の肉体が日本人に占有されることは、中国が日本に占有されることの隠喩であると思われる。

林婉華は手紙を読んで、最初は「軽蔑の笑みを漏らした」。ところが、堀田という日本人特務が林の住所に来て、留学生の情報提供に協力してほしい、と依頼する。林婉華は強烈な侮辱感を覚える。「このまま堕落すると、さらなる侮辱を受けるかも知れない」と考える。そして林は、馮景山のところへ駆けつける。経済的自立を目指していたモダンガールは、愛国のイデオロギーによって従来の男性主導の社会秩序に組み込まれてゆく。

これに対し、梅如玉は、「小さい頃から日本人が作った小学校で教育を受けてきた。東京へ来て、たくさんの中国人に出会って、初めて「中華民国」という四文字を知った」という留学生である。「彼女の頭の中には中国がない。あるのは腐敗した支那だけ。この支那では、誰もがアヘンを吸っている。女はみんな纏足をしている。男は辮髪をしている。読書人はみんな猫背の時代遅れの人々だ。だから彼女は従来中国人を見下している」[45]と、宗主国のまなざしを内面化し、中華民国のアイデンティティーを有しない人物として設定されている。満洲事変についても、「憤慨とか激怒とかを覚えなかった」。梅如玉は堀田に買収され、スパイとなる。結局、梅は金州からやってきた愛人に殺されるが、「公仇私恨」という言葉が示すように、これは作者が梅如玉に下した審判だともいえよう。

同じ抗日愛国活動のテーマを扱う海派小説として、黄震遐『大上海的毀滅』（一九三二・一一、大晩報館）がある。この小説では、上海事変を背景にして、国民党軍が戦場で必死に戦っている中、モダンガールは依然として堕落した生活を送っている。一方の『新路』では、すでに述べてきたとおり、「売国奴」の梅如玉は殺されるものの、林婉華はモダンガールの生活を諦め、抗日愛国の道を歩むことを決意する。

『新路』の連載予告には、「九・一八事件後、留日学生の東京軍警の横暴や圧迫の下に展開した愛国運動を背景に、女主人公林嬢が苦悶の恋愛の束縛から生命の新路を獲得することを主幹とする。女主人公の活躍は我々を感動させる。我々は彼女の失恋に同情するが、彼女の失恋の後に獲得した新路は現代青年が彷徨の岐路で探しても見つからなかった青い鳥である」[46]とある。小説の題名からも、作者が最初から、林婉華の抗日救国活動を描こうとしていたことが窺える。

毎日のように「大晩報」で中日の戦況が報道される中、女子留学生が「堕落」の生活をやめて、抗日愛国の道を歩む姿を描くことには積極的な意味を見いだすことができ、「新しい」道だといえよう。また、崔万秋のこのような女子留学生の描きかたは、実際満洲事変の後、謝冰瑩など女子留学生が反日愛国集会に参加したために日本政府に追放された事実を踏まえると、リアリティがある。(47)したがって、崔万秋の作品を「ほとんど恋愛物である。それらの作風は素朴で、格調も陳腐と言わざるを得ない。内容は乏しい」と批判しながらも、「『新路』は比較的意義がある作品(48)」と述べた蕙若の評は、妥当かと思われる。

ただし、『新路』には「愛国」からずれている部分もかなり見られる。例を挙げると、梅如玉の死は「公仇私恨」、つまりスパイになった結果であるとされるが、林婉華は梅の死を、「女性は愛情のために死ぬのは悲壮なことであり、病床で死ぬより光栄であろう」と、恋愛論に繋げて考える。林は、日本に居残る金秀蘭に対して、「あなたは道を間違えているわけではない」、「相応しい相手と円満な結婚をして、平和、幸福な家庭を築いたほうがいい」と金秀蘭の選択を肯定する。そもそも林婉華自身の「愛国」への道も、実は個人の能動的なものではなく馮景山への未練や崇拝によるものであり、愛国と欲望とが交ざり合ったものであることがテクストから看取できよう。

さらに、末尾には林婉華が「新路の伴侶」として馮のそばに寄る、というメロドラマ的な趣向が残っており、この点も小説における「愛国」のテーマを薄める効果を持っている。また、連載時には馮景山が来日したばかりのころ、留学生の悪口を言う日本人男性と衝突する場面があったり、満洲事変後の留学生の広島での活動がより詳細に描かれており、愛国のために即座に帰国すべきかどうかについての議論がなされたりする。これらのほかにも、日本の左翼闘士が登場するなど関心を惹く場面が多々あったが、初刊本ではそういった個所が削られてしまった。

『新路』を論じた陳思広は、『新路』は「前半の語りは穏やかなものの、結末は慌しい印象を払拭できない。人物の交代や主題の展開にも観念的な部分」が残ると評した。(49)確かに、『新路』では、作者の表面上の意図とは裏腹に、愛国的な主題が慌ただしく展開される。しかし一方で、林婉華たちの華々しい生活も描かれ、そこに多くの紙面が割かれている。

『新路』のタイトルが示すように、作者は林婉華がモダンガールとしての生活を諦めて抗日救国を選ぶことを肯定的に描いており、一見すると、モダンガールは否定されている。しかし、第一節、二節で考察してきたように、この小説では一九三〇年前後のモダンガールのありようが克明に描かれている。作者は決してモダンガールを否定したわけではなく、それについてアンビヴァレントな態度を取っていると考えられる。モダンガールが日本に投げかけるまなざしのなかで、上海は東京よりも先進的な都市として位置付けられており、ここには東京（日本）と上海（中国）の力関係にアンチテーゼを提出しようとしていた作者の考えが潜んでいるとも考えられる。

初出から初刊への改稿で、モダンガールの存在はより鮮明なものになった。『新路』がリアリティをもって読まれるのは、女子留学生たちの生態、中でもそのモダンなライフスタイルや三角関係を含む多数の恋愛が克明に描かれているからであろう。享楽と愛国の間に立っていた一九三〇年代の中国人女子留学生の多様な姿を、現在の我々は『新路』を通して読み解くことができるのである。

中国人女子日本留学生を描いた作品は、『新路』だけではない。一九一〇年代のものとしては、平江不肖生（向愷然）の長編小説『留東外史』がある。一九二〇年代のものとしては、陶晶孫の短編小説「両姑娘」や「女朋友」などが挙げられる。

実藤恵秀の統計によれば、『留東外史』シリーズに登場する中国人男性は二〇五人もいるのに対して、中国人女性はわずか三四人である。(50)女子留学生として登場するのは、蕙児、呉品廠、陳蒿、陳毓などであるが、蕙児は父に随伴して来日し、東京の学校に入ってみたものの、纏足を笑われたり、兄の友人と関係を結んだりして、まもなく帰国を余儀なくされた。呉品廠は官費留学生であったが、恋愛で三角関係に陥って結局官費が取り消される。陳蒿は日本に来てすぐ男子留学生周撰と関係を結んで、同棲するようになった。一見すると女子留学生の中に「まとも」な人は一人もいないようだが、作者も「堕落」した留学生を「暴露」するのが目的と記しているように、『留東外史』に登場する留学生たちはそもそも真面目な留学生ではない。また、「日本男子や中国女子は端役であって、中国男性と日本女性との恋愛百態を描くのが、この書の目的のやうである」[51]と実藤が指摘するように、必ずしも女子留学生を描くことを主眼としない。

陶晶孫も中国人男子留学生と日本人女性との恋愛をしばしば描いたが、「両姑娘」(二人の女性)や「女朋友」(ガールフレンド)には日本人女性とともに中国人女子留学生も登場する。陶の描く女子留学生も、時代を反映したためか、「ボーイフレンドが多いみたい」だとされるように、幾分モダンガールに近い存在である。女子留学生の存在は、日本人女性の優しさ、淑やかさを際立たせるために造形されている側面がある。[52]

これら留学生を描いた小説の系譜から見れば、『新路』に至って、初めて、女子留学生が真正面から描かれたといえよう。全知全能の視点を取る語り手によって、日本における女子留学生の生活や活動に焦点が当てられ、女子留学生たちの外見や住まい、活動などについての描写を通して、「摩登哥児《モダンガール》」としての女子留学生が浮き彫りにされる。女子留学生たちは日本で資本主義の消費文明に思う存分浸っており、上海のモダンガールを彷彿とさせながら、時代の最先端を行く存在として描かれた。

作者の意図は、抗日愛国という「新路」にあるかもしれないが、『新路』において華々しく展開されるのは女子留学生のモダンなライフスタイルや恋愛の三角関係であり、また、留学生が日本の消費文明を享受している姿である。『新路』では、スパイとなった梅如玉は命を落とすが、帰国して抗日活動に従事する林婉華や、日本に残り、研究を続ける金秀蘭は肯定的に描かれている。また、愛国の枠組によって語られる林婉華の帰国のなかに馮景山への欲望も見いだすことができる。このような多様な女子留学生の造形からは、作者のナショナリズムの反映や留学生の生き方を尊重しようとする態度が看取される。従来の研究では、留学生の愛国活動が注目されてきたが、満洲事変が起こり、中日関係が険しくなる一九三〇年代、モダンガールとしての女子留学生を表象する小説として、『新路』は評価に値する作品である。

注

（1）崔万秋の経歴に関しては、崔張君恵らによって編集・出版された『崔万秋先生記念集』「付録」一九三頁～一九八頁（一九九三年三月、アメリカ剣橋出版社）を参照した。なお、崔万秋の広島高等師範学校及び広島文理科大学での在籍状況は広島高等師範学校編『広島高等師範学校・第二臨時教員養成所一覧　自大正十五年至大正十六年』（一八六頁、一九二六年、広島高等師範学校）、広島文理科大学編『広島文理科大学・広島高等師範学校・第二臨時教員養成所一覧　自昭和五年至昭和六年』（九二頁、一九三〇年、広島文理科大学）などで確認した。

（2）「大晩報」一九三三年九月三〇日。「這部小説今天要和六個月以来賜読的諸君分別了，作者報告一個消息給大家以代感謝。這部書已決定由大晩報，時事新報，大陸報，申時通訊社合組的「四社出版部」印行単本，在印刷中」。

（3）初刊本は入手していないため、初刊の影印本、魏紹昌編「中国現代文学史参考資料　海派小説専輯」（一九八九年一二月、上海書店）を底本とした。

（4）韓冷「現代海派小説的性愛観念及其写作的文学史意義」（「学術探索」二〇〇七年第四期、一二一頁、二〇〇七年八月）。

（5）余婉卉「〝学為世界人〟的迷思――晩清民国文学中的留学生形象」第四章：留学生形象与〝伝統〟、二二九頁（二〇一〇年五月一日、武漢大学博士論文）。

（6）朱美禄『域外之鏡中的留学生形象――以現代留日作家的創作為考察中心』第五章：在〝抗敵第一線〟、二一三頁～二一八頁（二〇一一年九月、巴蜀書社）。

（7）陳思広「黄震遐与崔万秋抗戦長編小説新論」（「海南師範大学学報」第二七巻第一〇期、九頁～一三頁、二〇一四年一〇月）。

（8）『新路』では、モダンガールのことを「摩登哥児」、「摩登女子」、「摩登女郎」、「摩登女」と称するが、本章では「摩登哥児」

に統一した。

（9）さねとうけいしゅう『増補　中国人日本留学史』第2章：日本留学のうつりかわり、七六頁（一九七〇年一〇月二〇日、くろしお出版）。

（10）周一川『中国人女性の日本留学史研究』第五章：民国中期以降における状況（一九二八年～一九四九年）、二五六頁（二〇〇〇年二月二四日、国書刊行会）。

（11）日華学会『日華学会二十年史』付録：東亜学校学生諸表（一九三九年五月一日、日華学会）。

（12）「日華学報」では、第一八号（一九三〇年一一月）から第六五号（一九三七年一二月）に、「在日華学会寄宿舎学生表」が断続的に掲載されている。それらの表から寄宿舎の学生数がほぼ毎月変動していることがわかる。

（13）日華学会学報部編「在留地方別表」（『留日中華学生名簿　第五版』所収、二〇頁、一九三一年九月五日、日華学会）。

（14）蒋光慈は日記で蔡淑馨が中華女生宿舎（東亜高等予備学校の寄宿舎の一つ）に住んでいると記している。蒋光慈『異邦与故国』、九五頁（一九三〇年一月一五日、上海現代書局）。

（15）加藤直子「戦前における中国人留日女子学生について――女子学生の事例を中心に」（「史論」第四〇集、三一頁～三三頁、一九八七年三月）。

（16）韓幽桐「東大法学部研究室での五年間」（人民中国雑誌社編『わが青春の日本――中国知識人の日本回想』所収、一一八頁、一九八二年九月二九日、東方書店）。外務省外交史料館の記録によれば、韓幽桐、原名韓桂琴、一九三三年四月より早稲田大学大学院で一年の勉強を経て、一九三四年五月に東京帝国大学大学院に入学し、国際法を専攻していた。（「韓桂琴 東京帝国大学」、外務省外交史料館〉戦前期外務省記録〉H門　東方文化事業〉5類　学費補給、諸補給〉3項　特選留学生〉0目〉在本邦特選留学生補給実施関係雑件 第二巻、Ref.B05015510400、一九三六・九・三〇）。

（17）周一川『中国人女性の日本留学史研究』、第二章：民国初期における状況（一九一二年～一九二七年）、二二五頁～二三一頁、前掲。

(18) 済南事件は、一九二八年五月三日、中国山東省における中華民国国民革命軍と日本軍との間に起きたに武力衝突。日本は第二次・第三次山東出兵を行い、五月一一日に済南を占領した。

(19) 一〇一頁、「本来没有男性作対象的青春女子，容易感到落寞，悲哀，她們既然同是没有対象的女子，往来久了，由純潔的友情変為軽淡的同性恋愛，也不是甚麼希奇的事」。

(20) 例えば、濱田麻矢「女学生だったわたし——張愛玲『同学少年都不賎』における回想の叙事」（『日本中国学会報』第六四集、二九一頁、二〇一二年一〇月）では、一九三〇年代の上海における女子学生同士の、特に宿舎での同性愛的傾向は珍しいことではなかった、と指摘されている。

(21) 一四一頁、「中国女性学政治経済的驟然増加，固然由於受西洋文化之刺激，是女子漸漸覚醒的一種表現，同時中国混乱到連女子也不能坐視了，非起来幹不可，這恐怕也是女性趨向政治経済的原因。学芸術，文学，科学的女性固然可愛，学政治経済的女子之悲壮的決心，也確実可敬」。

(22) 三四頁、「長臉盤，高身材，有些像美国女明星葛莱泰嘉宝那様的女性。她的臉上浮現着一種近代的鋭敏，鼻梁筆直，眼睛大而有光。乳白色的皮膚，紅苺似的嘴唇，頭髪漆黒」。

(23) 三六頁、「仗着周星庵的経済的資助，今天到三越呉服店買香水，明日到牛山美容院燙頭髪，三個月的訓練，她已変為純粋的都市女子，都市的摩登女子。出入於留学生聚集的東亜預備学校，中国留日青年会，使得一般遠離故国，感着性的煩悶的独身留学生們，追腥逐羶，於是『留学界的女王』之尊号，便加在她頭上」。

(24) 九二頁、「在室中設有体重機，大玻璃鏡，毎次入浴時，総秤一秤小孩子的体重是増加還是減少，以衡量他們的健康之一端」。

(25) 九九頁、「麵包也擺好了，刀子叉子也擺好了，湯也端上来了，但小孩子們都不動手。長野夫婦譲林婉華，林婉華照例説一句日本話：『伊達達其馬斯』（叨擾），然後拿起匙子来。小孩子見林婉華拿起匙子来，也説了一句：『伊達達其馬斯』，纔開始動嘴。他們一面吃飯，一面談些報紙上登出来的比較有趣味的事。和藹歓笑之中，吃過了早飯，林婉華説過了一句：『御馳走』（多謝盛饌）」。

(26) 三五三頁～三五四頁、「至於読書写字的設備，倒極簡単，只有一隻玻璃製的墨水壺，一枝鋼筆，還有半開着的一部日本通俗小説。

室中有幾隻大小沙發，圈椅，茶几，很整齐的排列着，這那裏像一個女学生的住室，簡直是很闊的少奶奶的客庁」。

（27）一七六頁～一七七頁、「這個青年会是東京名物之一，日本人提起了留学生，差不多便先聯想起青年会。這是留学生聚集的中心地，不惟国慶記念，国恥記念的留学生集会在此，就是各同郷会，校友会，学術研究会，集会也是在此。留学生個人與個人之間，也往往約定：『某日幾点鐘在青年会見』」。

（28）張清鑑「中華留日基督青年会の沿革及状況」（『日華学報』第二号、二七〇頁～二七二頁、一九二七年一一月）。

（29）一九三〇年四月に公開されたドイツ映画。日本では一九三一年五月一三日、邦楽座で封切られた、田中純一郎『日本映画発達史Ⅱ　無声からトーキーへ』第七章：トーキー時代を迎う、二二〇頁（一九八〇年三月二〇日、中央公論社）を参照。

（30）一九三一年一二月に公開された米国映画、日本では一九三二年九月、帝都座で封切り。田中純一郎『日本映画発達史Ⅱ　無声からトーキーへ』第八章：ある絢爛期、三三四頁、前掲。

（31）野島正也「社交ダンスの社会史ノート（1）——戦前の日本における社交ダンスの展開——」（『生活科学研究』第六号、五八頁～六一頁、一九八四年四月）。

（32）洛秦「〝海派〟音楽文化中的〝媚俗〟与〝時尚〟——20世紀30年代前後的上海歌舞庁、流行音楽与爵士的社会文化意義」（『民族芸術』二〇〇九年第四期、六一頁、二〇〇九年一二月）。

（33）当初批判的に使用された「海派小説」という語には、「上海の文学」という意味のほかに通俗的・商業的というイメージが込められることがある。本章ではその語を用いる場合、青野繁治が「流派研究における「海派」の問題」（『野草』第五八号、六頁、一九九六年八月）で提出している広義の「海派」の概念——「鴛鴦蝴蝶派」から「創造社」、「新感覚派」そして四〇年代以降の上海文壇へという文学の展開——に従った。

（34）崔万秋「東京交遊記」（『新時代月刊』、第四巻第四・五合併期、二九頁～四四頁、一九三三年五月一日）。

（35）高橋俊「一九三〇年代上海新聞メディアの一断面——「大晩報」に見る新聞の〈近代〉」（『饕餮』第八号、一三七頁、二〇〇〇年九月）。

(36) 曾越「民国時期女学生的形象困境」(『社会科学家』第二〇五期、一四四頁～一四七頁、二〇一四年五月)。

(37) 謝黎「「近代」上海における女学生の誕生と旗袍《チーパオ》」(『昭和女子大学大学院生活機構研究科紀要』第一二巻第一三号、二九頁～四〇頁、二〇〇四年三月)。

(38) 凌叔華「登富士山(一)」(『現代評論』第八巻第一九三期、一五頁、一九二八年八月)。なお、凌叔華の日本経験に関する研究として、星野幸代「中国人作家の戦前日本観：凌叔華「千代子」を読む」(『言語文化論集』第二〇巻第二号、一六五頁～一七七頁、一九九九年三月)、中村みどり「蘆隠の描いた日本女性像――凌叔華との視点比較から」(『野草』第六九号、三一頁～四七頁、二〇〇二年二月)を参照した。

(39) 一五頁、「過三合目進茶棚休息飲茶，有両個青年女侍者細看我的服装問我是否是朝鮮国人，我答中国人，一個仮装聡明的神気笑説〝支那粧束好看，朝鮮的有些怪様〟。恰巧在我們三人頭上挂了一盞灯，説話女侍者説完了作那擠一擠眼的怪様給我看得清清楚楚了」。

(40) 一五頁。「倒楣国的人民走到外国不能不時時処処神経過敏，何況還是在叫我們国家衰弱的国度呢」。

(41) ヴェラ・マッキー著、菅沼勝彦訳「宗主国のまなざし――視覚文化に見られるモダンガール」(伊藤るり・坂元ひろ子・タニ・E・バーロウ他編『モダンガールと植民地的近代――東アジアにおける帝国・資本・ジェンダー』所収、九二頁、二〇一〇年二月二五日、岩波書店)。

(42) 二九〇頁。「不穿襪子在巴黎和上海早就流行了，而這位自以為很摩登的信子女士竟引以為異，実在好笑」。

(43) 李欧梵「中国現代小説的先駆者――施蟄存、穆時英、劉吶鴎作品簡介」(李欧梵編『上海的狐歩舞――新感覚派小説選』所収、一四頁、二〇〇一年八月一〇日、允晨文化実業股份有限公司)。また中国のモダニズム文学やその女性像については、田村容子「ハードボイルド的視点と女性像――穆時英の小説における〈触れる〉ことと〈眺める〉こと」を含む『野草』第九一号、二〇一三年二月の特集「中国モダニズム文学を読み直す」を参照した。

(44) 四六八頁、「一個面目可憎的大腹賈，走到林婉華面前，微微点了点頭，林婉華很識事務的站起来，大腹賈抱住林婉華的腰，

得意忘形的乱抖一陣。林婉華雖没有特別歓迎的表示，但也并没有怎様不高興的表情，很事務的陪着商人舞」。「很識事務」の訳に関しては、前後の文脈を踏まえると、作者は「很識時務」で使ったと考えられる。従って、本章ではこの部分を「事務的に、ビジネスライクに」ではなく、「機敏に」と訳出した。

(45) 三四頁、「她脳筋中没有中国，只有一個腐敗的支那，這支那是人人吃雅《ママ》片，各個女子都纏小脚，各個男子都拖着長辮，読書人都是彎腰駝背的老迂腐，所以她従来看不起中国人」。

(46) 大晩報編集部「以留日学生愛国運動為背景之時事中篇小説　新路　明日起登載」(「大晩報」一九三三年三月二九日)。「以九一八事件発生後留日学生在東京軍警横暴圧迫下的愛国運動為背景，而以女主人林小姐由苦悶的恋愛束縛中争扎而獲得生命的新路為主幹。女主人的活躍使我們同情，而她失恋後所獲得的新路，却是現代青年在彷徨岐路上找不到的青鳥」。

(47) 謝冰瑩『一個女兵的自伝』第七章：南帰東渡、一八九～一九一頁（二〇一二年一月、江蘇文芸出版社）。

(48) 蕙若「文壇画虎録——胡懐深、丁丁、崔万秋、温梓川」(「十日談」第三二期、三〇〇頁、一九三四年七月)。

(49) 陳思広「黄震遐与崔万秋抗戦長編小説新論」、一二頁、注7に同じ。

(50) 実藤恵秀『中国人日本留学史稿』第八章：民国初年の日本留学（大正元年より大正十一年まで）、二六九頁（一九三九年三月、日華学会）。

(51) 注50に同じ。

(52) 朱美禄『域外之鏡中的留学生形象——以現代留日作家的創作為考察中心』、第四章：中国的白馬王子、一八三頁、前掲。

第四章　想像としての「アジアの子」

――佐藤春夫「アジアの子」試論――

佐藤春夫「アジアの子」は、盧溝橋事件が勃発した直後、中国知識人である郭沫若がひそかに日本を脱出した経緯を描いた「シナリオ用小説」である。一九三八年「日本評論」三月号に掲載されたが、日本文壇では「アジアの子」に対する反応がなかった。ところが、掲載から二ヶ月後、登場人物の鄭のモデルと思われる郁達夫が中国の雑誌「抗戦文芸」第一巻第四期に「日本的娼婦与文士」（日本の娼婦と文士）を発表し、「日本の文人は娼婦にも及ばない」と佐藤を激しく糾弾した。それにもかかわらず、佐藤は一九四一年にタイトルを「風雲」と改題し、同題の短編小説集『風雲』（一九四一・八・二五、宝文館）を出版したのである。その四年後の一九四五年にスマトラで郁達夫が日本憲兵隊に殺されるが、この殺害について郭沫若は佐藤の「アジアの子」が郁達夫をスパイのように仕立てあげた影響があると述べている[1]。要するに、「アジアの子」は中日作家の交流史に影を落とす一篇である。

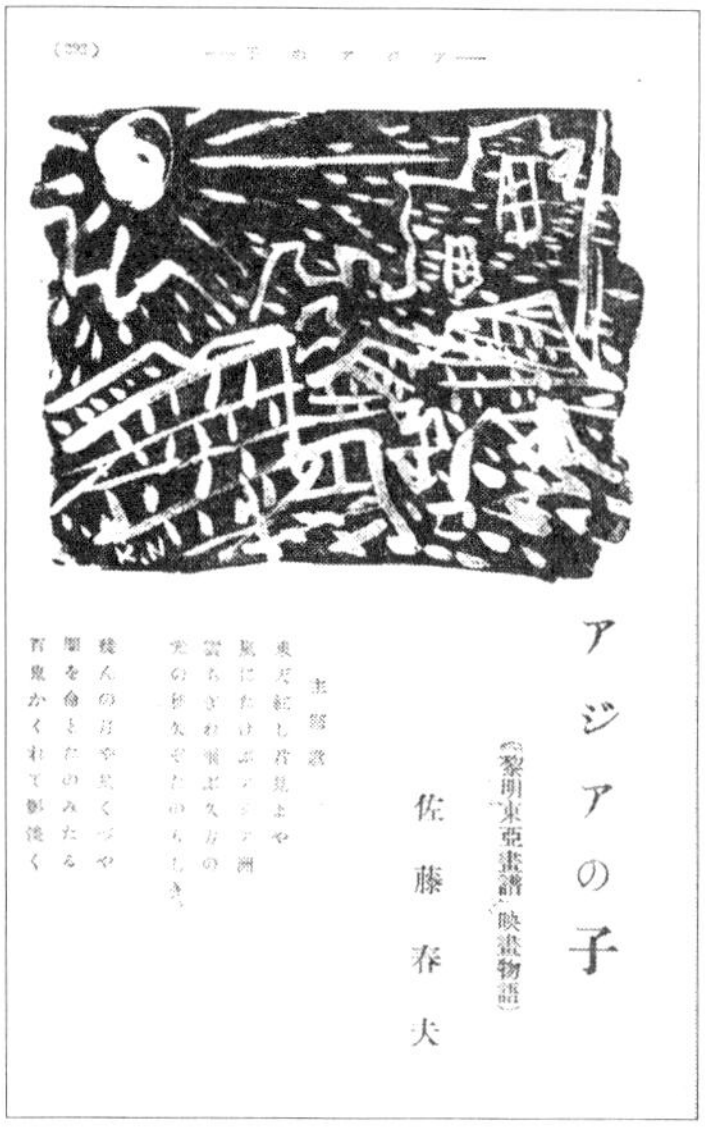

「アジアの子」（『日本評論』1938年3月号）

このように複雑な出版の経緯を持つ「アジアの子」は、これまでに様々な観点から論及されてきた。たとえば、奥出健は「アジアの子」が「質の低い」作品だと述べ、その要因は「春夫が文学的出発時からもっていた〈幻想的〉〈感覚的〉な世界が、「『風流』論」を通過することにより「日本的感覚」

のものへと傾斜し、さらにそれが〈支那事変〉後になると大衆の狂躁に呼応する形で軍部主導の〈民族〉的感覚と類似のものへ変質していったからである」[2]と指摘した。また、顧偉良は郁達夫の反論を丹念に整理したうえで、「アジアの子」に描かれた「魯迅像」及び「日本文化の移入」問題と、一九三〇年代の佐藤の評論とを照らし合わせて検討し、「アジアの子」は佐藤の芸術観の限界が露呈した作品であり、佐藤が「近代人として持つべき歴史観」を持っていないと批判する。[3]周海林も佐藤と郁達夫との関係に着目し、「「日本民族」が後れたアジア民族を指導すべき自覚を持たなければならないという彼（佐藤）の自負は、戦時下の彼の諸文章によく見かけられるが、郁達夫を悪玉にした彼の「軽い気持ち」には、皮相的で軽薄な「自負」が窺える」[4]と述べている。さらに、武継平は佐藤の一九三〇年代の「支那無文化論」を論じ、「アジアの子」には佐藤の『大東亜共栄』構想が投影されている」としたうえで、その『大東亜共栄』構想の背後には、アジアにおける日本の軍事拡張と文化覇権主義に対する作者の賛同及び協力の姿勢が見え隠れしている[5]」と指摘している。

以上のような、佐藤と郁達夫の関係、あるいは佐藤の一九三〇年代における思想の変化に注目した研究とは異なる観点から論じたものとして、董炳月の研究がある。董炳月は郭沫若が蒋介石との対立をやめ、蒋介石政府にくみするようになったことを、「日本侵略者に直面するとき中国人の間の和解であるとともに、国外の逃亡生活を終えて帰国するインテリと主権者との和解」だと解釈する。そのうえで、郭沫若の帰国は彼が国家・自我・大衆という三者間に同一性を見つけ、「国家」の枠組みのなかで自我の価値を再構築しているとし、蒋介石政府に対する郭沫若の心理的変化を佐藤が見逃していると述べた。また、董は佐藤の女性観を論じたうえで、「アジアの子」における佐藤の思想上の分裂を指摘し、「他人の国家観念を脱構築させることで自身の国家観念を打ち立て、イデオロギーの機能を貶しつつも日本のイデオロギーに指導機能を強調している。中国の伝統文化を尊重しながら現代中国のことを貶している。女性を憐憫しながら『アジアの母』として女性を道具化している。これらはすべて佐藤の分裂の現れ[6]」であるとして、佐藤の観念内部の分裂と矛盾とが直接に彼の作品の芸術的表現にまで影響を及ぼしていると論じた。

董炳月の指摘は非常に重要であり、とりわけ小説の芸術作品としての失敗は佐藤の観念上の分裂に起因しているという指摘は示唆に富む。ただ、董は佐藤の個人の問題として考察を進めており、佐藤が郭沫若の帰国物語を選んだ経緯や当時の日本文壇全体が郭沫若についてどのように考えていたかという点についてはさらなる検討の余地を残している。

郭沫若の帰国は当時の日本文壇に大きな反響を引き起こした。詳しくは後述するが、当時、一部の知識人は郭沫若を含む中国人の帰国を「偏狭な愛国心」「忘恩」だと批判する傾向があり、これを踏まえると佐藤の創作は彼自身の好みによるものだけでなく、当時の日本知識人の反応の一部として捉えてよいと考えられる。一方の郭沫若は、中国人留学生が「侮日抗日」になるのは日本の愛国教育の効果だと皮肉を込めて述べ、自分の帰国はほかの留学生と同様に愛国によるものだと訴えている。このように、日本側の留学生に対する認識と留学生の自己認識とにはずれがあり、そのずれがどのようなものであるのかについては詳細な検討が必要だ。また、留学生のねじれた立場についての考察は、タイトルでもある「アジアの子」が意味するところとも関連を持つであろう。

以上を踏まえて、本章では、まず、郭沫若の日本脱出に対する日本知識人の反応を確認したうえで、彼らが盧溝橋事件による留学生の帰国をどのように理解した／理解しようとしたのかを明らかにする。そして、留学生の日本での活動を踏まえつつ作品分析を行なうことで、「アジアの子」における佐藤の中国知識人／中国人留学生に対する想像力を検討する。さらに、同時代の作品である倉田百三「東洋平和の恋」に描かれている泰少年及び留学生のあり方を考察し、佐藤春夫「アジアの子」と対照し、張資平「她悵望着祖国的天野」や武田泰淳「女の国籍」をも視野に入れながら、中日近代文学史における留学生や「アジアの子」の問題について考えてみたい。

一　日本を去る中国人

郭沫若（一八九二〜一九七八）の帰国騒動をめぐる世論を考察するにあたって、まずは郭沫若の経歴に触れておきたい。郭沫若は日本とゆかりが深い人物である。一九一四年に来日、一九二三年に九州帝国大学医学部を卒業する。留学中に日本人女性佐藤をとみ（一八九三〜一九九四）と結婚し、卒業後、妻子を連れて帰国する。帰国後、国民党の北伐戦争に参加し、北伐軍の総政治部副主任になる。しかし、一九二七年上海クーデター(7)が起こった後、蒋介石政府と対立し、逮捕令に追われて一九二八年二月に日本に亡命し、古文字など古代中国の研究をしながら辛うじて生活を維持する。一九三七年盧溝橋事件が勃発した直後の七月二五日に妻子を残して帰国し、抗日救国活動に身を投じる(8)。

郭沫若の帰国は日本に波紋を呼んだようである。たとえば、一九三七年八月二五日付の「東京朝日新聞」朝刊の「支那左翼派の暗躍」という題の記事には「上海戦争発展に伴ひ北支事変に際して上海で結成された抗敵後援会は救国会幹部及び郭沫若等の参加により、実行機関として二十三日戦時計画委員会を組織し抗日聯合戦線の主力はこれ等人民戦線派の手に移りつつあり、左翼的分子の活躍して行く傾向が注目すべきものがある」とあり、郭沫若を含む中国左翼派の抗日活動を報じている。さらに、一九三七年九月「日本評論」臨時増刊号「抗日支那の解剖」で、室伏高信が「中国の国民に寄す」を発表し、いち早く中国人の帰国に反応を示した。その冒頭は次のように書かれている。

あなたもいよいよ日本を去られますか。一人去り、二人去り、この十日ばかりのうちに私の知ってゐるだけでも、七八人の貴国人がこの国を離れてゆきます。あなたのやうに長くこの国にふみとどまり、そして恐らくは半永久的にこの国にふみとどまらうとなさつてゐた方までが、遂に帰国の決心をなされたのです。(9)

右の一節には郭沫若の名前こそ明記されないものの、ちょうど郭沫若の帰国が日本社会にセンセーションを巻き起こした時期と重なり、「長くこの国にふみとどまり」云々の文句は郭沫若を連想させる。この冒頭は、一見、中国人が日本を去ることを惜しんでいるようであるが、すぐ話題を変え、「神の眼からしては中国もなく、日本もない。正義に国境はなく、真理に異邦といふことはない」と非難の的を中国人に向け、中国人の「偏狭な愛国心」を咎めている。また、「私たちは決して戦ひを否定しない」、「貴国は日本の発展を承認しなければならない」といった文言から知られるように、戦争が日本の発展において必然なことであるとして日本の中国侵略の必然性を主張し、「日本に長く滞在され、日本についての可成りの知識をもつてゐられたあなたがこのことを知らない筈はない」として、郭沫若に帝国日本の植民地拡張の正当性を認めさせようとする。さらに、「貴国の政治家や国民にして、徒らに抗日の気勢に油をかけるやうなことをなさるなら、あなた方はその結果のどのやうなものであるかを知らなければならない」と郭沫若たちの抗日行動を批判し、「日本国民の忍耐にも限度がある」とも述べている。室伏は一九三四年から一九四三年まで「日本評論」の主筆を務めており、このほかにも積極的に戦争を支持する言論を「日本評論」に発表している。

郭沫若は帰国の経緯をまとめ、「由日本回来了」というタイトルで中国の雑誌「宇宙風」(四七、一九三七・八・一六)に掲載した。すると、それは山上正義によって翻訳され、「日本を去る」というタイトルで「改造」一九三七年一一月号に掲載された[10]。原文の掲載からその翻訳までの期間がわずか三ヶ月であったことから、郭沫若の日本脱出が注目されていたことが窺われる。

ほかにも郭沫若の帰国に対する反応は数多くある。たとえば、同じ「改造」一九三七年一一月号において、井上芳郎は「脱出せる郭沫若を裁く——その思想批判——」というタイトルで、郭沫若の行動を「猛烈なる抗日宣伝の急射撃を食はせて我等を呆然たらしめた[11]」といい、「今回蔣介石の下に飛んで行つた郭沫若は、自ら過去の左翼陣営の雄たりと信ぜられた時代の主張を捨てたもの」と述べ、左翼を裏切る郭沫若の行動を真っ向から批判した。波多野乾一は「郭沫若・ヌーラン・陳独秀」中で、「邦人に馴染の多い名前だけに、関心も相当深かろう。多年その生命の安固を、日本の保護に託してゐた彼が、抗日前線の真ツただ中に飛び込んで、アぢ《ママ》はもとより『抗敵救亡後援会』の副主任として、正主任沈鈞儒を輔け、事実上戦線の中心人物にならうとは！　かうしなければ、彼の立つ瀬がなかつたのでもあらうが、忘恩の譏りを免れないやうだ[12]」として、郭沫若の行為にある程度理解を示しながらも「忘恩」だと批判している。井上と波多野の立場はそれぞれ違うと思われるが、郭沫若の帰国に対しては批判的な姿勢である。ただし、二人の述べたように郭沫若は日本での「安らかに我国で暮らしてゐた」わけでも、単純に「日本の保護に託してゐた」わけでもない。実のところ、彼は日本に滞在していた間、長年、日本政府の監視下に置かれていた。そのことは、例えば郭が「日本を去る」で「事変が勃発して以来、憲兵、刑事、制服警官が始終監視にやつて来て、くだらないおしゃべりをして行く[13]」と記述した部分から窺うことができる。

　また、後藤和夫は「抗日支那のインテリは何を考へてゐるか？」の中で、

> 先日まで日本に逃れていた郭沫若が、いまは抗日論の先頭に立つてゐる。彼は南京政府に容れられなくて日本へ逃れ、日本で生活してゐたのである。そして、日本の実相を知るものとして事変の始まる直前に、かねて彼の仇敵である南京政府に迎へられて帰国した。その後の郭沫若の活動は、文筆業者として、目に立つほどの活発さである。彼はかつての左翼文学者、左翼理論家としての失敗をいま取り戻さうと躍気になつてゐるやうだ。しかし田漢君が南京政府の御用文学者としての失敗を間もなく繰り返すのではないか[14]。

と述べ、文学者の時局への協力を諷刺している。郭沫若は事変の直後に帰国したので「事変の始まる直前に帰国した」という部分は誤解であるものの、後藤は郭沫若が蒋介石政府の陣営に加わることを批判し、それが失敗に終わる

可能性に言及する。

実藤恵秀は「抗日思想戦線の強化――郭沫若・沈鈞儒・其の他――」の中で、郭沫若の帰国は「彼の来歴を識る程の者には、大小様々の衝動を興したに違ひない」といい、満洲事変や上海事変の際に帰ろうとしなかったが、「今次の事変が起こるや、未だ戦火が上海にまで拡大しない七月末に、彼はもう故国の土を踏んでゐた。今次の事変の「厳重性」を雄弁に物語るものである」と述べた。さらに、「わが忠勇無比の皇軍の威力の前には結局中国軍隊は敗北する外はない」としつつ、「全中国知識階級をリードしてゐる抗日的傾向は、容易に消滅されないだらうことを深く心配するのは筆者だけではあるまい」、「わが国では、今後永久に中国全体を絶対的にわが支配下に置くことが出来得ればともかく、さもなくばこの思想陣を撃滅するには我からの理論的闘争による以外は困難ではないか[15]」と述べている。

実藤は、郭沫若の行為が盧溝橋事件の重大さを示していることを敏感に捉えたうえで、郭沫若をはじめとした中国知識階級の抗日行動に危機感を覚えており、その中国知識人の抗日思想に対してはイデオロギーを以て対抗すべきだと主張している。また、大宅壮一は、郭沫若を「現在の抗日陣営の中でもつともよく日本及び日本人を理解してゐる人である」と見なし、「日支の間は、今のやうな状態が永遠につづくものとは考へられない。いつか両国民が政治的、経済的にのみならず、文化的にも、公然と、そして以前よりも密接に手を握り合ふ日が必ずくるにちがひがない」といい、郭沫若を「将来日支の文化的にむすびつくくさびになる[16]」ことを期待している。

一方の郭沫若は、すでに「日本を去る」で自分の帰国の経緯に対して説明していたが、「支那人の見た日本／日本人の支那人に対する態度」という文章で日本に対する感情を述べ、日本人の用いる「支那」という差別語に抵抗感を示した。さらに、中国人の「侮日抗日」行動が留学生に源を発しているという日本人の考えかたを取り上げ、「日本の国民教育の大体は忠君愛国であるが、斯くの如き教育法の下に薫陶せられた支那の留学生達は、いよいよ国に帰つて見ても忠を尽くすべき君は無い。さりながら、愛すべき国は尚存在してゐる」として、「侮日抗日」行動は日本の愛国教育を受けたためだと述べた。また、「日本の教育家、為政者、乃至は一般に疑念を抱いてゐる人々は、皆これを以て慶賀して然るべきであらう」[17]と皮肉ってもいる。

以上のように、郭沫若の日本脱出は日本社会に衝撃を与え、「抗日の気勢に油をかける」、「忘恩」、左翼の信仰を裏切ったなど、日本の左翼・右翼の双方から批判を受けた。しかし、郭沫若が「日本を去る」の中で、「自国の同胞が滅亡の危機に臨んでゐる時、誰が自分の一身一家の安全を安閑として顧みて居られようか？　これを死地に処して而してのち生き、これを亡地に置いて而してのち存す—だ。僕にとつては唯一の残されたる生きる途であることを信ずるものだ」[18]と述べているように、中国に帰って救国活動に身を投じることは郭沫若に余儀なくされた道であった。そして、中国人が「侮日抗日」の者に生まれ変わったのは、日本の「愛国教育」を受けたからこそである。郭沫若が「抗日」に走ったことを「忘恩」の行為と捉える日本知識人の認識からは、日本側が郭沫若に寄せる期待と現実とのずれが露呈する。この問題は郭沫若に限らず、留学生全体に押し広げていいだろう。次節では、盧溝橋事件の後における留学生の行動を確認しながら、郭沫若の行動を捉え直す。

二　反日になる留学生

日清戦争終結後の一八九六年、清国が一三名の官費留学生を日本に派遣した。これを皮切りに中国人の日本留学が始まった。その後、中日両国の関係や世界情勢の変化に影響を受けつつも、日本に留学する中国人は欧米へのそれに比べて圧倒的に多い状態が続いた。満洲事変後、留学生の数は一旦減ったが、一九三四年に再び増加し、盧溝橋事件直前の一九三七年六月に、中華民国と「満洲国」の留学生数の合計はピークの五九三四名に達した[19]。

これらの留学生は、日本で学業に励むかたわら、翻訳をしたり、雑誌を作ったりして、積極的に文化活動を営んでいたが、時代ごとに彼らに課せられた使命は異なる。たとえば、清末は漢民族の留学生たちが民族意識に目覚め、彼らの多くが清国政府の統治に反対し、日本で雑誌を作ったり、革命団体に参加したりした。さらに、帰国後は清国の官吏を殺すテロ事件を起こし、清国を打ち倒す重要な力になった。また、一九一〇年代は「対華二十一カ条要求」や「日支共同防敵軍事協定」に反対するために、留学生が留日学生救国団を結成し、救国活動を行った。このことは第二章で述べた通りである。

一九三一年に満洲事変が勃発し、その後の中日関係は緊張が高まる一方であった。そのなかで、留学生の活動は反日の傾向が強まる。小谷一郎は『一九三〇年代中国人日本留学生文学・芸術活動史』（二〇一〇・一一・二〇、汲古書院）及び『一九三〇年代後期中国人日本留学生文学・芸術史』（二〇一一・一二・二六、汲古書院）の中で、一九三〇年代の留学生の活動を紹介している。それによれば、留学生は社会科学研究会を立ち上げ、「孫中山逝去記念会」や「パリコミューン記念会」を開催したり、中華留日反帝同盟や東京左連などを結成したりしたという。また、盛んに雑誌を作って日本文化を自国に紹介していた。一九三六年、中華留日学生連合会が結成され、翌年二月に機関誌「学連半月刊」が発行される。その「発刊詞」には、「われわれの祖国はいまや空前未曾有の危機に遭遇してゐる」、「我々にできることは「日本社会の各方面を研究し、日本文化を国内に紹介」することであり、それによって「各国の社会機構を了解、自己に進むべき道を決定する」[20]ことができるとある。帝国日本の侵略を警戒しながら日本の文化を紹介するという活動は、留学生のねじれた立場を象徴的に語るものである。

郭沫若はこのような留学生の活動と関わりを持っていた。そのことは、例えば郭沫若が留学生によって作られた雑誌「東流」[21]、「詩歌」[22]、「劇場芸術」[23]への寄稿や、一九三六年八月一五日に創刊された文芸同人誌「文海」の題名を名付けたことから知ることができる。

一九三七年盧溝橋事件の後、留学生が一斉帰国を果たした。「読売新聞」一九三七年八月一〇日付の記事「三千余の支那留学生　帝都から姿を消す」のなかで、「本月に入つてからは支那への便船の度ごとに帰国する者が増加し、四千人在京留学生中現在までに三千四百人は帰国し僅に六百人位が残つているだけ、その他の一般支那人三千五百人中百数十名は帰国し今後ますます増加の傾向となつて来た」と報じられた。

では、帰国した後、留学生はどのように暮らしていたのか。田邊耕一郎は「支那留学生の話」で、帰国した留学生は日本軍と戦っていると記し、その理由として、帰国して「漢奸」の疑いをかけられたくないことと、「日本から摂取しかへつた知識をもつて日本に嚙みついてくる」ことの二つがあると推測している。[24]田邊のこの推測は、日本に留学していたことによって中国における彼らの立場が危うくなりかねないという、留学生の複雑な心情を的確に捉えている。

「日華学報」は帰国した留学生の動きについて、中国現地の新聞記事を訳載している。例えば、「日華学報」第六四号には、中国の新聞「大衆日報」一九三七年九月二八日付に「雲南留日学生帰国服務」という記事があり、そこには「留日雲南学生の戦時帰滇服務団員は近日続々帰来し一切の抗戦工作に参加尽力し如何なる犠牲も惜しまず最後の勝利を争取せんとしている」[25]とある。同じような記事として、「中央新聞」一九三七年一〇月六日付の「留日帰国学生民間宣伝に努力」がある。その中では、「京郊宣伝団」を組織して各地で活動を行っている留学生たちの様子が「至る處群衆は各種講演を静聴し、団員と村民との箇別談話をなして日本の内在的矛盾及びその社会情況を解説しつつあるところこれは頗る歓迎されてゐる」[26]と報道されている。多くの中国人留学生たちは複雑な気持ちを抱きつつも、帰国して抗日活動に参加していた。さらにいうならば、留学生は日本の事情に詳しいので、留学経験が功を奏したことも事実であろう。

以上からわかるように、盧溝橋事件まで、留学生は日本で多様な活動を営み、積極的に日本の文化を祖国へ紹介していたが、日本の対中侵略が進むに伴い、左翼抗日活動が活発になった。そして、盧溝橋事件後、大勢の留学生が日本を引き揚げて、中国で抗日活動を展開した。このような情況下において、郭沫若の帰国や抗日活動への参加は自然の成り行きであったと考えられる。彼がとくに日本文壇に衝撃を与えたのは、従来、彼が「親日派」の代表的な存在と見られていたためであろう。

郭沫若が中国における抗日の急先鋒に立っていることを日本のマスメディアが伝えているなか、佐藤春夫は「アジアの子」という作品内において郭沫若が「抗日」から「親日」へと変化する過程を「創造」している。

三 「留学生」、「アジアの子」

「アジアの子」は、「一 過去の話」、「二 汪の日本脱出」、「三 脱出後の汪」（以下はそれぞれ「一」、「二」、「三」と略す）からなる。「二」では、汪が豪農の出身であること、日本で医学を勉強していたこと、日本人女性と結婚したこと、一旦中国に帰って北伐に参加したものの蒋介石を批判した文章を発表したために指名手配されて日本へ逃亡したことなど、汪の生い立ちや日本へ逃亡してきた経緯が記されている。ここで書かれていることの大筋は郭沫若の経歴と重なるが、出身地や留学先、妻との出会いの時期など細かい点で若干の異なりがある。たとえば、作品内で汪は「高等学校入学以来社会主義的な思想の感化を受けてゐた」とされているが、郭沫若が留学中に心酔していたのは文学であり、彼が社会主義思想を受け入れたのは留学を終えたころである。つまり、汪の社会主義を受け入れた時期と郭沫若のそれとはずれている。また、汪の妻である安田愛子が「東北の貧農」の出身とされ、汪と同じように社会主義的思想の影響を受けたとされているが、郭沫若の妻である佐藤をとみはキリスト教の家庭に生まれている。

「二」は、郭沫若の散文「達夫の来訪」及び「日本を去る」をもとに、それらを小説化したものである。郁達夫は一九三六年一一月に日本を訪れ、一ヶ月間滞在し、その間に郭沫若と会っている。そのときのことを郭沫若は「達夫の来訪」で次のように振り返っている。「彼が私の家に来たのは合せてこの三度である。此の外日本人の招待によって東京で彼と三度会つた」。一回目は創造社の招待で、「達夫は車の中での話によると我々の目的はまづ改造社に行く事であつてその晩魯迅全集翻訳の為に会が開かれてゐて佐藤春夫もそこにゐると云ふ事であつた」[27]という。佐藤は一九二〇年代から田漢、郁達夫など留日の中国青年と交遊を始め、郭沫若とは一九三四年に竹内好などによって結成された中国文学研究会を通して知り合ったようである。[28]

また、「二」では救国のために汪が帰国する。その際、「外でもないが今度の事件以来わしはやつぱり自分が支那人だといふことに気がついた。日本人の旺んな愛国心の感化をうけてわしにも支那人としての愛国心が起つたのだ」、「故国の安危を坐視するのは男子の本分でない」と汪の愛国心が語られる。「今度の事件」とは盧溝橋事件のことである。中日両国の軍隊が盧溝橋で衝突を起こし、時局は緊張が高まる一方であった。

ところが、「三」では汪の「愛国心」の問題が語られない。それよりも、帰国後友人と愛人に裏切られたこと、それによって気づく妻の「まごころの深さを感じる日が多い」ことに焦点が当てられる。そして、汪が日本の北支開発に参加することについて次のように語られる。

汪ははじめ眉つばものと思ひ込んでゐた皇軍の北支開発の真意を徐ろに会得しはじめた。彼の愛妻を通じての日本人一般の気質に対する理解に基いてである。ロシアの近状が永年のロシア的共産主義の夢からさめさせた折から、汪はイデオロギーによつて民を救はうとする小児的インテリ性を脱却して、民を幸福にするものはイデオロギーの如何ではない。事実のみと悟つた。近来の苦境がこの詩人に現実の洗礼を与へたからである。イデオロギーは何でもいい、真実に於て民を晏如たらしめざるべからざる所以に気づいて今は日本的イデオロギーによる北支の開発に乗り出す決意が出来たのである。北支一帯に、今はまづ通州あたりに施療の病院を建設しよう（四一二頁）。

ロシアの近況を見た汪は、イデオロギーで民を幸福にすることはできないと悟りながらも「日本的イデオロギー」は北支開発の際には指導精神だと認めている。このような描写は「イデオロギーの如何ではない」という汪の考えと矛盾している。この矛盾は董炳月が指摘する佐藤の観念内部の分裂の現れとして理解できる。

汪の「日本的イデオロギー」についての認識は「愛妻を通じての日本人一般の気質に対する理解に基づいている」

とされている。愛妻→日本人→日本という構図には、個人を全体／国家に回収する考え方を見ることができるであろう。

作中で、汪の妻は子供に「汝等、支那人と思ふべからず、何となれば汝等は父だけの子ではないからである。又、汝等は日本人と思ふべからず、何となれば母だけの子ではないからである。汝等はアジアの子である」と話す。つまり、中国籍と日本国籍の両親を持つ「混血児」は「アジアの子」（四〇九頁）であるという。この「アジアの子」というタームは、一見すると、中国や日本など国民国家を超える存在のようであるが、作品内では「アジアの子」と呼ばれる兄弟が「北支に日本文化の移入を企てるために日本語学校の建設を父に建言しよう」という設定であり、「アジアの子」は日本文化の担い手として造形されている。

また作品の最後には、「現場で監督をしてゐるのはお父さんの友達で、むかし東京の大学で工科をやつた人だからそのつもりでよくお礼を申すのだよ」（四二〇頁）と、北支開発のために働く留学生が登場する。要するに、佐藤は汪のような留学経験をした知識人や、留学生、「アジアの子」を北支開発の担い手として表象したのである。

北支開発のために留学生や留学経験を持つ知識人を使うという考えは、佐藤の随筆にも見られる。例えば、一九三九年のエッセー「日支文化の融合——如何にして知識階級の融合を図るか」の中で、佐藤は次のように語っている。

この周作人や銭稲孫などに、有力な私立学校の教授の椅子を与へて、いきのいい支那学を学ぶなども、日本の知識階級には得るところ決して少くあるまい。或ひは大陸の適当な土地をえらんで、日本と支那との男女学生を一緒に学ばせる、余り官僚風でない学校の計画なども面白いだらう。[29]

周作人や銭稲孫は、盧溝橋事件後、一九三七年一二月に北京で成立した日本の傀儡政権中華民国臨時政府下で働く親日派の知識人である。特に、魯迅の弟である周作人は日本人の妻を持つ親日派の文学者として知られている。佐藤はかつて留日した親日派の中国知識人を日本に迎えたり、中国で学校を作ったりすることを提唱しているのである。

佐藤の考えは当時の新聞や雑誌の見解に同調しているものでもある。例えば、三枝茂智は「対支文治に励精せよ」の中で、「次に北支に試むべき新文化事業の内容であるが、北支工作中の宣撫工作の第一に医療工作が採用せられ、併も其の事が廣田外相の創意に依り為されたと伝聞することは吾人の欣懐に堪へない所である」と日本政府の政策を賞賛し、「教育に於ては例の抗日教育を根本的に清算せなければならぬ。東亜復興の黎明に相応はしい自尊、親日、排共排国民党の倫理思想を以て北支青年の熱情を鼓舞せなければならぬ。之に次で日本語を普及せしめ、日本文化を紹介[30]」する必要があると述べている。また、実藤恵秀は「新支那の誕生と日支文化関係」の中で、「今まで四十余年、日本文化の支那への輸入は、彼等（留学生）の積極的にやつたもので、日本は寧ろ消極的であつた」と日本政府に不満を漏らしながら、「今度事変の下に昨年既に生まれた徳州、天津などの日本語学校のことを比較して思ふと、今後の日本の支那人教育へ伸び行く力はそのスタートの早さによつても約束してゐる様に思はれる」と日本の文化進出に希望を述べる。ただ、実藤は佐藤ほど楽天的ではない。佐藤は留学生を日本の文化進出の担い手として想像しているが、実藤は事変の後に、留学生は日本文化の中国輸入に「受動的になるだらうと想像される[31]」と指摘している。

「アジアの子」では、「北支」に「日本文化」を移入することが当然視されている。その「日本文化」の内実について佐藤は小説の中で説明していないが、武継平が指摘したように佐藤の「支那無文化論」と関係があるだろう。佐藤は「文学者としての対支方策――文化開発の道」の中で、今の中国には文化がない、中国古来の文化は日本にだけ保たれている、中国の知識階級はむしろ日本に感謝しなければならないと述べた後、現在中国にいる日本人の質が低いため、「皇道を認識した行動性のある新日本の知識人が大陸へ進出する事が刻下の急務であらう」と指摘している。さらに、経済開発は重要な工作だが、文化開発も「殆んど文化を持たない中華民国だけに、亦必ずしも無用ではあるまいと思はれる[32]」と述べている。日本文化の輸出に当たり、中国人留学生はうってつけの人選であろう。

しかし、第一節、第二節で考察してきたように、留学生は日本文化を紹介する一方で、「侮日抗日」になりかねない危険性を帯びる存在である。佐藤は都合よく郭沫若の親日を描くが、現実の郭沫若の行動と対照すると、その考え方が実に甘いものだとわかると同時に、彼の考えは盧溝橋事件後の一部の日本知識人の認識と共通点を持っていることも指摘できる。

四　泰少年の運命　――「東洋平和の恋」――

「アジアの子」が掲載されるより二ヶ月早く、「日本評論」新年臨時増刊号の「創作」欄に倉田百三の戯曲「東洋平和の恋」が掲載された。「東洋平和の恋」と「アジアの子」とは発表媒体が同じであることに加えて発表時期も極めて近く、内容にも重なる部分がある。

「東洋平和の恋」は盧溝橋事件前後の「混血児」や留学生を描く物語である。中国人の父と日本人の母を持つ泰友仁という少年は日本に滞在し、若い日本人女性中谷菅子の中国語の家庭教師をしている。泰少年が所属する「日華同学塾」の塾長である北村邦太郎は、「アジア協会」に所属する。彼は資本主義と唯物主義をそれぞれ代表するイギリスとロシアを憎み、日本の自給自足主義を主張し、「日支協調」を謳っている。北村の追随者である菅子は、泰少年に「だいち《ママ》日本人の血を半分は受けてるぢやないの。あんたが頑張つてもあんたの肉体は日支協和を完全にやりとげてゐるぢやないの。考へやうではあんたは本当の日支親善のために、働く使命があるんぢやないか」と述べ、「日支問題」や「日支親善」に対して抵抗感を持つ泰少年を説き諭す。菅子のこの発言は「アジアの子」において汪の妻が子供にかけた言葉「汝らはアジアの子」を連想させる。日本人の血を半分受けついでいる「混血児」には常に「日支親善」の使命が課せられており、その使命は「血」によって運命づけられ、身体を国家化させる考え方が読み取れよう。

「東洋平和の恋」は全部で五場から成り、そのうちの「第四場」では「日華同学塾」が舞台となっている。塾長の北村は、「中華民国大アジア協会文化委員長陳作人先生」を迎え、陳先生に「我々の理想とする日支融合の問題に就いて」講演してもらう。「中華民国大アジア協会」云々は作者の虚構であると思われるが、「陳作人」は周作人を連想させ、当時の日本知識人が「日支親善」に適切な人選として周作人を想起していたであろうことが窺われる。

しかし、陳先生が講演している最中に盧溝橋事件が勃発したという号外が振り込まれ、留学生たちは帰国するかどうかの決断を迫られる。その場面はつぎのようである。

留学生一。どうする？　これはいよいよ初《ママ》まるぞ。
留学生二。どうも戦争だな。
留学生三。どうしませう。困つたわ。
留学生四。僕は支那へ帰る気だ。
留学生一。学資もどうなるか解らないしな。
日本学生。まだ解らないよ。初まつたわけぢやない。
留学生二。君等は落ち付いて居れるが、僕らはそう行かんよ。
留学生三。私も帰るわ。家の者が心配だから。
留学生四。僕は帰らない。帰つたつて初まらない。(33)

「第四場」には多くの留学生が登場し、そのなかには、右の引用のように「留学生一」「留学生二」のように名前が明記されていないものもいれば、「周」や「汪」と名乗るものもいる。「周」は「先生僕は帰国しやうと思ひます。僕は僕の祖国に忠実であるべきだと思ひます。それが平生の先生の教へだと思ひます。僕は無論日本と支那の融合を心から願つてゐるものです」が、「戦争になつた以上僕は僕の祖国を防護しなければなりません。何故なら日本は僕の祖国ではないからです。僕は先生の教へて下さつた祖国への愛の良心にしたがひます[34]」と語り、「日支融合」よりも国を守ることを選択する留学生のありかたが表象される。「周」は帰国の決断が日本で受けた愛国教育によるものだと強調しているが、この主張は郭沫若のそれとも相通じるであろう。

一方、泰少年は菅子に抱く好意から、次第に「日支融合論者」になり、当座は帰国せずに「僕は日支提携運動のために生命をささげたい」と決めるものの、「支那人が日本人と戦つて、負けてるのを見ながら、僕は黙つて見て居れるだらうか[35]」と苦しい心境を吐露している。結局、彼は南京陥落のニュースを聞き、日本の新聞や民衆が戦勝に酔っている様子を見るのに耐えられずに死を選んだ。北村は泰少年の死について、「僕は日本と支那とがひとつに融け合つたのを目の前に見た。君は日支融合の可能なことを証して呉れた」と嘆くが、泰少年の死は果たして日支融合の可能性を証明できたといえるのであろうか。むしろ、「日支融合」の困難さが「混血児」の死を以て語られているようにも受け止められる。

「混血児」や留学生の登場、「日支親善」の問題など、佐藤春夫「アジアの子」と倉田百三「東洋平和の恋」との間には共通点が指摘できる。しかし、「東洋平和の恋」における泰少年及び留学生の描き方――中日戦争に直面するときに抱く精神的葛藤が克明に描かれている――が評価に値するのに対して、佐藤「アジアの子」では、留学生の二面性が見えにくいのである。

五　「アジアの子」の系譜＝「混血児」の問題

　前節で、「東洋平和の恋」では、「混血児」及び留学生が抱える屈折した思いを描写しているのに対して、「アジアの子」は「混血児」たちを積極的に「日本文化の移入」の担い手として捉え、造形していることを見た。実際に、一九三〇年代の大日本帝国は植民地であった台湾・朝鮮と日本との同化政策を進め、「日本人」と「植民地人」との結婚を奨励しており、それを反映して、文学においても日本人と朝鮮人・台湾人との間に生まれた「混血児」をめぐる話が増える。星名宏修は植民地であった台湾で創作された文学作品を取り上げ、「混血児」がアイデンティティーに困惑するありさまについて論じている。星名の論考からは、「アジアの子」に描かれた「混血児」の問題は同時代的な広がりを持つのではないかと考えられる。[36] 本節では、星名の研究を踏まえつつ、張資平「她悵望着祖国的天野」及び武田泰淳「女の国籍」を取り上げ、中日文学史における留学生問題の延長線としての「混血児」の問題を検討する。

　一九二二年、張資平が短編小説「她悵望着祖国的天野」（彼女は祖国の彼方を侘しく眺める）を発表した。すでに亡くなった中国人の父と日本人の母を持つ秋児は、彼女の母と牧師である義父と一緒に長崎に住んでいるが、秋児は作中で中国人留学生Hに「私の身分は「新平民」より卑しい」と訴えている。そして、最後は次のように締めくくられる。

　秋児は中国人である。商人であった父亡き後、彼女は中国人を恨んでいたが、中国は恨んでいない。恨まないどころか、むしろ中国のことを慕っている。彼女は、中国に戻り、中国ならではの壮麗な山河を眺めたいと思っていた。しかし、現在、彼女は絶望している。腹違いの兄は彼女を愛していないし、彼女が慕っている中国人も彼女を愛していない。そして彼女は日本西南の端で「憔悴し、やつれ衰えた」姿で苦労しており、彼女と同じように中国の国籍を回復できない同胞の兄たちのことを思った。そこまで考えると、彼女はこの侘しい漁村で、貪欲な牧師の養女でいるしかないのだ！　彼女はなすすべなく、日本の国籍に改めるしかない！　彼女は再び中国人を憎む心に燃えている！[37]

秋児及び彼女の兄たちは「混血児」のため、日本で差別を受けている。小説の時代設定が不明だが、寄る辺のない「混血児」の悲惨な運命が語られている。

また、戦後、一九五一年に武田泰淳が「女の国籍」という短編小説を発表した。この作品では、中国人の父と日本人の母を持つ林淑華が終戦直前に父を亡くし、戦後、上海に住みにくくなり、母と一緒に日本に引き揚げる。その引揚船で、林は日本兵に「お前は日本人ぢやない。日本人なら、あんなふざけた真似はせんぞ。お前みたいな奴は日本へ帰る必要はない。お前みたいな奴に食はせる米は、日本にはねえんだ」と罵倒される。また、「在日居留民」として日本に住むと、今度は駐日代表部の中国軍人に「中国人とも日本人ともつかぬ、雑種みたいな女さ」[38]と言われる。日本人にも中国人にも受け入れられない林淑華のみじめな境遇は、留学生と日本人との間に生まれた子供世代の不幸を物語っている。

このように、「她悵望着祖国的天野」や「女の国籍」では「混血児」である秋児や林淑華が受けた差別が克明に描かれる。時代背景が異なるとはいえ、これらの作品で描かれる「混血児」の姿は中国で積極的に「日本文化」を植え付けることを使命とする佐藤春夫「アジアの子」とは対照的であろう。「她悵望着祖国的天野」の秋児の父は中国人の商人であるものの、「アジアの子」、「東洋平和の恋」、「女の国籍」における「混血児」の父は、いずれも日本留学の経験者という設定である。泰少年の死や林淑華の境遇は、「混血児」が留学生と日本人との間に生まれた子供が見舞われる悲惨な運命を象徴的に語っているのであろう。

　本章では、佐藤春夫と郁達夫の関係や佐藤の日本主義など、従来、作家研究の観点から論じられてきた「アジアの子」について、郭沫若の帰国に対する日本文壇の反応を踏まえつつ、「アジアの子」の時代背景を明らかにした。「親日」だったはずの郭沫若が抗日の急先鋒に立ったことは日本知識人に衝撃を与える中、佐藤は「アジアの子」で郭沫若が「抗日」から「親日」へと変化する過程を描くが、そこには日本をよく知る中国人（留学生）を日本文化の移入のために役立たせようとする考えが隠されている。この考えは佐藤独自のものではなく、当時の日本政府の対中政策と共通するものである。一九三八年以降、日本の実施した対中文化対策はまさに「アジアの子」のように行われ、特に、アジア太平洋戦争以降、留学生は戦力となるべき人材として見直され、留学生政策は大東亜共栄圏の一環に位置づけられるようになるのである。

　しかし、留学生は日本文化の輸出の担い手になり得る可能性がある反面、「愛国心」によって「侮日反日」の道に走る危険性も孕んでいた。「アジアの子」ではそのような留学生の二面性の問題が見落とされている。一方、「アジアの子」と同様に留学生の「日支親善」を扱う倉田百三「東洋平和の恋」では、中日戦争に直面した際の留学生の精神的葛藤が活写されている。留学生の精神的葛藤は、やがて留学生と日本人との間に生まれた「混血児」の問題へと受け継がれ、張資平「她悵望着祖国的天野」や武田泰淳「女の国籍」において「混血児」の不幸な運命が語られることとなる。つまり、中日近代文学史における留学生の描写はひとつの系譜を成しており、そこに描かれる精神的葛藤や不幸には現実の日中関係が投影されているのである。

　佐藤春夫「アジアの子」は、留学生と日本人との間に生まれた子を「アジアの子」と呼ぶものの、彼らをただ「日本文化」の担い手としてのみ表象し、その二面性を見落としているため評価できない。しかし、本章で明らかにしたとおり、「アジアの子」を「日本文化」の担い手とみなす考えかたは、当時の一部の日本知識人に共通する留学生に対する認識であり、アジア太平洋戦争において、日本政府が採った留学生政策ともつながっている。そして、こうした認識は中日近代文学史における留学生とその子供世代である「混血児」とが内包する精神的葛藤や不幸といった問題を喚起するものであった。佐藤春夫「アジアの子」を扱った意味は、こうした留学生と「混血児」とが抱える問題を浮き彫りにする点にある。

注

（1）郭沫若「再談郁達夫」（「文訊」第七巻第五期、一九四七年一一月、『郭沫若全集　文学編　第二十巻』所収、二八三〜二九五頁、一九九二年八月、人民文学出版社）。
（2）奥出健「佐藤春夫の昭和十年代（前期）――「アジアの子」の周辺・付著作目録補遺――」（「国文学研究資料館紀要」第六号、七一頁〜九五頁、一九八〇年三月）。
（3）顧偉良「佐藤春夫と「アジアの子」」（「日本文学」第四一巻第九号、五三頁〜六四頁、一九九二年九月）。
（4）周海林「佐藤春夫と郁達夫」（西田勝退任・退職記念文集編集委員会編『文学・社会へ地球へ』所収、三六三頁、一九九六年九月一五日、三一書房）。
（5）武継平「「支那趣味」から「大東亜共栄」構想へ――佐藤春夫の中国観――」（「立命館言語文化研究」第一九巻第一号、二六四頁、二〇〇七年七月）。
（6）董炳月『〝国民作家〟的立場：中日現代文学関係研究』第三章：婚姻・生殖・亜洲共同体――佐藤春夫『亜細亜之子』的周辺、一二三頁〜一七〇頁（二〇〇六年五月、生活・読書・新知三聯書店）。「将対他人国家観念的解構作為建立自己国家観念的方式，貶低意識形態功能的同時強調日本意識形態的指導功能，鼓吹〝亜洲意識〟而又固守〝国民意識〟尊重中国伝統文化而貶低現代中国，悲憫女性的同時又将女性工具化為〝亜細亜之母〟，都是這種分裂的表征。」
（7）一九二七年四月一二日、中国国民党右派の蒋介石の指示により、上海で中国共産党を弾圧した事件。四・一二事件ともいう。

（8）龔済民・方仁念編『郭沫若年譜 上』二八頁～二八六頁（一九八二年五月、天津人民出版社）。
（9）室伏高信「中国の国民に寄す」（「日本評論」第一二巻第九号、九七頁、一九三七年九月）。
（10）郭沫若著、山上正義訳「日本を去る」（「改造」第一九巻第一三号、二九六頁～三〇四頁、一九三七年一一月）。
（11）井上芳郎「脱出せる郭沫若を裁く——その思想批判——」（「改造」第一九巻第一三号、二一八頁～二二九頁、一九三七年一一月）。
（12）波多野乾一「郭沫若・ヌーラン・陳独秀」（「中央公論」第五二巻第一〇号（総第五九九号）、四〇三頁、一九三七年一〇月特大号）。
（13）当局に監視されたことは郭沫若の原文にあるが、山上の訳には見られなかった。省略されたか、削られたかと考えられる。小野忍・丸山昇訳『郭沫若自伝5』（一六七頁～一七九頁、一九七一年一一月二五日、平凡社）には訳されている。ただし、タイトルは「日本から帰る」となっている。
（14）後藤和夫「抗日支那のインテリは何を考へてゐるか?」（「中央公論」第五二巻第一一号（総第六〇〇号）、四四八頁、一九三七年一〇月臨時大衆版）。田漢（一八九八～一九六八）、中国の劇作家、詩人。一九一六～一九二二年に日本に留学。佐藤春夫などの日本の作家と交流があった。
（15）実藤恵秀「抗日思想戦線の強化——郭沫若・沈鈞儒・其の他」（「東大陸」第一五巻第一〇号、一〇八頁～一一五頁、一九三七年一二月）。
（16）大宅壮一「香港の一と月——郭沫若と会はざるの記」（「文藝」第六巻第二号、一九一頁、一九三八年二月一日）。
（17）郭沫若「支那人の見た日本／日本人の支那人に対する態度」（「日本評論」第一二巻第九号、一九四頁～一九五頁、一九三七年九月）。
（18）注（10）に同じ。
（19）「留日学生省別年度別員数表」（「日華学報」第六四号、四〇〇頁～四〇一頁、一九三七年一二月）。
（20）「発刊詞」（「学連半月刊」創刊号、一頁、一九三七年二月）。
（21）東京左連の機関誌、一九三五年八月一日に創刊。

(22) 東京左連の二つ目の機関誌、一九三五年五月一〇日に創刊。
(23) 演劇に関する雑誌、一九三五年一〇月一〇日に創刊(一号のみ)。
(24) 田邊耕一郎「支那留学生の話」(『改造』第一九巻第一三号、二九一頁、一九三七年一一月)。
(25) 「雲南留日学生帰国服務」(『日華学報』第六四号訳載、七〇頁、一九三七年一一月)。
(26) 「留日帰国学生民間宣伝に努力」(『日華学報』第六四号訳載、七二頁、一九三七年一一月)。
(27) 郭沫若著、土居治訳「達夫の来訪」(『中国文学月報』第二七号、六八頁~七二頁、一九三七年七月)。
(28) 武継平「佐藤春夫与創造社作家們的恩怨」(『郭沫若学刊』第九三期、六四頁、二〇一〇年三月)。
(29) 佐藤春夫「日支文化の融合――如何にして知識階級の融合を図るか」(『日本学芸新聞』一九三九年一月一日、引用は『定本 佐藤春夫全集第22巻 評論・随筆4』七九頁、一九九九年八月一〇日、臨川書店に拠った)。
(30) 三枝茂智「対支文治に励精せよ」(『支那』第二八巻第一二号、七頁、一九三七年一二月)。
(31) 実藤恵秀「新支那の誕生と日支文化関係」(『東大陸』第一六巻第二号、六八頁~六九頁、一九三八年二月)。
(32) 佐藤春夫「文学者としての対支方策――文化開発の道」(『新潮』第三六巻第三号、一九三九年三月、引用は『定本 佐藤春夫全集第22巻 評論・随筆4』八〇頁、前掲に拠った)。
(33) 倉田百三「東洋平和の恋」(『日本評論』一九三八年新年臨時増刊号、三一九頁~三二〇頁、一九三八年一月)。
(34) 倉田百三「東洋平和の恋」、三二〇頁、注33に同じ。
(35) 倉田百三「東洋平和の恋」、三二一頁、注33に同じ。
(36) 星名宏修『植民地を読む――「贋」日本人たちの肖像』第四章:植民地の混血児――「内台結婚」の政治学――、一〇一頁~一三〇頁(二〇一六年四月一五日、法政大学出版局)。
(37) 張資平「她悵望着祖国的天野」(『創造』第一巻第一号、二二頁~三八頁、一九二二年三月)。
(38) 武田泰淳「女の国籍」(『小説新潮』第五巻第一二号、一二四頁~一三八頁、一九五一年一〇月)。

第五章　「親和」と留学生
——太宰治『惜別』を中心に——

本章では、太宰治『惜別』を中心に、アジア太平洋戦争下における留学生と日本との「親和」問題を考える。『惜別』は一九四五年二月に完成し、九月に朝日新聞社より出版された小説である。作者が「あとがき」で記しているように、「内閣情報局と文学報国会との依嘱で書きすすめた」ものである。一九四三年一一月五日から二日間にわたって、日本政府は東京で「大東亜会議」を主催して、五大原則からなる「大東亜共同宣言」を採択した。『惜別』はその中の「独立親和」原則を小説化した作品であり、国策色の強い小説である。

魯迅と藤野先生の像　東北大学附属図書館、著者撮影、2018 年 11 月 28 日）

まずは、『惜別』の研究史を概観したい。最も早く『惜別』に反応を示したのは竹内好である。竹内は太宰が「おそろしく魯迅の文章を無視して、作者の主観だけででっちあげた魯迅像」、「魯迅の受けた屈辱への共感が薄いために愛と憎しみが分化せず、そのため、作者の意図であるはずの高められた愛情が、この作品には実現されなかつた[1]」と太宰の作った「魯迅像」を酷評する。また竹内は「彼（太宰）だけは戦争便乗にのめり込むまいと信じていた私の期待をこの作品は裏切った[2]」と『惜別』における太宰の戦争便乗を批判している。また、尾崎秀樹は「大東亜戦争と二つの作品——「女の一生」と「惜別」——」で、

「惜別」の魯迅は、太宰の自画像を描くに急で、ひどくいびつな魯迅像としてまとめられた」とし、「その理由の一つに、太宰の中国認識の甘さが原因していた[3]」と指摘し、太宰は『惜別』で描き出されたのは魯迅ではなく、太宰自身のことになったと、同じく『惜別』を失敗作と見なしている。さらに、千葉正昭は「魯迅という人物像を使って太宰の自画像を綴ったに過ぎない」といい、「魯迅に日本を讃美させ、中国の後進性を単純な図式で批判させているところ等には、作家太宰の中国認識の甘さを指摘することはできる[4]」と述べている。

　このように竹内や尾崎、千葉をはじめ、『惜別』に対する評価は戦後長い間、概ね否定的であった。ところが、一九九〇年代以降、『惜別』を正負の両面から捉えようとする研究が現れる。たとえば、川村湊は「『惜別』という作品は、作者・太宰の〈私〉的なものが濃厚に出すぎることによって、むしろ〈公〉的な問題性が限りなく後退してしま」い、「魯迅を通じて語ったのは太宰治自身のコンプレックスや文学についての希望」だとして、「時局に対する一種の屈折した小説的抵抗として書かれたことは肯定してもよい[5]」と述べている。つまり、太宰が小説において自分のことを出しすぎているとを批判しながらも、小説から時局への抵抗が読み取れる点を評価している。また、権錫永は「時代的言説」（時局への賛美）と「非時代的言説」（前者の枠組みから脱皮しているもの）の概念を提起し、「『惜別』は〈時代的言説〉を包み込み、またはそれを逆用するといった抑制された文体によって為された〈非時代的言説〉[6]」として、『惜別』をプラスとマイナスの両面から捉えている。さらに、山崎正純は「『惜別』の重要性は、そこに描かれた魯迅の〈孤独者〉としての相貌を通じて、戦時体制下の国内状況と、中国問題という対外的な問題との差異を明らかにした点にある」としながら、『惜別』は「あくまで太宰の魯迅受容の到達点を示すものなのであり、時局への抵抗といったのっぺらぼうな反発が、魯迅という他国の文学者をだしにして、文学的抵抗の見本のようなしろものを示してみせたというわけではない[7]」と『惜別』に「文学的抵抗」を読み取ることの難しさを述べている。

　以上に述べた研究とは異なる観点から『惜別』を高く評価するのが藤井省三である。藤井は「事実関係もよく押さえた上で、太宰らしい豊かな想像力でナイーブな若い中国人留学生像を描き出しており、一種のすぐれた「初期魯迅」

論となっている」と太宰の魯迅理解を肯定している。さらに、太宰が竹内好『魯迅』に衝撃を受けたという従来の観点に異議を申し立て、「太宰が『惜別』で描く青年魯迅は、音痴ではあるが「キザ」で、にこやかに笑っており、竹内のよりも遥かに豊かにして魯迅らしきイメージを形成しえていたのである」として『惜別』を評価し、日本における魯迅受容史を考える際に『惜別』が重要な意味を持つと指摘している。(8)

また、近年では作品論・テクスト論から『惜別』の批評性を論じるものが増えつつある。例えば、高橋秀太郎は『惜別』には「いくつかの「同盟」が描き込まれている」とし、「私」と「周さん」、「藤野先生」によって形成された「日本語不自由組」は解消し、日本人からなる大きな「同盟」が出来上がるという。「日本人たちが、このような変化を経た、より純粋な好意を持って「周さん」に接しようとしながら、それでも結局「周さん」に本質的に関わり得なかった」と「手記」における「好意」と「ずれ」の存在を指摘し、さらに「付記」を通して、その「ずれ」は顕在化したと述べる。(9)高橋の論は示唆的であるが、津田と「私」、藤野先生を同様に扱っている点に疑問が残る。なぜならば、彼らの内部に差異があることを見逃すべきでないと考えるからだ。高橋宏宣が小説における「周さん」を語り出す方法に注目し、「『手記』の「周さん」に固有性を付与するためには、「胸底の画像」の「周さん」と他者との差異を明確にしなければならない。『手記』の語り手「私」は否定を繰り返し、既成の魯迅像及び魯迅自身の記述との差異を紡ぎ出していく」とし、太宰が意図的に魯迅と「周さん」との断絶を作り出していると指摘している。(10)ただ、太宰が作り出した魯迅と「周さん」との断絶をいかに評価すべきかについては検討の余地を残している。

以上、これまでの『惜別』論の研究史をまとめてみると、太宰の魯迅受容や中国認識の視点、『惜別』に小説的抵抗を読めるか否かについては意見が分かれており、いまだに議論がなされている。本章は先行研究を踏まえながら、『惜別』を執筆する太宰の意図を重要視し、作品分析を通して、『惜別』における「清国留学生」の表象のしかたを検討する。一九四四年春ごろ太宰は「『惜別』の意図」を執筆し、そこで「後年の魯迅の事には一さい触れず、ただ純情多感の若い一清国留学生としての「周さん」を描くつもりであります」(11)と述べている。しかし、従来の研究では「一清国留学生として」の太宰の力点については読み落とされているように思われる。太宰がなぜ留学生にフォーカスするのか、小説の冒頭に登場する「新聞記者」は明治末期の留学生を語るのにどのような役割を果たしているのか、「留学生」と「独立親和」原則とはどのような関係を持っているのか、「清国留学生」としての「周さん」はいかに描かれているのかなどの問題については、さらなる検討の余地があるであろう。

そこで、本章ではまず小説の執筆時間、アジア太平洋戦争前後の留学生に関する新聞や雑誌の記事に注目し、第二次世界大戦後期、日本政府が留学生問題を重要視し、留学生対策を見直して「留学生」の管理を強めながら、日本人との「精神的一体化」を意図したことを明らかにする。次に、作品分析を行い、『惜別』に描かれる「周さん」のありかたと明治末期の留学生の状況とを対照することを通して、「清国留学生」の一人として「周さん」を描く太宰の描き方を検証する。そして、作中人物のうち、とりわけ津田憲治に注目し、彼の言論と明治末期の日本政府の「清国留学生取締規則」及びそれによって引き起こされた騒動とを関連づけることで、津田が果たす役割を分析する。以上の検証を総括しつつ、最後は『惜別』で語られる親和物語の破綻に着目し、小説の批評性を論じたい。

一　大東亜共栄圏と留学生問題

本節では『惜別』における留学生と日本との「親和」問題を考察するが、その前に、小説執筆の背景——アジア太平洋戦争下、日本が掲げた「大東亜共栄圏」及び留学生との関連——について確認したい。

『惜別』と「大東亜共同宣言」との関係については、早く尾崎秀樹が論じているので、ここでは簡単に触れることにする。一九四〇年七月に第二次近衛文麿内閣が発足し、「大東亜新秩序」の建設を鼓吹し、「大東亜共栄圏」を唱え、日本を中心に東亜の諸民族による共存共栄を掲げた。一九四三年一一月五日、六日に、東京で大東亜会議が開催され、日本を中心に、「満洲国」や汪兆銘政権、タイ王国、フィリピン共和国、ビルマ国、インドなどが参加した。会議で「大東亜共同宣言」が採択され、次の五つの原則が提出された。

一、大東亜各国ハ協同シテ大東亜ノ安定ヲ確保シ道義ニ基ク共存共栄ノ秩序ヲ建設ス
一、大東亜各国ハ相互ニ自主独立ヲ尊重シ互助敦睦ノ実ヲ挙ゲ大東亜ノ親和ヲ確立ス
一、大東亜各国ハ相互ニ其ノ傳統ヲ尊重シ各民族ノ創造性ヲ伸暢シ大東亜ノ文化ヲ昂揚ス
一、大東亜各国ハ互恵ノ下緊密ニ提携シ其ノ経済発展ヲ図リ大東亜ノ繁栄ヲ増進ス
一、大東亜各国ハ萬邦トノ交誼ヲ篤ウシ人種的差別ヲ撤廃シ普ク文化ヲ交流シ進ンデ資源ヲ開放シ以テ世界ノ進運ニ貢献ス

右の五つの原則は、それぞれ「共存共栄」の原則、「独立親和」の原則、「文化昂揚」の原則、「経済繁栄」の原則、「世界進運」の原則と略される。五大原則が公開されて一週間も経たないうちに、日本文学報国会は「大東亜共同宣言に基づく大東亜建設要綱に対する文化的協力案」を公開し、「大東亜建設要綱の五項目を主題とせる希望雄大なる構想の小説を創作刊行[12]」することになり、執筆者を募集する。太宰はこの小説の募集に「大東亜五大原則」の「独立親和」原則を小説化したものを送り、当選した[13]。

では、なぜ「大東亜共同宣言」五大原則の「独立親和」原則を小説化するにあたって、留学生魯迅の話が選ばれたのか。それは、「大東亜共栄圏」における日本政府の留学生政策、つまり留学生と日本との親和が謳われることがかかわっていると考えられる。

中国人の日本留学は明治末期に遡る。一八九六年、日清戦争終結後、中国人の間では「日本で学ぶ」、「日本を学ぶ」という風潮が起こり、日本留学が始まる。一九三七年七月七日に盧溝橋事件が勃発し、中日両国が全面戦争に突入し

た。これを機に、日本に滞在する中国人留学生は一斉に帰国することとなったが、「満洲国」や汪兆銘政権など対日協力政権は引き続き日本に留学生を送り続けた。そのため、すべての留学生が姿を消したわけではなかったようである。

この時期の留学生を語る特徴としては、「大東亜共栄圏」の枠組みで語られることが指摘できよう。例えば、一九四一年二月二四日付の「東京朝日新聞」朝刊には、「共栄圏の春は留学生から」と題する記事が掲載されている。そこには、盧溝橋事件により中国人留学生は大勢帰国したものの、「治安の恢復とともに日本のいはゆる東亜共栄圏を確立せんとする真意が徹底した結果、一昨年あたりからぼつぼつ増加し始め、現在の数は約千二百名」とあり、また「満洲国」からの留学生は毎年二百名で、「今年」は少し増えて「二百四十名の予定である」と記されている。

翌一九四二年七月七日付の「読売新聞」には「日本精神を教育〝大東亜留日学生会〟十日に発会式」という記事があり、「共栄圏の若き学徒に日本精神を植ゑつけ共栄圏建設の新指導者をつくりあげよう」と、文部省の外郭団体として財団法人「大東亜留日学生会」が設立され、留学生の管理を強めようとする動きが見られる。また、一九四三年五月一九日付の「東京朝日新聞」朝刊には「留学生に皇民精神／予備教育機関を拡充／指導要綱に盛る学校側の要望」というタイトルの記事が掲載され、留学生教育の指導要綱の設定に向けて文部省で行われた留学生教育協議会について報道している。その協議会には文部省の官僚のほか、「東京帝大始め留学生を多数収容してゐる全国の大学、高等学校、専門学校の各代表者二十三名出席」したようで、同紙面には「留学生教育の指導理念を明示せる強力な指導要綱を速かに設定すること」や留学生に「皇民精神を具体的に理解浸透せしめるやうに指導すること」など、留学生教育の指導計画に対する学校側の要望をまとめたものが公開されている。

「東京毎日新聞」一九四三年九月一一日付の記事「留日学生に大御心／岡部文相・輔導方針奏上」には、「今や時局重大なる秋に当たり有為なる留学生をして克くわが国体並に文化の神髄を把握せしめ、わが国青年学徒と深く相結んで世界に冠絶する新しき大東亜建設の大業に邁進せしむるため大東亜省と連絡して懇篤なる輔導と教育を施すことは正に刻下の急務なりと考へる」とある。さらに、情報局によって定められた「共栄圏建設の指導者を養成／実施要領」が同紙面に全文掲載され、留学生を「大東亜共栄圏」の指導者に養成すべく、留学生の選抜から卒業後の進路決定までは大東亜省が行うこと、教育面は文部省が担当すること、留学生に対しては日本人学生と同様に教育し、同宿生活によって日本人学生との精神的一体化を図ること、国内各層にも留学生に対する理解を深め協力を求めることなどが記されている。

また、日本は「大東亜共栄圏」の構築のために、従来の中国からの留学生だけでなく、アジア各国から留学生を招聘してくる。一九四三年二月、大東亜省は「南方特別留学生」招聘事業を発足させ、一九四三年から一九四四年にかけてフィリピン、マライ、スマトラ、ジャワ、ビルマ、セレベス、南ボルネオ、北ボルネオ、セラム、タイから合計二〇五名の留学生を募集して教育を行った。(14)

「大東亜共栄圏」における留学生問題の重要性は当時のマスメディアで認識されつつあった。例えば、「東亜文化圏」には、留学生問題について多くの文章が掲載された。太宰治は『惜別』を書くにあたって、一九四三年から一九四四年にかけて実藤恵秀が「東亜文化圏」に連載した「留日学生史談」を読んだ事実が明らかになっている。(15) 実藤は連載の一回目で、留学生が日本に来たのは西洋文化を学ぶという動機で「日本文化のすぐれたところ」を学ぶためではないことに不満を漏らしている。(16) 実藤の連載に先立って、「東亜文化圏」第二巻第五号（一九四三・五）の巻頭には「留学生対策に関して大東亜大臣に進言す」という題のもと、「我国における留学生問題の経験は既に長いものがある、日本が日露戦役に捷つたことは、アジア諸民族の光明となり、亜細亜の復興を志す東亜の青年が挙つて我国を目指し来つ《ママ》た時より全亜細亜諸国青年の遊学を見るに至つて居る」が、留学生を監督しないと、「放縦なる生活を続け、引いては侮日、反日の言動に走るものあり」(17) と留学生に対する監督の必要性を強調している。「東亜文化圏」第二巻第八号では、野村瑞峯「大東亜戦下の留日学生のことども」が掲載され、日本が大東亜の核心であることを留学生に認識させるべく、留学生の教育と錬成が必要であることが語られた。(18) また、第二巻第一〇号の「巻頭言」は「留学生問題と我文化体制に就きて」という題で、留学生教育における具体的な問題の一つとして教材問題が取り上げられ、「斯く各部門に於ける教材の整備問題は直接指導上の緊急事たるのみならず、その根本は実に我国の文化体制確立の問題であり、対内外の大きなる文化政策の基本問題として熟慮されねばならぬ事柄である[19]」と記されている。このような「東亜文化圏」の評論は、当時の日本の政策と呼応しているといえよう。

一九四四年一月一日から、「読売新聞」朝刊はコラム「家庭共栄圏」を約一週間連載した。そこで描かれるのは、「防訓も家族と一緒／泰のアブ君を世話する外山氏」(一九四四・一・一)、「温かい日本の母／苦手は味噌汁と、仏印の貴君」(一九四四・一・二)、「日本語に打込む／勉強熱心な中国の楊君」(一九四四・一・四)、「寮で味へぬ生活／わが子同様・満洲の閻さん」(一九四四・一・七)などの見出しが示すように、各国からの留学生が日本人家庭に溶け込む様子である。「家庭共栄圏」というコラムのタイトルに相当な政治的意味が込められていることは言うまでもない。

以上に述べてきたことからわかるように、留学生教育は大東亜新秩序建設の一環として、「大東亜共栄圏」の枠組みで語られるようになる。それに伴って、従来整えられていなかった留学生政策が見直され、文部省と大東亜省とが連携し、留学生事業全般を両省の指導下に置き、留学生に対する管理を強めながら、留学生と日本人との「精神的一体化」を求めるようになった。このような政策の転換によって、マスメディアにおいても留学生問題を扱うものが増え、そこでは留学生の管理と監督とが強調されている。また、外郭団体は積極的な協力的姿勢を見せ、官民協力を求め、留学生と日本人との「親和」を訴えている。「家庭共栄圏」はまさに、親和物語の創出に一役買っていたと言えるだろう。

このような背景のもとに、太宰は『惜別』を執筆したのである。執筆にあたって、太宰は一九四四年一二月、仙台へ赴き、魯迅が仙台に留学した当時の状況について調査をした[20]。『惜別』冒頭の「新聞記者」が「日本の東北地方の某村」を訪れ、「藤野先生」と「魯迅」の話を「日支親善の美談」として書こうとする描写がある。この描写は太宰が自身のことを劇化して描いたものと捉えることができ、当時のジャーナリズムが「大東亜共栄圏」の親和＝神話を留学生に求めようとした事実を諷刺するとともに、この神話作りの陣営に自ら参加することに対するアイロニーとも理解できよう。

二　清国留学生である「周さん」――日本讃美から三民主義の道へ――

前節で見た小説の背景を踏まえつつ、本節では太宰が『惜別』で留学生をいかに表象したかについて見てゆく。繰り返しになるが、『惜別』は「大東亜五大原則」の「独立親和」原則を小説化した作品である。初刊当初は「医学徒の頃の魯迅」というサブタイトルが付けられていた。したがって、『惜別』で描かれる留学生は直接にアジア太平洋戦争下の留学生ではなく、魯迅をモデルにした明治末期のそれである。太宰は冒頭で、留学生と日本人との「日支親善」の神話を引っ張り出そうとする新聞記者の動きを描き、老医師「私」の手記を通して「周さん」の仙台留学を語る。そして最後に「付記」をつけ、魯迅の「藤野先生」を引用して、「現在」の時間に戻るという作品構造を採る。このような作品構造からは、太宰が明治と昭和という二つの時期を巧妙につなげようとしていることが窺われる。

『惜別』は東北地方某村の老医師「私」の手記の形を採っている。「医学徒の頃の魯迅」＝「周さん」は、「私」と同じ仙台医専に在学している。ある日偶然に松島で「周さん」は「私」と出会い、自分の生い立ちや悩み、日本に来た経緯、医学救国の抱負などを饒舌に「私」に聞かせる。「私」は「私」なりの問題を抱えながら、「周さん」を観察する人物として設定されている。「周さん」は「明治三十五年、二十二歳の二月、無事横浜に上陸して[21]」（四三頁）、一九〇六年仙台を去る。彼の来日・帰国の経緯は魯迅のそれに重なるところが多い。ただし、魯迅が仙台を去って東京に戻り、弟周作人と一緒に文芸活動を行ったのに対して、『惜別』の結末部分での「周さん」は「僕はすぐ医学をやめて帰国します」（一五四頁）と決意を述べ、『惜別』の結末をドラマチックにしている。

清末の留学生の特徴といえば、民族意識の芽生えや亡国の危機にさらされることが挙げられる。魯迅もやはり、留学時期には同じ問題意識を抱えている。魯迅が日本に滞在していた間に、日露戦争（一九〇四〜一九〇五）が勃発した。日露戦争以前の一九〇三年、在日留学生が帝政ロシアの中国侵略に抗議するため、「拒俄義勇隊」を組織したことがある。「浙江潮」[22]第四期（一九〇三・五）コラム「留学生記事」には、中国東北三省がロシアに侵略される危機に瀕したため、留日学生が東京錦輝館で集会を開き、「拒俄義勇隊」を組織して、祖国のために我が身を惜しまず尽力すべきだと呼びかけたという事実が記されている。魯迅は「自樹」の筆名で、「浙江潮」第五期（一九〇三・六）及び第九期（一九〇三・一一）に「スパルタの魂」[23]を寄せている。この作品はスパルタの国民が国を守るために勇ましく戦う様子を描くものであり、清末の進歩的知識人が国を滅亡の危機から守るために呼びかけた「全民皆兵」、「軍国家」の主張と呼応している。

日露戦争に際して、留学生たちは日本をどのように捉えていたのだろうか。この問題を考えるにあたって注目したいのが、厳安生の指摘である。厳は当時の留学生の心理を分析し、三つの層に分けた。すなわち、黄色人種のキャプテンである日本が善戦したことで巻き起こった興奮を第一の反応とし、それに伴って生じる羨望やそれと相表裏を成す焦り、やや持ち直した自信などが複雑にまざりあった感情を第二の層、日本の戦勝によって生まれた新たな心配、日本への警戒の念を第三の層とする。[24]

厳の指摘した留学生心理の三つの層を念頭に置きつつ、当時の留学生の回想記を見ると、たとえば呉玉章は「一九〇四年二月、日露戦争が始まった頃、人々は帝政ロシアに憎しみを抱いているため、日本に同調した。日本が勝ったと聞いて皆喜んでいた[25]」と振り返っているのに対して、景梅九は後年の自伝『罪案』において日露戦争期に経験したことを「出征軍人を送る家族や市民がいつも一枚の白いのぼりをかかげ、上に「祈戦死」（戦死を祈る）の三つの大文字を書いていた」、「私の体中の血が沸き返り、その三つの文字に吹き付けるようであった[26]」と記しており、日露戦争に際して留学生が様々な感情を抱いていたことが確認できる。

では、留学生の一人である魯迅は日露戦争に直面した際にどのような反応であったのか。実は、日露戦争に対する魯迅の態度は明らかでない。かつて魯迅と一緒に東京に留学した沈瓞民が「魯迅早年的活動点滴」（魯迅の早期の活動について）で、魯迅は日本の勝利に対して警戒心を抱いており、中国の近隣である日本が一旦ロシアに勝ち東アジアを牛耳ったら、中国はさらにひどい目に遭うと考えていたと述べているが[27]、この証言の信憑性が疑わしいことは厳安生がすでに指摘するところである[28]。すなわち、中国人留学生が日本の日露戦争における勝利に興奮するなか、魯迅だけが冷静を保って、日本に対する警戒を持っていたという沈の回想は魯迅を神話化している可能性がある。

一方、太宰の『惜別』において、魯迅がモデルとされる「周さん」は、「自分はこの戦争も支那の無力が基因であり、「これではまるで支那の独立保全のために日本に戦争してもらつてゐるやうにも見えて、考へ様に依つては、支那にとつてはまことに不面目な戦争ではあるまいか」（五一頁）と語っている。ここでの「周さん」は、日本に味方する呉玉章や景梅九に近い存在のように描かれており、現実の魯迅と一致するか否かはともかく、「一清国留学生」としては自然な反応と考えられる。ただ、考えは三人三様で、呉玉章は帝政ロシアに対する憎しみから日本に同調し、景梅九は日本国民の愛国心に圧倒され、「周さん」は「支那の独立保全のために日本に戦争してもらつてゐるやうにも見え」ると述べている。

日本がロシアに勝ったことは「周さん」に大きな衝撃を与え、そのことについて、「私」は手記に次のように述べる。

その勝利が、おそらくは周さんのかねて考へてゐたよりさらに数層倍も素晴らしく眼前に展開されるのを見て、いまさらながら日本の不思議な力に瞠若驚歎したように私には見受けられた。周さんは、その旅順陥落を境にして、再び日本研究をし直した様子であつた。周さんの話に拠れば、その頃の支那の青年が日本に学問しに来るのは、決して日本固有の国風、文明を慕つてゐるからではなく、すぐ近くで安直に西洋文明を学びとる事が出来るといふ一時の便宜主義から日本を選ぶに過ぎないのだという事であつたが、周さんも、やはりはじめはそんなつもりで日本へ来て、すぐにこの国の意外な緊張を発見して、ここには独自な何かがあると予感したものの、さて、このやうに堂々と当時の世界の一等国露西亜を屈伏せしめた事実を目撃しては、何物かがあるくらいでは済まされなくなつたらしく、こんどは漢訳の明治維新史だけではなく、直接に日本文の歴史の本をいろいろ買ひ集めて読みふけり、いままでの自分の日本観に重大な訂正を加へるに到つたやうである。

「日本には国体の実力といふものがある。」と周さんは溜息をついて言つてゐた。(九六頁~九七頁)

「周さん」は日本の勝利に感動し、日本に「国体の実力」を発見した。この「国体の実力」とはすなわち「国体の自覚、天皇親政」ということである。「周さん」に天皇や日本讃美をさせるという書き方は、作者太宰が批判を受けた一つの原因である。

しかし、「周さん」が日本の「国体の実力」を発見した後、しばらくすると「周さん」の変貌が語られる。

周さんは、この学年がすんで夏休みになつたら、東京へ行き、同胞の留日学生たちに、周さんの発見した神の国の清潔直截の一元哲学を教へて啓発してやるのだと意気込んでゐたが、(略)九月、新学年の開始と共に、また周さんのなつかしい顔を仙台で見た時、私は、おや? と思つた(一〇六頁)。

上記の「神の国の清潔直截の一元哲学」と、さきに引用した「周さん」の「日本の国体の実力」とは同じことである。上記の引用部分は、「周さん」が上京し自分の発見をほかの留学生に宣伝しようとするが、うまくいかないらしいという描写である。この場面の後、「私」は「周さん」に留学生の反応を尋ねるが、「周さん」の答えはあやふやで「これもまた、いそがしくて、何が何やら、僕には、もうわからなくなりました。日本人の愛国心は不穏でも何でも、本質が無邪気で明るいけれども、僕のほうの愛国心は複雑で暗くて、いや、そうでもないのかな? とにかく、僕には、わからない事が多い。むずかしいのです。なんにも、わからない。」（一〇七頁）と言い、「周さん」は自分の発見に動揺を見せたという意外な展開である。

では、太宰はどのような意図で上述のような「周さん」の変化を描写したのか。それについては、「周さん」に変化が起こったタイミングを考える必要がある。「私」は「明治三十七年の秋」の入学で、「周さん」と同級だったため、「この学年がすんで夏休みになつた」というのは一九〇五年と推定できる。そして、大雪の夜、「周さん」は「私」の下宿を訪ね、「いまは黄興の一派と孫文の一派の握手もいよいよ実現せられて、中国革命同盟会が成立し、留学生の大半はこの同盟会の党員で、あの人たちの話を聞くと、支那の革命がいまにも達成せられさうな様子」（一二七頁〜一二八頁）だと告げる。

留学生と同盟会のことについては、兪辛焞が『孫文の革命運動と日本』の中で、「（一九〇五年）八月一三日、黄興・宋教仁・張継・程家檉らが中心になって麹町区富士見楼で東京中国留学生の孫文歓迎大会が開かれた。大会には一〇〇〇人以上の留学生が出席し、空前の盛況であった。孫文は民族主義を中心とした演説を行い、青年学生らの共鳴心を呼び起こした」[29]と紹介している。この歓迎会と演説については呉玉章や景梅九の回想記にも記録がある。また、同じ年、東京で中国同盟会が結成され、「同盟会宣言」が発表された。さらに、翌年の一九〇六年、孫文が「同盟会宣言」の「四綱」を正式に「三民主義」と定めた。

「周さん」の上京は一九〇五年夏の設定であることから、「周さん」は夏休みに東京で中国同盟会の成立を見聞きしたと推定できる。しかも、見聞きしただけではなく、「周さん」は同盟会の成立に心を打たれていることも窺える。『惜別』では、「私」と「周さん」が松島で出会ったその夜、「周さん」が義和団の乱によって民衆が清国の無能を看破し、海外に亡命していた孫文が三民主義を完成したと「私」に言う。（四八頁）つまり、一九〇六年に正式に定められた三民主義が作品内では「明治三十七年」（一九〇四年）にすでに語られているのである。さらに、同じ一九〇四年に、「私」は留学生との交際について助言を求めて藤野先生の研究室を訪ねるが、そこで藤野先生は「あの三民主義といふのも、民族の自決、いや、民族の自発、とてもいふやうなところに根柢を置いてゐるのではないか」(七八頁)と語っている。一九〇六年に成立した三民主義を一九〇四年に語ることが現実としては不可能であるが、太宰は「周さん」が早くから三民主義に関心を持っているように設定しているのである。

「周さん」のモデルである魯迅は、一九二六年三月に発表した「中山先生逝去後一周年」[30]の中で、孫文を「永遠たる革命者」と高く評価している。ただ、留学時期の魯迅と三民主義との関連を語る資料は少なく、実際のところ、魯迅が直接に三民主義を語った資料は見当たらない。つまり、丸山昇が指摘するように、魯迅の日露戦争前後の思想は「全体としては、まだ混沌のうちにある」[31]と思われる。また、太宰が「あとがき」において言及した、小田嶽夫『魯迅伝』(一九四一・三、筑摩書房)と竹内好『魯迅』(一九四四・一二・二〇、日本評論社)ではいずれも、魯迅と三民主義とを関連付けて論じていない。

『惜別』の「周さん」はほかの留学生と馴染めないという「不幸な宿命」を抱えながら、「僕は、ただ僕の一すぢに信じてゐる三民主義を、わかり易く民衆に教へて、民族の自覚をうながしてやりたい」(一二六頁)と告白している。ここでは、「周さん」がほかの同盟会に参加している留学生と同じように、三民主義を信仰しているように造形されている。つまり、魯迅の留学時期の思想と『惜別』に描かれる「周さん」の思想との間にはずれがある。太宰は虚構を通して「周さん」が三民主義を信奉するありさまを描いており、「周さん」と三民主義とのつながりは太宰の創作であると考えられる。その創作の目的はやはり、「周さん」を当時、広く三民主義を信仰する清国留学生の一人として描くためであろう。

「周さん」は「神の国の清潔直截の一元哲学」を東京の同胞に伝えようとしたところ、かえって同盟会の動きや留学生の革命への情熱に戸惑った。しかし、彼は決して三民主義や留学生の行動を否定していない。むしろ、「忠義の一元論」の挫折を余儀なくされ、三民主義を信奉するほかの留学生に同調するようになった。

さらに、ここでもう一つ注意したいのは、「周さん」が日比谷焼打ち騒動で見た日本国民の行動から大きな刺激を受けたことである。「周さん」は仙台に帰った後、東京の情況を聞かれると、「戦争の講和条件が気にいらないと言つて、東京市民は殺気立つて諸方で悲憤の演説会を開いて、ひどく不穏な形勢で、いまに、帝都に戒厳令が施行せられるだらうとか何とか、そんな噂さへありました。どうも、東京の人の愛国心は無邪気すぎます」（一〇七頁）と答えた。ここで語られたのはいわゆる日比谷焼打ち騒動であると思われる。

東京に行く前に、「私」の下宿先の一〇歳の娘が戦地の叔父に送る慰問文を「周さん」に直してもらう場面があるが、「日本人の愛国心」はその手紙に触発されて、日本人の「忠の精神」を賞讃した。そのこともあって、日比谷焼打ち騒動で「周さん」が「不穏」なものであることに気づき、「殺気立つて諸方で悲憤の演説会を開」く日本国民の姿に戸惑いを覚えたに違いない。「周さん」は留学生としてこの騒動を眺めたわけだが、「周さん」の「無邪気すぎます」の一句には、日本人の無思慮に対するまなざしも含んでいれば、「忠の精神」に対する懐疑も含んでいるだろう。つまり、日比谷焼打ち騒動を契機として、「周さん」は自分が考えていた「支那の独立保全のため」の日露戦争という認識に対して動揺し始めたのである。

「周さん」の日比谷焼打ち騒動に対する感想は当時の留学生の反応を彷彿とさせる。日比谷焼打ち騒動は現実の留学生に衝撃を与えたようで、そのことは例えば景梅九が、この騒動で日本人の「国民意識」、「国家」観念が中国人よりはるかに進歩していると嘆いていることや、黄尊三『留学日記』の次のような記述から知ることができる。

日本人は日比谷で国民大会を開く。集まるもの数万人。日本は戦勝国なのに、日露講和条約において、イギリス・アメリカに邪魔されて権利を主張しなかったので、国民は政府の無能を憤って、この大会を開いた。講和に反対して、警察を焼き打ちし、警官を殺し、首相と小村講和全権の処分を天皇に要求して、人心恟恟。日本国民の気風は、本当に侮るわけにはいかぬ。感極まり、恥しさ、この上なし。(32)

政治より勉強に専心している留学生であった黄尊三は、日本語を勉強するために日本の新聞を読む習慣があった。そのため、この事件に対する上記の認識は新聞から影響を受けたものであると考えられるが、「日本国民」が政府に抗議活動を行ったことに大いに感銘を受けたことが読み取れる。

『惜別』の最後で、「周さん」は「私」に帰国の決意を打ち明け、「いまのままでは、支那は永遠に真の独立国家としての栄誉を、確立する事が出来ない」ため、「精神の革新」、「国民性の改善」(一五四頁)が必要だと述べた。それに続く「日本の忠義の一元論もこんなものではないかしら。さうだ。僕は、やつとあの哲学が体得できました」(一五四頁)という「周さん」の言葉は、最初に議論された「国体の実力、天皇親政」という「忠の一元論」の意味とずれていく。

要するに、『惜別』では、「周さん」は日露戦争において「日本の国体の実力」に感動し、日本を讃美するが、一九〇五年の上京体験——同盟会の成立及び日比谷焼打ち騒動——によって、三民主義を信じるようになり、民衆啓蒙のために帰国するという過程が描き出されている。日本学生との「精神的一体化」が求められる「大東亜共栄圏」の政策とは裏腹に、太宰は留学生が中国独自の論理を信じるありようを描いたのである。

三 「一面親切、一面監視」——津田憲治の意味——

『惜別』の冒頭では、新聞記者が老医師「私」のところを訪れ、「魯迅と藤野先生」の「日支親善の美談」を求める。「私」への取材をもとに書いた文章「日支親和の先駆」(四頁)を載せる。どのような文章だったか、小説には内容が示されないが、その文章に対して、「私」は「あのやうな社会的な、また政治的な意図をもつた読物は、あのやうな書き方をせざるを得ない」(五頁)と書いているため、やはり「日支親善」を謳うようなものであったことが推測される。これを読んだ「私」は「恩師と旧友の面影を正す」（五頁）ため、手記を執るようになった。つまり、「公的」の記述に対して、「私的」の記述を以て対抗したのである。そして、手記の前半で「日本語不自由組」が結成されたかのように、「周さん」との交友が書かれている。

しかし、物語が進むにつれて、「周さん」と「日本人」との「親和」が軋みだす。例えば、藤野先生にあらかじめ試験問題を教えてもらったことで「周さん」が解剖学の試験に合格できたと中傷されるいわゆるノート事件の後、「私」は「その頃の周さんの態度には、何か近づき難いものが感ぜられて、学校で顔を合はせても、互ひに少し笑」（一二〇頁）っただけだと記している。これは無論、「周さん」の内面的な葛藤とも関わる問題であるが、「この事件が、周さんの心にどんな衝動を与へたか、それは私にもわからない」（一二〇頁）とあるように、強国日本の学生には強者の優越感があり、それによって「周さん」が精神的に動揺した事実が窺える。

強者のまなざしは、「周さんと私との交友の、最初の邪魔者」（六三頁）として登場した津田憲治の言論に注目すると、よりはっきりと浮かび上がる。「私」は「周さん」から津田憲治のことを聞かされていた。ある日「私」は津田に呼びとめられ、「君、外国人とつき合ふには、よつぽど気をつけてもらはないと困るよ」（六七頁）と説教された。さらに、津田はこの場で「外交の妙訣」、「日本の外交方針」（七一頁）をしきりに口にする。

この時期の留学生とかかわる「外交方針」といえば、一九〇五年末に大きな騒動となった「文部省令第十九号／清国人ヲ入学セシムル公私立学校ニ関スル規程」が挙げられる。のちに「清国留学生取締規則」と呼ばれる当該省令は一九〇五年一一月に公布された。一五条のうち、最も問題になる第九条には、「選定ヲ受ケタル公立又ハ私立ノ学校ニ於テハ清国人生徒ヲシテ寄宿舎又ハ学校ノ監督ニ属スル下宿等ニ宿泊セシメ校外ノ取締ヲナスヘシ」とあり、第一〇条には「選定ヲ受ケタル公立又ハ私立ノ学校ハ他ノ学校ニ於テ性行不良ナルカ為退校ヲ命セラレタル清国人ヲ入学セシムルコトヲ得ス」とある。この省令の背景には、清国政府の要請を受けて留学生の反清活動を規制するという目論みがあったと思われるが、すぐに留学生がこれに反発して問題の箇条の修正を求め、さらに省令の取り消しを要求するようになった。

「東京朝日新聞」朝刊は「清国人同盟休校」（一九〇五・一二・七）の記事で、留学生の動きを報道している。そこでは、留学生が省令をあまりに狭義的に解釈していると非難しており、「清国人の特有性なる放縦卑劣の意志より出で団結も亦頗る薄弱のものなる」と留学生への差別を赤裸々に語っている。そして、事態は二、三日中に収束すると推測する。これに対して、留学生である程家檉は「清国留学生取締規程に反対の理由　十二月七日午後草稿」（「東京朝日新聞」朝刊、一九〇五・一二・一〇）を投稿し、省令に反対する理由を述べた。この草稿で述べられるのは、「吾人が省令に反対しているのは日本に留学している以上、日本の学生と同様に取り扱われるべきという主張であり、「其規程の如何に広義なるも又如何に寛大なるも吾人の断じて服従する能はざる所以なり」とある。留学生のリーダーであった程は、この草稿によって「東京朝日新聞」の記事への反論を行ったと見られる。

さらに、陳天華[33]の自殺事件が留学生の反日感情に拍車をかけた。陳天華は「東京朝日新聞」の記事に記されている清国人の「放縦卑劣」に衝撃を受け、一二月九日に海に身を投じた。中国人を差別する日本のメディアの言論に身を以て抗議したのだ。呉玉章や景梅九が陳天華の自殺事件を回想記に記していることや黄尊三が「このたび訃報が伝わると、留学界全体が感動した」と日記に綴っていることからも、この事件が留学生に大きな影響を与えたことが窺われる。

『惜別』において、津田は留学生のことを「清国から派遣された学生でありながら、清国政府の打倒をもくろんでゐる」（七二頁）危険人物と考えている。さらに、「日本はいま国運を賭して、北方の強大国と戦争のまつさいちゆうだ。もし、清国政府が日本政府に対して悪感情を抱き、現在の好意的な中立の態度を放擲して逆に露西亜に傾いて行つたらどうなるか」（七〇頁）、そのような事態を防ぐため、留学生に「ただの親切だけでは駄目」（七二頁）で、「一面親切、一面監視」（七二頁）の態度を以て臨むべきだとする。こうした津田の発言は、実際に「清国留学生取締規則」が制定された時期よりやや早いものの、作品内で繰り返される「一面親切、一面監視」はまさに「清国留学生取締規則」の内実そのものをいうだろう。「周さん」を含む三民主義に影響を受けた留学生たちは革命精神に燃え清国を打ち倒す道を歩むが、日本政府は清国の意思に従って留学生を取り締まるという方針を打ち出し、留学生と日本との衝突は避けられない状態であった。『惜別』では、太宰は津田の口を借りて日本政府の打算を暴露し、清国留学生と明治日本との矛盾を浮き彫りにしている。

このような発言のほかにも、津田の言論は常に「国」、「政府」という「公的」性格を帯びている。たとえば、「周さん」を中傷する匿名の手紙をめぐって、彼は「これは国際問題だ」、手際よく扱わないと、「日支親善外交に、一大汚跡を、踏み残す事になる」（一一〇頁）と述べ、「周さん」が勉強を怠った際には「日本は、あいつに立派な学問を教へ込んでやつて帰国させなければ、清国政府に対して面目が無い」（一四八頁～一四九頁）と述べている。彼の介入によって親和物語にはひびが入ってゆく。なお、董炳月は津田憲治と太宰の本名である津島修治がよく似ていることを指摘している[34]。この指摘を考慮すると、太宰は公的性格を帯びた津田に国策小説を執筆する自身の姿を投影しており、ここからはある種の自己批判を読み取ることができるのではないかと考える。

また、この「一面親切、一面監視」は日本政府の清国の留学生に対する政策のみではない。第一節で見たように、アジア太平洋戦争下における留学生政策も同様である。つまり、太宰は津田の造形によって日本政府が掲げたアジア諸国との「独立親和」を諷刺したのである。津田の存在は日本政府そのものの隠喩として捉えられ、太宰は日本政府の「方針」を滑稽なものとして描いているのだと理解できる。

物語の最後に、「周さん」が医学を諦め、中国に帰って雑誌を発刊することを「私」に告げるシーンに次のような描写がある。

「どんな名前ですか？」

「新生。」

と一言、答へて微笑した。その笑ひには、周さん自ら称してゐたあの「奴隷の微笑」の如き卑屈の影は、みじんも見受けられなかつた（一五五頁）。

興味深いことに、「日華学報」第九二号（一九四二・一一・二五）の編集後記に、中国人留学生の様子が描かれている。

中国の留学生も変わつた。その表情からは、混迷と自虐の翳は消え失せ、親和と確信の色に満ちて来た。東洋の素顔をとり戻しつゝある。われらは、かれらと共に歩む。新しい大東亜の栄光を頒つて、彼らと共に前進する。(35)

「日華学報」の表現は時局の影響もあると考えられるため全面的には信用できないが、留学生は「親和」の表情で日本と共に進むと描かれている。一方、『惜別』ではその題名にもあるように、「周さん」は「私たち」と共に歩まない。彼は藤野先生の「親切を裏切る」（一五四頁）ことになっても帰国し、雑誌を作って民衆を啓蒙することを決意する。このような「周さん」を含む留学生の描き方は、時局とは逆の方向に向かっている。

『惜別』では、新聞記者が「日支親善の美談」を求めるさまが描かれる。その背景には、アジア太平洋戦争下、日本政府が留学生を「大東亜共栄圏建設の指導者」にさせるため、留学生と日本人との「親和」を求めたことが考えられる。「私」の綴った手記のなかで、「周さん」は日露戦争における日本の「国体の実力」を一度は讃美したものの、同盟会の成立や日比谷焼打ち騒動の影響によって、次第に「日本精神」から遠のいていく。最終的には「忠の一元論」を捨て、中国の論理を信じ、日本を去ってゆくのである。また、太宰は物語で日本政府の方針に従う津田を「周さん」と接触させることで、明治日本の留学生政策が引き起こした留学生と日本との衝突を浮き彫りにし、「周さん」と日本との親和が破綻したことを描いた。太宰治は明治末期の留学生と日本の親和物語の破綻を描くことによって、アジア太平洋戦争下の「親和」物語のパロディーを作ったといえよう。

注

（1）竹内好「藤野先生」（『近代文学』第二・三合併号、五一頁、一九四七年三月）。
（2）竹内好「花鳥風月」（『新日本文学』第一一巻第一〇号、一二三頁、一九五六年一〇月）。
（3）尾崎秀樹「大東亜戦争と二つの作品――「女の一生」と「惜別」――」（『文学』第二九巻第八号、九二五頁、一九六一年八月）。
（4）千葉正昭「太宰治と魯迅――『惜別』を中心として――」（『国文学　解釈と鑑賞』第四八巻第九号、一三一頁〜一三四頁、一九八三年六月）。
（5）川村湊「「惜別」論――「大東亜の親和」の幻」（『国文学　解釈と教材の研究』第三六巻第四号、七二頁〜七三頁、一九九一年四月）。
（6）権錫永「〈時代的言説〉と〈非時代的言説〉――「惜別」」（『国語国文研究』第九六号、四二頁、一九九四年九月）。
（7）山﨑正純「太宰治と中国――「惜別」を中心に」（『国文学　解釈と教材の研究』第四四巻第七号、四三頁、一九九九年六月）。
（8）藤井省三『魯迅と日本文学』第六章「魯迅と太宰治――竹内好による伝記小説『惜別』批判をめぐって」、一七一頁〜一九〇頁、（二〇一五年八月一八日、東京大学出版会）。
（9）高橋秀太郎「太宰治「惜別」論」（『日本文芸論稿』第一五号、六九頁〜八三頁、一九九九年一〇月）。
（10）高橋宏宣「「惜別」論――「周さん」を語り出す方法をめぐって――」（山内祥史編『太宰治研究・一二』所収、八五頁〜九七頁、二〇〇四年六月一日、和泉書院）。
（11）これに関しては、『太宰治全集　一一』の「解題」で、「一九四四（昭和十九）年」春頃に内閣情報局に提出するために執筆されたと推定される」と記されている（一九九九年三月二五日、筑摩書房）。
（12）「大東亜共同宣言に基づく大東亜建設要綱実現に対する文化的協力案」（『文学報国』第九号、一九四三年一一月一〇日）。

(13)「小説戯曲　委嘱作家決定／二月下旬には執筆完成」(「文学報国」第四四号、一九四四年一月一〇日)。
(14)江上芳郎「南方特別留学生招へい事業に関する研究(14)――南方特別留学生名簿――」(「鹿児島経大論集」第三五巻第一号、三三五頁、一九九四年四月)。
(15)実藤恵秀『中国留学生史談』あとがき、四四五頁～四四六頁(一九八一年五月一三日、第一書房)。
(16)実藤恵秀「日本留学のはじめ――留日学生ものがたり(一)――」(「東亜文化圏」第二巻第一〇号、四一頁、一九四三年一〇月)。
(17)無署名「留日学対策に関して大東亜大臣に進言す」(「東亜文化圏」第二巻第五号、二頁～三頁、一九四三年五月)。
(18)野村瑞峯「大東亜戦下の留日学生のことども」(「東亜文化圏」第二巻第八号、七五頁～七九頁、一九四三年八月)。
(19)巻頭言「留学生問題と我文化体制に就きて」(「東亜文化圏」第二巻第一〇号、二頁～三頁、一九四三年一〇月)。
(20)太宰治『太宰治全集　8』「解題」四四七頁(一九九八年一一月二五日、筑摩書房)。
(21)本文引用は太宰治『惜別：医学徒の頃の魯迅』(一九九二年六月一九日、名著初版本復刻　太宰治文学館)に拠った。引用した頁をその都度記した。
(22)留日浙江同郷会が一九〇三年二月一七日に東京で創刊した雑誌。全一二期あり。
(23)署名「自樹」、中国語原題は『斯巴達之魂』である。
(24)厳安生『日本留学精神史』第四章：在日留学生と日露戦争、一七六頁(一九九一年一〇月一日、岩波書店)。
(25)呉玉章『呉玉章回憶録』第一章：従甲午戦争到辛亥革命的回憶、一九頁(一九七八年一一月、中国青年出版社)。「直到一九〇四年二月日俄戦争開始後，人們由於対沙俄的痛恨，還把同情寄予日本方面，聴見日本打了勝仗，大家都很高興」。呉玉章(一八七八～一九六六)、中国四川省生まれ、革命家、中国人民大学創立者。一九〇三年～一九一一年日本に留学。
(26)『罪案』は一九二四年、北京国風日報社により出版された。本章での引用は大高巖・波多野太郎訳『留日回顧』第一章、四一頁～四二頁(一九六六年一二月一〇日、平凡社)に拠った。景梅九(一八八三～一九六一)、中国山西省生まれ、アナキスト。一九〇三年～一九〇八年日本に留学。

(27) 沈飈民「魯迅早年的活動点滴」(『上海文学』一九六一年第一〇期、四頁~五頁、一九六一年一〇月)。
(28) 厳安生『日本留学精神史』第四章:在日留学生と日露戦争、一八四頁~一八五頁、前掲。
(29) 兪辛焞『孫文の革命運動と日本』第二章:中国同盟会と日本、一〇二頁(一九八九年四月一〇日、六興出版)。
(30) 魯迅「中山先生逝世後一周年」(『魯迅全集・第七巻』所収、三九三頁~三九四頁、一九五八年九月、人民文学出版社)。
(31) 丸山昇『魯迅』Ⅰ:いわゆる《寂寞》について――魯迅における辛亥革命――、四三頁(一九六五年七月一〇日、平凡社)。
(32)『留学日記』は黄尊三『三十年日記』(一九三三年一一月、湖南印書館)の第一冊である。本章での引用は実藤恵秀・佐藤三郎訳『清国人日本留学日記』第一章:弘文学院在学、四六頁~四七頁(一九八六年四月一五日、東方書店)に拠った。黄尊三(一八八三~没年未詳)、一九〇五年~一九一二年日本に留学。
(33) 陳天華(一八七五~一九〇五)、清末の革命家。著作に『猛回頭』、『警世鐘』、『獅子吼』などがある。
(34) 董炳月『国民作家的立場』第五章:自画像中的他者――太宰治『惜別』研究、二三三頁(二〇〇六年五月、生活・読書・新知三聯書店)。
(35)「編集後記」(『日華学報』第九二号、四六頁、一九四二年一一月二五日)。

第六章　留学という幻影《まぼろし》
――大城立裕『朝、上海に立ちつくす』をめぐって――

第一章から第三章では、中国人作家の作品を取り上げ、明治期の中国人の日本留学に対する想像（第一章）、大正期における中華民国の留学生と自国との齟齬（第二章）、昭和初期の愛国と享楽の間に揺れる留学生像（第三章）について検討した。さらに、第四章、第五章では日本人作家の作品を取り上げ、盧溝橋事件後、日本の知識人が留学生に寄せる期待とずれ（第四章）、アジア太平洋戦争下における留学生と日本との「親和」問題（第五章）について論じ、盧溝橋事件後、中国人留学生には日本との協力・親和が期待されていたことを明らかにした。中日近代文学における以上のような中国人日本留学生表象の考察を踏まえつつ、本章ではアジア太平洋戦争下、中国へ留学した日本人留学生の表象について検討したい。

二〇世紀の中日両国の交流史における特徴のひとつは多くの中国人が日本へ留学したことである。一方、数は少ないものの、中国へ留学した日本人もいた。倉石武四郎、竹内好などがその代表的な人物である。彼らは留学によって中国語を獲得するが、このような中国語が堪能な日本人を多数世に送ったという点で重要な役割を果たすのが東亜同文書院である。本章では、この東亜同文書院を題材として扱った大城立裕『朝、上海に立ちつくす』を考察する。『朝、上海に立ちつくす』は戦後に書かれたものであり、本書で第一章から第五章までで扱った小説とは時代が異なるが、日中関係に影響を受けた留学生の姿が鮮明に描かれているという点では共通する。『朝、上海に立ちつくす』に描かれる日本人留学生の中国経験を考察することは、留学生が異文化に直面したときの課題や精神的葛藤に対する理解を深め、中日近代文学史における留学生表象をより立体的に掴むうえで有効であろう。

『朝、上海に立ちつくす』は書き下ろし小説で、一九八三年五月、講談社より刊行された。一九八八年に中央公論社より文庫本が出され、『大城立裕全集　第七巻』（二〇〇二・六・三〇、勉誠出版）に収録される。梗概は次の通りである。

一九四三年四月、知名雅行は沖縄県費生として上海にある東亜同文書院大学（以下、同文書院、もしくは書院と略す）に入学し、書院の第四十四期生になる。しかし、敗戦色が深まる戦争後期に当たり、書院生の最大の楽しみであった大旅行が中止となり、知名らは予科二年生になるとすぐに通訳として軍米収買に徴用され、蘇州の農村に行くこととなる。戦時体制のため学制が縮められ、一九四四年一〇月、書院生は勤労動員で上海の三菱造船所に入る。知名は揚州にある陸軍の情報機関で中国共産党の新聞の翻訳に当たる。知名以外に、朝鮮出身の金井、東京出身の織田、台湾出身の梁なども一緒にいたが、徴兵検査を前に、梁は中国共産党地区へ逃げる。冬、三菱造船所が空襲に遭い、書院生六人が犠牲になる。翌年三月に、知名らは現地入営で軍隊生活を始めたが、僅か五ヶ月で敗戦を迎え、今度は中国側の接収業務の通訳として働くことになる。このようにして『朝、上海に立ちつくす』は、留学生の学生生活及び戦時体験のほかに、知名と中国人や書院の卒業生である在上海の日本人との交流を描く作品である。

まずは『朝、上海に立ちつくす』に対する同時代評を概観してみよう。同時代評では、『朝、上海に立ちつくす』を一種の青春小説として捉える傾向がある。例えば、初刊に付された附録(1)には、木下順二「近代日本が負わされた運命」、生島治郎「よく捕えられた上海の雰囲気」、李恢成「濁流の中の青年たち」といった書評が載せられ、『朝、上海に立ちつくす』は青春小説として高く評価されたことが窺われる。ただ、知名の出身が沖縄であるという問題をめぐっては意見が分かれている。岡本恵徳は「主人公知名が、沖縄出身者でありながら、沖縄ということに対して少しもこだわりをもたない(2)」ことに注目すべきだという。一方、鹿野政直は「この青年の自己認識という点に引きつけていえば、第一に東亜同文書院学生としての自己への、第二に「琉球人」としての自己への、それぞれこだわりの発生と総括することができる」[3]と指摘している。後述するが、知名の出身地が沖縄であることは、先行研究で盛んに取り上げられる問題の一つである。

次に、先行研究を整理する。朱虹は、『朝、上海に立ちつくす』の人物の設定及び戦争観と横光利一『上海』との類似性を指摘し、「作者の自己の視座を含む戦争そのものを否定する姿勢はみられない、「加害」、「被害」の問題を提起したものの、〝隔靴掻痒〟の印象を受けて《ママ》禁じえない」[4]と批判している。また、黄穎は書院生の体験に基づき、『朝、上海に立ちつくす』を複数の民族・まなざし・性暴力・言語が交錯する権力の場として分析し、同文書院及び書院生の内面の葛藤を指摘している。ただ、「作品には、書院生は加害者の立場に立たざるを得なかったとの自覚は読み取れるが、戦争そのものを否定する姿は見られない」[5]と大城の戦争認識を批判している。

新城郁夫はジェンダー研究の視座を作品分析に導入し、知名の性的な混乱をめぐって、「男性主体の危機として顕れる沖縄の男という困難を、困難のままに引き受けつつ、これを男性性への問いとして植民地主義批判のなかで行き直していく可能性は、知名において、日本人という中心への同一化とその相克という閉域のなかで潰えてしまった」[6]と述べている。武山梅乗は『朝、上海に立ちつくす』における戦争の描き方について、「「選ばれた者」の志や「内地人」としての誇りを一つひとつ奪い、若者の無邪気な無責任さや傲慢さを暴露してしまう戦争が十全に描かれている」と述べる。そして、「沖縄なるものを問う大城の一連の作品群に位置づけられるのではなく、自己確認やアイデンティティーの回復をモチーフとする初期作品の系譜に連なるものである」と捉え、「〈沖縄〉と切り離された作家・大城立裕」のもう一つの可能性を見出せるとする。[7]

以上の先行研究をまとめると、『朝、上海に立ちつくす』は主に二つの観点から議論がなされてきたといえる。一点目は作家の被害者意識についてであり、これは主に書院生が戦争自体を否定しなかったことに由来する。しかし、書院生は「東洋の志士」と自負していた若い学生であり、戦争に対する認識が歪んでいても仕方がなく、それを作家の被害者意識につなげるのは早急だろう。二点目は知名の主体性をめぐる問題である。新城は知名が「沖縄の男」としての主体化に失敗しているとし、植民地批判の可能性が閉ざされたと述べているが、「沖縄の男」としての主体化に失敗した知名の造形を通して、敗戦前後、アイデンティティーの混乱に陥り、上海に立ちつくす日本人留学生像を浮き彫りにする小説の書き方はむしろ評価すべきものと思われる。

先述のように、武山は『朝、上海に立ちつくす』には大城の初期のアイデンティティーの問題が含まれると指摘している。この指摘を考えるうえで参考にしたいのが、安藤宏『日本近代小説史』の次の一節である。

より巨視的に言えば、近代の文学は、「ほかの誰とも違う自分」を志向するベクトルと、集団的な共生感、共同体的な感性へと向かうベクトルとの拮抗、交替の歴史であったと見ることもできよう。たとえば竹内好は『近代主義と民族の問題』（昭和二六年）において、マルクス主義者と近代主義者がどちらも自己を戦中の「被害者」と規定し、あえて血塗られた民族主義をよけて通った事実を指摘している。作品は作者の個性の等価物ではなく、共同体的な〝場〟における対話、談笑こそが芸術創造の根源であるとする発想こそは、戦後文学のアキレス腱――自我絶対化に伴う他者、伝統との乖離――に対する根本的な批判となりうるはずのものであった。しかし集団と個人の関係をいかに問うかというこのきわめて重要な問題は、結局は独立に向け、「国家」「民族」をいかに再編するかという政治上のプログラムに翻弄されてしまうことになる。(8)

安藤は日本の戦後文学において、集団と個人の関係を問うことの重要性を強調している。この指摘を踏まえて『朝、上海に立ちつくす』を考えると、『朝、上海に立ちつくす』では「同文書院」をキーワードに、アジア太平洋戦争下における書院生の中国での行動や、敗戦後の上海に立ちすくむ様子が描かれる。そのなかで詳細に描かれる留学生としての知名と同文書院との関係や知名と日本との関係には、個人と集団との関係のありかたが投影されており、そこには武山の言うように沖縄から切り離した大城のもう一つの可能性があるのである。

武山の指摘を踏まえて、本章では沖縄問題には深く立ち入らず、同文書院と日中戦争とのかかわりを手掛かりとして、戦時下の留学生のありかたに注目したい。具体的には、次のような論証を行う。まず戦前、戦時及び一九八〇年代前後の同文書院に関する中日両国の言説を整理し、『朝、上海に立ちつくす』の社会的背景を明らかにする。そのうえで、同文書院に関する大城の言説を踏まえたうえで、大城の執筆意図を確認する。次に、作品分析に基づいて、主人公知名の中国における戦時経験に焦点を絞り、書院生の引き裂かれたアイデンティティーを考察するとともに、言葉をめぐるトラブルに注目し、同文書院生のジレンマを指摘する。さらに、知名の同文書院に対する認識の変化を追うことで、戦時中における同文書院のありかたを探るとともに、同文書院に対する知名の認識、上海での経験が知名のアイデンティティーにもたらした影響についても検討する。最後に、一九八〇年代前後の日本における上海ノスタルジーに関する言説を踏まえたうえで、『朝、上海に立ちつくす』を「アンチ・上海ノスタルジー」の小説として読み解く。

一　東亜同文書院と戦争

同文書院は、初め、「支那を保全す」、「支那及び朝鮮の改善を助成す」、「支那及び朝鮮の時事を討究し実行を期す」、「国論を喚起す」(9)などの綱領を掲げて、一九〇〇年、東亜同文会によって南京同文書院として組織された。義和団事件の後、上海に移転し一九〇一年に東亜同文書院として再出発する。一九二一年、外務省指定学校となり、さらに一九三九年には大学に昇格する。しかし、一九四五年、日本の敗戦を受けて閉校した。

設立から閉校までの四十数年間、数々の中国専門家を育成した。主に日本から学生を募集して教育が行われたが、中国人学生を募集していた時期もある。毎年恒例となっていた中国大調査旅行では、書院生は大陸全土だけでなく、近隣の東南アジアへも足を伸ばし見聞を広めた。その成果として、『支那経済全書』（全一二巻、一九〇八〜一九〇九、東亜同文会編纂局）、『支那省別全誌』（全一八巻、一九一七〜一九二〇、東亜同文会）、『新修支那省別全誌』（全九巻、東亜同文会、一九四一〜一九四六）などの刊行物が出版されている。ただし、すでに指摘された通り、調査報告は日本軍部に提出し、帝国日本の中国侵略に利用された。

中日戦争が激化する中、一九三七年九月から書院生は相次いで通訳従軍に参加した。東亜同文書院大学史編纂委員会が編纂した『東亜同文書院大学史――創立八十周年記念誌――』（一九八二・五・三〇、滬友会。以下『大学史』と略す）には、「これより先、時局の前途極めて重大なるにかんがみ、各方面より第四学年生（三十四期生）の軍事通訳出勤の意見が台頭、軍方面の切実な懇請もあり、学生の中にも決然立ってこれを請願し、挺身困難に当たらんと志望する者が出てきた」(10)と記されている。この記述からは、日本軍の要望に積極的に応えようとする書院生の姿が窺える。当時の院長である大内暢三は「告諭」を掲げ、「諸子は幸にして支那の現地で学び、既にその言語地理人情風俗に通じ、且つは又我が書院の特殊課目たる支那内地大旅行をも了へたり。今日深くこの重大なる時局に鑑み、須く書院創立の精神を想起し、挺身奉公の至誠を致し、決然立って時艱に赴く熱烈なる意気を有せらるべきを信じて疑はず」と書院生に「挺身奉公」を激励しており、この発言を受けて、書院生は総員八〇名で戦場へ赴くことになった(11)。

一九三八年、東亜同文書院は外務省に「東亜同文書院大学設立申請書」を提出し、一九三九年に東亜同文書院は東亜同文書院大学に昇格した。その申請書に記載された「設立主意書」は以下の通りである。

本会ハ、上海ニ東亜同文書院ヲ創立シテ以来約四十年、其ノ間各府県ノ派遣ニ係ル多数優秀ナル青年ヲ養成シ、之レ等ハ永年ニ亘リ日支提携ノ連鎖親善ノ楔子トナリテ、平和的事業ニ従事シ、或ハ往年満洲事変、又這回ノ支那事変ニ際シテハ、従軍シテ皇軍ノ行動ヲ助クル等、邦家ニ貢献スルコト少カラサルトコロ、今ヤ日支ノ関係ハ、現下ノ事変ヲ契機トシテ画期的変革ヲ来シ、将来益々多数有為ノ人材ヲ大陸ニ送ルト共ニ、其ノ育成ノ上ニモ一段ノ向上進歩ヲ必要ト認メラルニ付、従来ノ専門学校ヲ改メテ、更ニ大学ニ昇格シ、国家思想ノ涵養、及人格ノ陶冶ニ留意シ、商業ニ関スル学術ノ理論及応用ヲ教授シ、並ニ其蘊奥ヲ攻究シ、以テ興亜ノ指導的人材ヲ錬成セントス[12]

「設立主意書」では、同文書院が日中戦争以降、書院生の従軍活動を以て国家へ貢献してきたことを強調し、大学に昇格することで「興亜の指導的人材」の養成を目指しているとアピールする。日中戦争を契機に専門学校から大学に昇格することは、同文書院が戦争と深くかかわることを象徴的に物語っていよう。

当時、マスメディアでは書院の卒業生の戦地での活躍ぶりが報道された。例を挙げると、「東京朝日新聞」朝刊一九三八年三月一六日付の記事では、「俺の支那語を御国のために役立せたいと口癖のやうにいつてゐた」、「戦闘の余暇を利用しては部落民の宣撫工作をしてゐる」[13]と金丸少尉の活動が紹介される。また、「読売新聞」夕刊一九三九年六月一四日付の記事では、「得意の支那語で敵六名生捕まり」という見出しで同文書院卒業生の「雄姿」が語られる。

戦後の長い間、公の場で同文書院への言及はタブー視されていた。しかし、一九七二年、中日共同声明が出され、国交が回復して以降、中日平和友好条約（一九七八）や文化交流協定が締結され、両国の交流が活発になったことで、同文書院に関する言説も次第に増えてくる。[14]

一九九〇年代以降、藤田佳久などをはじめ、同文書院に関する研究が盛んになり、書院生の調査旅行記録が整理・公開された。このような研究は書院生の大旅行記録などを肯定するものであり、同文書院を再評価しようとする傾向が見て取れる。ただ、「日中間の亀裂がますます拡大していく中において、東亜同文書院の関係者や学生たちは、祖国への「貢献」と中国への思いという解決不能なアポリアに直面させられ[15]」たと栗田尚弥が述べるように、戦時中、同文書院が否応なしに日本の侵略戦争に加担させられたことは、しばしば指摘されるところである。

次に、中国における同文書院に対する評価を見る。同文書院が設立された当初、中国側は同文書院に歓迎の意を示していた。そのことは、書院の入学式に当時の両江総督劉坤一、両湖総督張之洞がそれぞれ代表を派遣し列席させていたこと[16]や、一九〇六年から一九三一年までの長い間、中国政府が書院生に通行ビザを発行したり、危険な道を通行するときに歩兵が同行したりする便宜を図っていた[17]ことから知られるであろう。

もちろん、書院に不信の念を抱く人がいなかったわけではない。一九二〇年代、上海の地元の旅行団体友声の刊行物「友声」には、負我「可畏哉日本之東亜同文書院」が掲載されている。この文章は冒頭で「日本人の東亜同文書院はまるで中国にある探偵学校だ[18]」と断言し、同文書院に対する警戒の必要性を呼び掛けている。一九二〇年から一九三四年までは書院に中国人学生が在籍したが、「教育雑誌」の記事「上海東亜同文書院之大罷課」には、中華部の書院生の退学処分によって引き起こされた学生のストライキが報道されている。そのなかで同文書院について「日本人の対華の文化侵略の唯一の機関であり、普段は中日親善の仮面をかぶって、世間の注意を引くことはほとんどなく、お互いにいざこざが無くて済んだ[19]」と記しており、同文書院が実は中国侵略の尖兵であると批判している。

「中国月刊」に掲載された東亜同文書院の写真
（第二巻第四号、1940年1月、中国国家図書館所蔵）

一九三一年満洲事変の後、書院の中華学生会が代表を選出し、上海各大学の代表とともに「北上抗日」の請願に加わった。その際、中華学生会の代表は同文書院の中国で教育を行う権限を回収するよう政府教育部に請願している。その後、書院の中国人学生がほかの学校へ転出したり、退学したり、日本に渡ったりしたため、一九三四年に同文書院は中華部を閉鎖した[20]。

戦時下、中国側における同文書院に関する言説はさほど多く確認できない。しかし、汪精衛政権下の雑誌である「中国月刊」の記事が一九四〇年当時の同文書院を紹介し、何枚かの書院の写真も掲載している。その記事には、「東亜同文書院は、誰も知っているように友邦日本が上海で設立した最高の学府であり、現在校地は徐家匯にある」[21]とあり、大内暢三院長の写真のほか、キャンパス内の様子、特設の中国骨董美術品陳列処、また中日教師が共同で中国語の授業をする風景、書院生が食堂で食事をする写真も掲げられ、書院が和気藹々とした雰囲気であることが紹介されている。ただ、この資料には防毒マスクをかぶって軍事訓練をしている書院生の写真も一枚掲げられており、キャンパス内での平和な生活が戦時体制に巻き込まれつつあったことが見て取れる。

以上に述べてきたように、日中戦争が終わるまで、同文書院は一部の中国人に「スパイ学校」として認識されていたが、前述の「教育雑誌」の記事「上海東亜同文書院之大罷課」に「世間の注意を引くことがほとんどな」かったとあるように、全体としてそれほど中国人の関心を引くものではなかったようだ。

ところが、一九八一年、「人民日報」九月一九日付の記事に陳弘の「深切的懐念和敬意――日本朋友回憶魯迅在同文書院的講演」が掲載され、この記事で魯迅が一九三一年四月一七日に同文書院で講演したことが振り返られたことを機に、同文書院は中国人の注目するところとなった。その後、一九九五年に蘇智良が「上海東亜同文書院述論」を発表し、その中で書院が日本の中国学の礎石を築いたことや書院の大旅行記録が当時の中国を理解するための貴重な文化遺産となり得ることなどを肯定的に評価しつつも、日本政府に利用され、中国侵略に加担した書院の負の側面を排除しきれないことを指摘した[22]。これ以降の研究は、程度の差こそあれ、主に蘇の観点に沿うものである[23]。

同文書院と戦争の関係、及び戦前から戦後にかけて中日両国の同文書院に対する認識を確認したところで、次に、『朝、上海に立ちつくす』を執筆するまで大城の同文書院に関する言説を見てみたい。大城は早くから母校について語っている。「沖縄タイムス」一九六四年一月一七日付のエッセー「わがはたちの日」で、大城は戦時下における中国での勤労動員の生活を振り返っている。その際、「東亜同文書院大学という、ことし成人するひとたちなどにはほとんど伝説にひとしい大学があった。明治三十四年創立という伝説のなかへ、国策として毎年全国から県費生を送りこんだ政府は、ここに何を期待していたろう。「大陸の指導者」の卵だ、と私たちのエリート意識を育てた。だが一方に、中国人にひたすらな親愛をよせていたことも事実である。その中国の大部分のひとたちと日本は戦争をしていた。これは矛盾の一方の極であった」と同文書院の複雑な性格について語っている。

一九七三年、大城は「中国と私」（「琉球新報」一九七三・一・一）で、「同文書院は日本人を中国大陸の発展に役立てるために教育する学校であった。今日流に考えれば、日本の大陸侵略の手先を養成したと考えることもでき、そういう考え方の当否についてはいずれ掘りさげて『小説・東亜同文書院大学』で書くことにしている[24]」と同文書院に関する小説を書くと宣言し、小説の形で同文書院の性質を検討する意思を示している。

大城は『朝、上海に立ちつくす』に先立ち、芥川賞受賞作「カクテル・パーティー」（「新沖縄文学」第四号、一九六七・二）を創作している。「カクテル・パーティー」において、「わたし」が上海に留学したと設定されていることや留学先の学校に「書院」という言葉を使っていることは、同文書院を連想させる。つまり、大城は創作において、『朝、上海に立ちつくす』よりも前に、『カクテル・パーティー』に同文書院のことを描いている。

一九八二年、大城の同期だった田中勇が、「彼（大城）は小説東亜同文書院をどうしても書くと言っていたが、大学史も出たことだから、早く書いてもらいたいなあ[25]」と希望を述べている。大城は初刊の「あとがき」で、十余年間小説の執筆を考え、「その間に、日本にとっての中国の意味が移りかわり、それにつれて私のなかで母校・東亜同文書院大学の像も揺れうごいてきた」と述べている。「日本にとっての中国の意味が移りかわ」ったとは、日本と中国とが一九七二年の共同声明によって国交を正常化させたことをいうものであろう。戦後、長年断交した日中両国は再び友好的な交流を始めたのである。

大城は「あとがき」で次のような心境を漏らす。

小説にするといっても、かつてこのような日本の学校が上海にあったと、歴史をなぞるだけでも仕方がないし、喪われた母校への追悼文を書くべき場所でもないと考えた。
日本にとって、また中国にとって東亜同文書院とは何であったか、私にとって何であったか、（略）日本と中国との結びつきかた、さらには他国に学校を作るとはどういうことかと、しだいに普遍的なところへ思い及んだ末に、この作品は書かれた。(26)

戦後三十数年、中日国交正常化や文化交流協定の締結などにより、両国は友好関係を築きつつある。それに伴い、上海東亜同文書院に関する言説が増え、書院に関する研究や『大学史』が世に出る中、長年同文書院の小説化を課題としていた大城は、十余年間をかけてようやく『朝、上海に立ちつくす』を書き上げたのである。そして、作者の意図は、「追悼文」のようなものではなく、同文書院が日本にとって、中国にとって、書院生にとってどんな意味を持っていたのかを問いかけることにあったのである。

以上に見てきた同文書院と戦争との関係及び作者の執筆意図を踏まえつつ、次節以降では作品分析を行い、『朝、上海に立ちつくす』における同文書院及び書院生の描き方について考察する。

二　知名たちの留学――書院生のジレンマ――

『朝、上海に立ちつくす』は大城が「青春の影絵」というように彼自身の経験を踏まえて書かれている。年譜によれば、大城が同文書院に留学したころから日本に戻るまでの事項は次のようである。

一九四三（昭和一八）年　一八歳
東亜同文書院大学予科に最後の沖縄県費生として入学。上海へわたる。同期に尾崎雄二郎、加藤圭朗、江頭数馬、小田啓二ら。
一九四四（昭和一九）年　一九歳
春、「軍米収買」に徴用される。軍米収買とは日本軍が武力で農民を脅し食料を現地で極度に安く調達し、その使役に学生を使ったこと。立裕をはじめ学生らは小銃を持ってそれに従事した。
七月、盲腸炎手術。手術日は徴兵検査であったが半年ほど延期。
九月、予科修了、学部へ入学。まもなく勤労動員で第一三軍参謀部情報室蘇北機関（揚州）に勤務。五ヶ月間。任務は中国共産党資料の翻訳。このとき毛沢東『持久戦論』の全訳を試みる。
一〇月一〇日、沖縄に空襲あり。揚州にてその知らせを聞く。
秋、姉が子どもたちを連れて熊本に疎開しているということを父から中国に送られたハガキで知る。
一九四五（昭和二〇）年　二〇歳
三月二〇日、在学のまま入隊。五ヶ月で敗戦。
八月二六日、除隊。上海へ帰る。同文書院の学舎は、元の交通大学に返還され、学生は寮を出て虹口《ホンキュウ》に仮寓。
九月、軍需品接収のための通訳にボランティアとして第一三軍貨物廠に配属。呉淞《ウースン》、馬橋《マーチャオ》倉庫に五ヶ月間勤務する。
一九四六（昭和二一）年　二一歳
二月、貨物廠の復員始まり、通訳を依頼退職。日本人街に入り楊樹浦《ヤンジッポ》第四保事務所で、在留日本人の自治の事務を務める。四月、民間人として日本へ引き揚げ、姉が熊本にいたのでそこに身を寄せる。(27)

大城の年譜と『朝、上海に立ちつくす』とを照らし合わせると、『朝、上海に立ちつくす』と事実との関係が明白になる。たとえば、『朝、上海に立ちつくす』では「軍米収買」や蘇北機関での通訳、また戦後軍需品接収のための勤務といった出来事が重要な位置を占めるが、これらは大城の実体験と重なっている。また人物造形においては、特に、主人公知名の体験と大城のそれとに重なる部分が多いものの、作中のもう一人の登場人物である織田の設定についても大城の経験が反映されている。一例を挙げると、大城は徴兵検査の前に盲腸炎で入院しているが、小説において徴兵検査の前に入院するのは知名ではなく織田である。ただ、織田の入院の原因は盲腸炎ではなく、朝鮮人留学生金井が起こした爆発事件であり、ここに大城の小説上の虚構を見ることができる。また、『朝、上海に立ちつくす』より後になるが、大城はエッセー「私の上海」で上海の街でエロ本を買ったとの記憶を語るが、小説においてエロ本を買うのも知名ではなく織田である。[28]

知名たちは「選ばれた者の自負心」（五八頁）「東洋の志士」（五八頁）といった共通の自覚を植え付けられ、上海に渡る。上海へ来る前、彼らは近くで戦争がまだ起きていることを予想していなかったが、通訳として二等兵の軍服をまとい、兵隊とともに軍米収買に同行させられる。軍米収買は汪兆銘政権と日本軍が行った清郷工作の中の「経済清郷」政策の一環であるが、日本軍は農村から市場価格より遥かに低い値段で食糧を買い付けるため、実質は武力を伴った強制供出であった。[29]この軍米収買に関しては、『大学史』に収録された第四十四期生の回想録で次のように証言されている。

　清郷工作が問題になっている折でもあり、農村の実態調査には得難いよい経験と、皆大張り切りだった。四月十六日、崑山・青浦・常熟の三班に分かれて、前後に六十発の実弾を帯び、小銃を肩に出発した。（略）
　現地に着くとさらに十数名ずつの班に分かれ、各郷鎮を戸別に訪問、同行した買い付け商社の連中に協力して警戒、家宅捜査、護衛、尋問などの仕事を担当した。農民には至極迷惑な話で、すごく恨まれる役割だった。（略）

とにかく貴重な体験となり、二週間で終わった。[30]

回想録では、「大張り切りだった」、「貴重な体験」といった言葉を用いて書院生の心情が表現されている。『朝、上海に立ちつくす』でも、「会話実習に役立つ」（六頁）など「学生たちが多くは好奇心で勇んだことは事実である」（六頁）と記されている。しかし、『朝、上海に立ちつくす』における軍米収買の場面では、知名の矛盾した気持ちが語られる。知名は学生の身分で日本の兵隊と一緒に行動していることに羞恥を覚え、自分のことを「贋の兵隊」、「贋物」と考えている。彼は書院の先輩でもあり、上海の日系商社に勤めている荻島と軍米収買の話をするとき、「心苦しかったです。いや、恥ずかしかったというか……」（八〇頁）と告白し、「軍米収買に参加したことそのものに、もともと罪があった」（八四頁）と反省している。

軍米収買の現場で、知名は日本の兵隊の中国人に対する横暴な態度を目撃したが、さらに日本軍の朝鮮や台湾出身の書院生に対する差別的な態度も目の当たりにする。憲兵曹長は「同文書院の朝鮮、台湾出身学生に、憲兵隊は注意を払っております」（四六頁）と露骨にいう。帝国日本が鼓吹している「五族協和」の理念の虚偽性を露呈する描写である。

知名は軍米収買の経験を通して、軍隊の中国人に対する暴力や「五族協和」という理念の欺瞞を知らされ、同文書院の「日中共栄」という理念と日本軍の中国侵略との矛盾を漠然と感じる。「分らないままに、今こうして学問のそとで現場のまっただなかに放りだされている。しかも武器を帯びて。この武器は誰を殺すためのものか」（一九頁）という戸惑いからは、知名が自分の使命に対する懐疑を深めて行く心情の推移が読み取れる。つまり、軍米収買の場面を通じて『朝、上海に立ちつくす』は書院生の理想と軍国の方針との齟齬を描き出している。

しかし一方で、「日中共栄」の理念を目指す書院生は、実は帝国意識を持って日常では中国人を差別することも描かれている。特に注目を集めるのは、書院生自らが習得している中国語を用いて中国人を侮辱する場面である。彼らは中国語を習得することを目標に、週に一二時間の授業を受けているほか、毎日朝食前に一時間、夕食後に一時間発音の練習をする。しかしながら、中国語は中日友好に役立つどころか、トラブルの原因となっている。知名が上海語でバスの中国人車掌をからかい怒りを買って、工部局警察署に連行されてしまったことが描かれている。知名は「俺は、揩油《カハーユー》という面白い上海語を使ってみたかったにすぎないのだ」（七〇頁）と弁解しようとするが、心の中で「電車の車掌を蔑視、差別していなければ、そのような試みを発想するはずがない」[31]（七二頁）と認める。つまり、『朝、上海に立ちつくす』では言葉と暴力との関係を描くことによって、書院生の優越感を表し、「同文同種」という理念に潜む問題を顕在化させているのである。

また、書院生高沢が中国語会話の練習のために、町の「乞食」に「你貴姓《ニークィシン》」（お名前は？）と繰り返して聞くシーンもある。「乞食」が繰り返して答えた後、手を差し出すと、「高沢はあわてて、ポケットから皺くちゃになった一元札を出したが、乞食に渡そうとしてから、思いなおしたように小さな一角札と切りかえて渡した」（九二頁）。この行動が知名に皮肉られても高沢は「こんなに学があるんですからね」（九二頁）と平気な顔をしていう。中国語の「你《ニー》貴姓《クィシン》」とは相手の名前を尋ねる敬語であるが、高沢の行動は敬意を欠いており、また彼は「乞食」の名前に関心がないことも明らかである。これらの場面において、言葉は社交的機能も意味を伝達する機能も失われ、意味なき記号に過ぎない。中国語を勉強する目的と結果とは倒錯的なものとなってしまうのである。

作中、戦後二人の中国人が町で知名らに向かって「チャンコロ」[32]という言葉を発する場面がある。「チャンコロ」はもともと中国人を侮辱する言葉で、「今度は中国人が日本人への蔑称として使うようになった。しかし、使っている中国人はそれがもと何を意味する言葉であるかを知らない」（二四一頁）と知名は考える。意味がわからない言葉を相手に投げかける行為は一見滑稽にも見えるが、「チャンコロ」の意味より、重要なのはむしろ戦時中絶対的な権威を持っていた日本語が、戦後、中国人に奪われることである。中国人が日本語を以て日本人をからかうこの場面は、戦時中織田が中国語で中国人を罵ったことの反転と見られ、日本の敗戦の象徴と位置づけられる。

『朝、上海に立ちつくす』では、軍米収買で日本軍の中国人に対する暴力、憲兵の朝鮮人や台湾人を差別する行為の描写を通じて、書院生知名が日本の「大東亜共栄」の欺瞞に気づく姿が描き出される。また、言葉をめぐるトラブルの描写からは、「同文同種」の理念に基づく書院生の中国語の勉強が、必ずしも相互理解につながっていないことが読み取れる。書院生が中国人に接したときの挫折や失敗を語ることが、書院生の帝国意識や優越感を表し、書院生と中国人とに存する隔たりを浮き彫りにしている。このような書院生の自身及び書院に抱く違和感という描き方によって、書院生の「日本人の学生が上海にいること自体が不自然だ、という感じになってきた」（五五頁）ことを強調しており、書院生のジレンマを物語っている。

三　東亜同文書院のありかた

『朝、上海に立ちつくす』では、マルクス主義を信仰している西野、東亜連盟の会員である梶原、民族解放を目指す金井、そして戦時中にこっそり中国共産党地区へ逃げる台湾人留学生梁など様々な書院生が登場する。また、上海で働く荻島、真木などのような書院の卒業生も描かれる。「書院には色々の人がいてね、それが書院の値打ちのようなものだろうが」（七五頁）と荻島が語るように、作者大城は母校同文書院の「自由の学風」を肯定している。

しかし、「自由の学風」を掲げる書院も戦争からは自由になることができなかった。『朝、上海に立ちつくす』では戦争に巻き込まれた同文書院の不幸な運命が語られ、知名が執拗に同文書院の真相を問いかける過程が描かれている。そのなかのエピソードとして、書院の建学精神に対する荻島と知名との議論や、同文書院に中国人がいないことをめぐる朝鮮人留学生の金井と知名との議論がある。金井が上海に来たのは、「書院を足がかりにして中国と馴染もうとした。それによって朝鮮を見るため」（一五二頁）だったが、「書院にいると中途半端で浮いた気持ちになってきた」

（一五二頁）という。特に日本人しかいないことについて、金井は同文書院が「日本と支那との固い結びつきを象徴するものでありながら、その脆さもそこに象徴的にあらわれている」（一五五頁）と語っている。金井のこの発言からは、『朝、上海に立ちつくす』における同文書院が「日中共栄」のための機関でありながら、その虚偽性を顕在化させるものとして描かれていることが知られるであろう。

さらに、『朝、上海に立ちつくす』では上海三菱造船所がアメリカの爆撃機の攻撃を受け、勤労動員の三人の書院生が巻き添えにあい、犠牲になったという描写がある。これを知った知名は、「江南ドックへの勤労動員は、書院生としていかなる理念によったものなのか。たんに内地の学生に歩調を合わせただけのことならば、それでよかったか。また、その歩調をあわせることが正しいとするならば、今書院が上海に存在する意味は何なのか」と書院の存在意義を疑い、書院に対して強い不信感を抱いている。

また、作中では上述のような書院生との議論だけではなく、中国人学生の「不在」を描くことによって、同文書院の理念の空洞化が語られる。たとえば、中国人少年の李武雄が知名らに「同文書院はなぜ中国人を入学させないのですか」（四〇頁）と質問する場面において、織田が「採用しないという規則があるわけではないが、希望者がいないのではないか」（四〇頁）とごまかそうとすると、少年は「僕は同文書院にはいりたいです」（四〇頁）と反論する。第一節で述べたように、書院にはもともと中国人学生がいたが左翼運動や教育権回収運動をめぐって書院と対立し、多くの学生が退学した。作中において、知名は「日本人だけの学校を中国につくったということと、一時期中国人を入学せしめたのに、それが次第に減って立ち消えになった、という歴史も頭をかすめた」（一五六頁）という感慨を述べるのみで、知名の口から書院に中国人がいなくなった原因は明確には語られない。しかし、同文書院に日本人しかいない事実は金井によって指摘され、彼は「書院という学校がいけないんだよな」（一五二頁）との心情を漏らしている。大城は金井の口を借りて書院に中国人が不在であることへの皮肉を言い、「日中共栄」という理念が空洞化されたありようを提示しているのである。

このように、『朝、上海に立ちつくす』において同文書院は「大東亜共栄圏」が空洞化したありようを表現するものとして描き出された。戦後になって、知名は戦時中に初年兵教育のとき、ルーズベルト大統領が死んだという宣伝ビラを書かされたことを思い出し、「同文書院は、およそ二十年来、こういう使われかたを少なからず経験してきたのだろう」（一九七頁）、「使われかたによって利器にも凶器にもなる。それが日本軍にとっての東亜同文書院ではなかったのか。自らは利器を磨いたつもりで、結局は凶器として用いられたところが多いに違いない」（一九七頁）と同文書院を批判するようになり、最後は中国人范景光の口を借りて「東亜同文書院は中国の敵だ」（二五一頁）という結論に至った。

作中では、戦後、荻島の「日本は、私たちが防衛だと思っているうちに侵略者になっていた」発言を受けて、知名は「東亜同文書院そのものが、その運命を代表して表現したことになるだろう」と考えており、「その教育の責任なのか、それを動かした国の責任なのか、学生の責任はどうなのか……」と混乱しながらも、書院生の戦争責任について考えようとする姿勢が看取される。

小説の最後に、知名と范景光との間に、次のような対話が交わされる。

「あれはインテリに違いない、召集で仕方なく兵役に服してはいるけれども、はっきりと戦争批判を持っている人だ。中国における日本兵の立場、その一員としての自分の立場というものを自覚している人だと思う……」

知名はかすかに酔い泣きをした。「戦争が終わったあと、日本人の多くがこの戦争を悔やんでいる。僕もそうです。同文書院の学生はみなそうだと思う……」

「戦争のさなかに、あなたがたはそれを考えるべきであった」

范景光が言った。知名は驚いて、酔眼でその顔を見た。眼鏡の奥でその眼はかすかに笑っていた。戦争のさなかに、君と始めて会ったときから、いつ君がそれを言いだすかと待っていた、とその眼は言っているようであっ

た。（二四八頁）

戦後、知名は戦争に対する反省を口にするが、范景光は今になって戦争が悪かったと認識しても手遅れだと言う。ここでの知名の態度には戦争への反省がたしかにあるものの、それがどの程度まで担保されるのかが定かではない。これは作者大城のスタンスとも考えられる。

四　知名の揺らぐアイデンティティー

従来の研究では、知名のアイデンティティー、特に沖縄出身という問題に関心が寄せられてきた。留学中、知名はたとえば後輩から「沖縄出身だから、そんなに支那語がうまいのですか」（三七頁）と言われ、萩島夫人から「沖縄の料理って、支那料理に近いんでしょうからね」（八五頁）と聞かれるなど、出身地が沖縄であるために思いかげない質問を投げかけられる。こうした質問に対して、知名は「この一年間に馴れっこになっているから、慌てずにごまかして」（三七頁）対応するが、この種の質問は決して快くはなかったはずである。周りの人々は知名の出身地が沖縄であることを知り、中国とのつながりを喚起させようとするが、知名はそれに抵抗感を持っているのである。

また、中国人女性の范淑英は沖縄を「琉球」と呼び、それによって知名の出身地に親近感を示そうとするが、知名はそれにも抵抗感を示している。范淑英が沖縄を「琉球」と呼ぶ背景には、明の時代、琉球は日本や朝鮮、東アジア諸国とともに太祖洪武帝の封冊体制下にあった[33]が、明治政府の発足により、琉球は琉球藩（一八七三）となり、後に沖縄県（一八七九）と改められ、強制的に近代日本国家に組み込まれたという認識がある。しかし、知名自身は沖縄と内地との一体化を強調し、帝国日本の国民としての自己規定を強く意識している。さらに、朝鮮人留学生の金井に

「沖縄県人は独立運動をやっているか」（六〇頁）と聞かれた際にも、知名は「僕たちには、その必要はないのだ」（六〇頁）と即答する。つまり、知名は沖縄出身であるが帝国日本の国民としての意識を強く持っているのである。
しかし、帝国日本の国民であるという知名のアイデンティティーは、同文書院で多くの人に出会い、同文書院の真相を知りゆく過程で揺らぎ始める。その様子が窺える場面として次のような一節がある。同文書院の卒業生に恩地太郎（大正三年の卒業）という人物がおり、彼は一九二〇年中国の軍閥戦争に参加した後浪人として中国に滞在し、敗戦後も日本に戻らず中国に残留する決心をしている。この恩地の行動が知名と荻島の間で話題になる場面で、知名は恩地が参加した中国の内戦と自分が参加している軍米収買の活動を比較し、「あれは米英駆逐をめざしていたのに、軍米収買で自分たちが憎んだ相手は日本兵だ。大正九年と昭和十九年とのあいだに、なにがどうかわったのか」（八四頁）と述べ、自身の経験と大正時代の書院生である恩地の差異を感じている。
上記のような時代による書院生の差異を考えるにあたって参考にしたいのが、和崎光太郎の論である。和崎は日本近代における「青年」の意味することについて論じる際、「立志の青年」と「学生青年」の概念を提出し、次のように述べている。

「立志の青年」は、真の維新がまだ達成されていないという歴史観を背景に持っており、第一義的に国家や社会体制の変革者となる期待の眼差しを受けた存在、進学と立身出世を志向し既存の国家体制・教育体系に順応した「学生」とは相容れない存在だった。「学生青年」は、文字通り「学生」をモデルに構築されており、期待の眼差しを受けるもののそれは既存の国家体制・教育体系の枠内で達成される程度の期待であり、第一義的には、敷かれたレールを外れないよう対処の眼差しが向けられた存在であった。(34)

和崎は主に明治二〇年代から三〇年代にかけての日本社会の青年観をめぐる変化について論じたが、この「学生青年」は知名たち同文書院の書院生の状況を言い当てるものである。「君たちは、日本の現代の青年として、書院に学び、中国にかかわってしまった。それで選択の余地がない」（七九〜八〇頁）と荻島に言われた通り、知名たちは国家の体制に順応し、国費で上海へ留学する。そして、日本の兵隊と一緒に軍米収買に行き、銃の先を中国人に向けるなど、本来、意図しなかった形で中国とかかわっている。一方の恩地は、中国の内戦に自ら参加する形で中国とかかわっている。知名は、自分たちと恩地との中国に対するかかわり方の差異を痛感すると同時に、同文書院及び書院生が日中戦争に巻き込まれたという運命を意識したのだ。

さらに、知名のアイデンティティーに大きな影響をもたらすこととなるのが、上海フランス租界での一人の日本人男性との出会いである。その日本人男性は、「妙に無国籍な感じがした。しかし、紛れもなく日本人だ。あるいは徴兵逃れのために上海に渡って来たのかもしれない。徴兵逃れは成功しているのだろう。」（一八二頁）とあるように、徴兵逃れのために上海に来た日本人として描かれている。そして、この日本人はエロ本の翻訳をしている。知名たちの「軍米収買」や揚州での翻訳の仕事とは全く異なる翻訳活動である。

知名とは全く異なる人生を歩むこの男は、知名を誘惑する。そして、「上海という植民地に、『大陸雄飛』という表看板の誉高さを裏切ってこのように自分を辱しめたこの掌は、もはや幸子を抱く資格をうしなった」（一八四頁）とあるように、知名は「無国籍な感じ」の男と性的行為に及ぶ。国に疎外された無国籍なホモセクシュアル・マイノリティとの性行為は、知名が「現代の青年」の枠組みからはみ出し、「大陸雄飛」のレールからも逸脱し、日本をも「裏切った」ことを意味するであろう。

この「裏切り」をきっかけに、知名は「せめて范淑英に再会する資格を、得ることはできるだろうか」と考える。つまり、この「裏切り」によって、知名と范淑英との関係は「大陸指導者」と被指導者あるいは植民者と被植民者という支配関係から解き放たれ、平等に接することが可能になるのではないか、と考えるようになる。結局、知名と范淑英とは形の上で平等に接するが、作中の二人の交流を描く場面では中国人と日本人との距離感が際立っている。戦時中、知名は范淑英に「配給があるでしょう。安い配給が」（一一二頁）と言われたことがある。上海における日本人の特権的な生活が中国人の生活を踏みにじった上に成り立つものであると仄めかした范淑英について知名は「いきなり自分たち日本人からははるかに遠く跳び離れた存在」（一一三頁）となったと考えている。

また、戦後、知名が范淑英に「将来また米英資本の侵略があったら、どうする？」（二五一頁）と聞くと、范淑英はひたすら「戦争がおわって嬉しい」（二五二頁）と繰り返し、二人の会話は最後まで各々の思いを述べるにとどまり、平行線をたどる。知名の「英米資本の侵略」から中国を守るという発想は、彼のなかで植民地主義が完全には清算されないことを窺わせるものである。

作中において、知名は朝鮮人学生の金井のことが気になり、金井が民族解放運動に加担するまでの過程を見るが、知名は沖縄の民族解放へ加担しなかった。結局、彼は帝国日本の国民としてのアイデンティティーを動揺させながら、中国人とも馴染めない、宙づりの状態で上海に立ちつくすのである。

『朝、上海に立ちつくす』における中国人の描き方は、常に他者性を強く意識させるものである。知名は、難解な土語を操る土民や、かつて知名とトラブルを起こした電車の車掌との間にある、越えられない深い溝を感じていた。そして突然姿を消して共産党に逃げた同級生梁も、知名の目には謎として映っている。また、范景光は彼自身のことをあくまで一人の愛国者と称しているが、その彼に対して知名はしつこく「共産党か」「国民党か」と聞いている。このような中国人と日本人の間に存する考えかたの違いは、『朝、上海に立ちつくす』において通底している。

また、物語内容だけでなく、『朝、上海に立ちつくす』の語りは常に不安や戸惑いを伴うものとして表れている。例えば、次のような知名と荻島との会話がある。

「書院も無理してるんだよな」

荻島の声が、急に小さくなった。独白に近かった。その書院もという言葉が、日本とも言っているように、知

名は錯覚した。錯覚かと気づいたあとで、やはり同じかと思いなおした。(八七頁)

「錯覚」、「気づいた」、「思いなおした」といった言葉は、いずれもためらいや疑問を伴う表現である。あるいは、孫文の国家資本について、書院生が議論を交わしているときに、知名は不意に「発達しようとすると、日本がぶちこわしてるんじゃないのか」(一一八頁)と本音を漏らすが、「言ってしまった瞬間、知名は慌てた。これは思いつきの洒落にすぎない。しかし、どこかに実感が隠されているような気もする」(一一八頁)とある。つまり、日本政府の行動に対する不信感が生理的な反応として描かれている。このように、『朝、上海に立ちつくす』における知名の語りには、日本の侵略戦争の真実に気づいた時の不安や中国にいることの疑問が見られ、知名の揺らぐアイデンティティーが浮き彫りにされている。

五　アンチ・上海ノスタルジーの小説

上海史研究者である髙綱博文は、一九七八年の日中平和友好条約調印以降、日中戦争期の上海において暮らしていた日本人引揚者たちの間に上海ノスタルジーという感情が表出され、流行となった事実を述べ、林京子の上海小説を取り上げて、上海ノスタルジーの特徴を、上海を「わが故郷」のように語り、上海で過ごした時間を「楽しかった学生・子供時代」と称することにあると指摘している。そして、上海ノスタルジーを支える組織として、各種の上海居留民団立学校同窓会などがあり、上海ノスタルジーという感情は小説や各種の上海回想録、また旧上海日本人学校の同窓会による刊行物から多数読み取られているという。さらに、髙綱は上海ノスタルジーには「記憶と忘却」の問題があり、その本質は「彼らは当時の上海が日本の軍事的支配下にあったこと、さらに彼ら自身が戦時体制下において軍国主義少年であったことなどを忘却していることが多く、そのうえで懐かしい「わが故郷・上海」の心象風景としての記憶が再構築されている[35]」と指摘している。

高綱の指摘を踏まえたうえで、一九八〇代前後の同文書院をめぐる言説を見ると、例えば、一九七七年に出版された山本隆『東亜同文書院生』は回想録というノンフィクションのかたちで、作者の書院生活や卒業後中国での仕事、満洲で迎えた敗戦、日本に引き揚げるまでの体験が語られているが、作品のなかでしばしば中国で見聞した日本軍隊の乱暴を証言し、日本軍隊への反感を示している。しかし、山本自身は「極右的な国家思想をもっていた軍人」である父を持ち、上海では父の人脈を頼ったことが多かったという。山本は、同文書院を卒業後、父の知り合いで造兵廠にいる熱海大佐や南京の影佐少将の推薦状で陸軍物資調達機関「昭和公司」に入るが、その動機について、「日本軍占領地区内をフリーパスで通れるパスポートを手に入れる」ためだと述べている。しかし、山本が中国人よりも自由に中国を歩くことができたのは、帝国日本の侵略戦争による「果実」を「享受」していたからにほかにならない。

山本は『東亜同文書院生』の中で、戦争責任は日本軍にあるとしており、自分の戦争責任についてはほとんど触れなかった。このような山本の叙述からは、高綱が指摘する上海ノスタルジーにおける「記憶と忘却」の問題が看取されるであろう。また、山本はこの回想録の中で、上海で過ごした懐かしき青春時代や中国人との付き合い、中国人女性との恋愛について語っており、そのあとがきで「私は、中国を第二の故郷だと思っている[36]」と記している。このような山本の中国に対する姿勢は、上海ノスタルジーの枠組みによって捉えられるものと考えられる。

また、本章第一節で触れた通り、一九八二年に『東亜同文書院大学史』が刊行された。「前史」、「東亜同文会」、「東亜同文書院大学」、「歴代院長・学長と同窓生各界の活動」、「回想録」の五編からなる本書の序文では、書院の建学精神が強調された後、次のように記されている。

しかし、書院はその生まれて消えるまでの四十数年間、激しく揺れ動いた日中関係史に連ならざるを得なかった。

ことに不幸な戦争は幾多の惨禍を生み、民族的憎悪を醸成した。この嵐の時代は同窓個人の運命にも深刻な影響を与えた。昭和二十年（一九四五年）の敗戦と共に、書院も遂に地上から姿を消した。[37]

上記引用部の記述は、「不幸な戦争」に同文書院が積極的に加担したことを忘却したかのような曖昧な記述である。また、本書の半分近くを占める「回想録」では、書院生の上海での青春時代が振り返られ、上海ノスタルジーが強く打ち出されている。

このように上海ノスタルジーが強く打ち出された山本の回想録や『東亜同文書院大学史』に対して、大城立裕の『朝、上海に立ちつくす』は、知名の居場所でもある東亜同文書院に対する否定から自分のアイデンティティーへの揺らぎが生じている。帝国日本の国民であるという自己規定から逸脱しながら、沖縄の民族解放へも歩まない、中国人と知名の間には、埋められない溝のような戦争に対する異なった認識があり、知名は喪失感に襲われ、宙づりの状態で上海に立ちつくす。『朝、上海に立ちつくす』の語りには常に不安や戸惑いがつきまとっているが、この不安や戸惑いは、『朝、上海に立ちつくす』を一種のアンチ・上海ノスタルジーの小説として読むことを可能にし、『朝、上海に立ちつくす』の持つ批評性として評価できよう。

本章では、大城立裕『朝、上海に立ちつくす』を中心に、東亜同文書院とアジア太平洋戦争との関わりを踏まえながら、小説における書院生知名らの戦時体験に焦点を絞って、戦時下における日本人留学生及び同文書院のありようを検討してきた。知名は「東洋の志士」の理念を植え付けられ、「日中共栄」を自らの使命として上海に渡ったが、戦時下の軍米収買体験などを通して同文書院の理念と軍国との齟齬に気づく。また、憲兵隊の台湾人・韓国人留学生への差別待遇を目の当たりにし、「大東亜共栄」や「五族協和」の欺瞞を感じるようになる。書院生は中国語を勉強しているが、結果として、彼らはその言語能力を以て日本の侵略戦争に加担することになる。さらに、日常の中でも中国語を使って中国人を侮辱し、「同文同種」の虚偽性が露呈してゆく。

作中では、戦争に巻き込まれた同文書院の不幸な運命が語られ、「同文書院は中国の敵だ」として、同文書院に対する作者の否定的な立場が示されている。同文書院の真相を知るなかで知名のアイデンティティーには揺らぎが生じ、「無国籍の男」との出会いによって帝国日本を「裏切」ることとなる。この帝国日本への「裏切り」は、一方で知名と中国人との支配関係の改善を予測させるが、最終的に、知名と中国人との心的な距離は縮まらず、知名は上海に立ちつくす。このように、大城は自身の戦時体験に基づきつつ、同文書院さらに帝国日本を否定し、中国人とも距離を保ったまま上海にさまよう留学生を表象することで、優れたアンチ・上海ノスタルジーの小説を作り上げたのである。

注

（1）大城立裕『朝、上海に立ちつくす』附録（別冊）（一九八三年五月二三日、講談社）。
（2）岡本恵徳「文学状況の現在――『朝、上海に立ちつくす』をめぐって」（「新沖縄文学」第五九号、一〇八頁、一九八四年三月）。
（3）鹿野政直『戦後沖縄の思想像』第五章：異化・同化・自立――大城立裕の文学と思想、二七五頁（一九八七年一〇月一五日、朝日新聞社）。
（4）朱虹「近代日本文学における上海――大城立裕文学を中心に――」（「琉球アジア社会文化研究」第一号、三七頁、一九九八年一〇月）。
（5）黄穎「大城立裕『朝、上海に立ちつくす』論」（「琉球アジア社会文化研究」第九号、二七頁、二〇〇六年一一月）。
（6）新城郁夫『沖縄を聞く』第五章：大東亜という倒錯――大城立裕『朝、上海に立ちつくす』――、一四七頁（二〇一〇年一二月一〇日、みすず書房）。
（7）武山梅乗『不穏でユーモラスなアイコンたち――大城立裕の文学と〈沖縄〉』第二章：〈沖縄〉と自己のはざまで――大城立

裕と二つの戦争、一二四頁～一二五頁（二〇一三年三月二五日、晶文社）。
（8）安藤宏『日本近代小説史』Ⅶ　戦後文学の展開、一六八頁～一六九頁（二〇一五年一月一〇日、中央公論新社）。
（9）大学史編纂委員会『東亜同文書院大学史――創立八十周年記念誌――』第二編：東亜同文会、三八頁（一九八二年五月三〇日、滬友会）。
（10）大学史編纂委員会『東亜同文書院大学史』第三編：東亜同文書院大学、一四八頁、前掲。
（11）大学史編纂委員会『東亜同文書院大学史』第三編：東亜同文書院大学、一四九頁、前掲。
（12）大学史編纂委員会『東亜同文書院大学史』第三編：東亜同文書院大学、一五五頁～一五六頁、前掲。
（13）「京漢線に和かな親善風景／戦ひの合間に宣撫の辻説法／金丸少尉が大きな役割」（「東京朝日新聞」朝刊、一九三八年三月一六日）。
（14）例えば、歴史研究では、大森史子「東亜同文会と東亜同文書院――その成立事情、性格及び活動」（「アジア経済」第一九巻第六号、七六～九二頁、一九七八年六月）、森時彦「東亜同文書院の軌跡と役割――「根津精神」の究明――」（「歴史公論」第五巻第四号、四六頁～五二頁、一九七九年四月）が見られる。
（15）栗田尚弥「引き裂かれたアイデンティティー――東亜同文書院の精神史的考察――」（ピーター・ドウス・小林英夫編『帝国という幻想――「大東亜共栄圏」の思想と現実』所収、一一一頁、一九九八年八月二四日、青木書店）。
（16）趙文遠「上海東亜同文書院与近代日本侵華活動」（「史学月刊」二〇〇二年第九期、五五頁～五六頁、二〇〇二年九月）。
（17）西所正道『「上海東亜同文書院」風雲録――日中共存を追い続けた五〇〇〇人のエリートたち』第一章：日中共存共栄を目指した東亜同文書院、四五頁～四六頁（二〇〇一年五月二五日、角川書店）。
（18）負我「可畏哉日本之東亜同文書院」（「友声」第二期、二頁、一九二三年、発行月不明）。
（19）無署名「上海東亜同文書院之大罷課」（「教育雑誌」第二二巻第一二期、一一五頁、一九三〇年一二月）。
（20）水谷尚子「東亜同文書院に学んだ中国人――中華学生部の左翼学生――」（「近きに在りて」第二八号、一一頁～一二頁、一九九五年一一月)。
(21) 無署名「東亜同文書院」(「中国月刊」第二巻第四期、一頁、一九四〇年一月)。
(22) 蘇智良「上海東亜同文書院述論」(「档案与史学」一九九五年第一〇期、三九頁～四五頁、一九九五年一〇月)。
(23) 武井義和は「中国における東亜同文書院研究」(「愛知大学国際問題研究所紀要」第一三二号、二〇五頁～二二六頁、二〇〇八年九月)の中で、中国における東亜同文書院に関する主な研究論文を分析し、「書院の肯定的部分に触れる研究もあるが、根底には書院を捉える視角として、「日本の中国侵略」という意識が共通的に存在している様子が浮かび上がる」と指摘している。
(24) 大城立裕『沖縄、晴れた日に』所収、二一九頁(一九七七年八月三日、家の光協会)。
(25) 無署名「上海で異色の人材を輩出おした東亜同文書院の栄光と悲哀――発行された「大学史」が語る日中関係裏面史」(「週刊朝日」第八七巻第三三号、一三五頁、一九八二年七月二三日)。
(26) 大城立裕『朝、上海に立ちつくす――小説東亜同文書院』「あとがき」二六〇頁～二六一頁、前掲。
(27) 大城立裕『大城立裕全集　第13巻　評論・エッセー　Ⅱ』四四二頁～四四三頁(二〇〇二年六月三〇日、勉誠出版)。
(28) 大城立裕「私の上海」(「アジア遊学」第六二号、九三頁～九八頁、二〇〇四年四月)。
(29) 汪精衛政権と日本軍が一九四一年七月から敗戦まで華中地区で、軍事清郷、政治清郷、経済清郷、思想清郷の四段階に分けて実施した。(古厩忠夫「日本軍占領地域の「清郷」工作と抗戦」『日中戦争と上海、そして私――古厩忠夫中国近現代史論集』第二章：日本と汪精衛政権、二五四頁～二七五頁(二〇〇四年九月一〇日、研文出版)。
(30)「嵐の中で看取った書院の最期」(『東亜同文書院大学史』第五編：回想録、六三七頁、前掲)。
(31)「揩油」とはくすねるという意味である。
(32) 小松裕の研究によれば、一九一五年、日本が中国に「対華二十一カ条要求」をつきつけていく過程で「チャンコロ」という呼称が登場し、瞬く間に普及していった。詳しくは小松裕「近代日本のレイシズム：民衆の中国(人)観を例に」(「文学部論叢」第七八号、四三頁～六五頁、二〇〇三年三月)を参照した。

(33) 島尻勝太郎「沖縄史の中の冊封と進貢」(地方史研究協議会編『琉球・沖縄――その歴史と日本史像――』所収、二一一頁、一九八七年一〇月五日、雄山閣出版株式会社)。
(34) 和崎光太郎『明治の〈青年〉――立志・修養・煩悶――』終章:〈青年〉とは誰なのか、二五四頁(二〇一七年三月三〇日、ミネルヴァ書房)。
(35) 髙綱博文『「国際都市」上海のなかの日本人』第8章:上海日本人引揚者のノスタルジー――「わが故郷・上海」の誕生、三三三頁〜三六〇頁(二〇〇九年三月二三日、研文出版)。
(36) 山本隆『東亜同文書院生』「あとがき」、二七〇頁(一九七七年八月一五日、河出書房新社)。
(37) 大学史編纂委員会『東亜同文書院大学史』まえがき、頁数表記無、前掲。

終章　まとめ

一八四二年アヘン戦争での敗北によって、清国はイギリスと「南京条約」を締結させられ、高額な賠償金を支払うほか、香港島の割譲や杭州、福州、厦門、寧波、上海の五港の開港を行うこととなった。その後、フランス、米国、ロシアなどの欧米列強とも相次いで不平等な条約を締結させられた。さらに、一八九五年には日本との間に「下関条約」が調印され、台湾や澎湖列島を割譲することとなった。近代中国はまさしく半植民地状態に陥ったのである。

このように、急激に近代化の波が押し寄せるなかで、その波に飲み込まれないために中国人は自国の近代化を目指して日本への留学を開始した。しかし、一九〇五年に留学生が「清国留学生取締規則」に対して抗議活動を行い、全体帰国を果たしたという事件が起きたように、留学生と日本政府との間にはしばしば衝突が起きた。さらに、中華民国になると、大日本帝国の資本拡張に伴い、日本は袁世凱政府に「対華二十一カ条要求」を突きつけ、中国での利権拡大を求めた。このような日本政府の動向に反発を覚えた留学生は反日行動を取り、彼らと日本政府との緊張関係が高まった。そして、一九三一年の満洲事変及び一九三七年の盧溝橋事件を経て中日全面戦争が勃発し、それに伴い大勢の留学生が帰国し、抗日戦線に立つことになった。日本に留学しながらも反日・抗日活動に走るという留学生の行動からは、日本に対するアンビヴァレンスが窺える。

自国の近代化の使命を負い日本に留学しながらも日本との間にしばしば矛盾・衝突を起こした留学生の状況に基づいて、中国近代文学ではナショナリズムの枠組みで留学生が捉えられてきた。特に中日関係が緊張を見せる大正時代、悪名高い小説『留東外史』においては、事実を歪曲してまで留学生の日本に対する不満を晴らそうとする。また、文学団体創造社の作家たちの小説では、日本で受けた差別経験を語り、中国人としてのアイデンティーを強固なものとする傾向が見られる。

しかし、周知のように、ナショナリズムは近代に生まれた概念である。ナショナリズムが形成される清国から中華民国への過渡期において留学生がいかに描かれたかということは問題であろう。また、個人の自由を唱える近代において、留学生と国家との間に齟齬や矛盾が存したことも想定される。さらに、日本の文学者の間で中国人留学生がどのように描出されたかも興味深い問題である。このような興味・関心に基づき、本書では、第一部で中国語の小説を三本、第二部で日本語の小説を三本、合わせて六本の小説を対象に留学生表象を考察した。

第一章では、明治末期に当たる清末の小説、南武野蛮『新石頭記』を中心に、作品を取り巻く現実情況を踏まえ、留学という行為がいかに想像されていたかを考察した。『新石頭記』は、古典小説の登場人物である賈宝玉や林黛玉が外国へ留学するという設定であり、この設定自体が清末の留学ブームを物語るものである。そして、『新石頭記』と同時代の日本留学案内記とを読み比べると、小説における宝玉の訪日過程がリアリティに富んだものであることが明らかになった。さらに、日本の文明に対する宝玉の敏感な視線や勧工場の見学などの日本体験を考察することで、宝玉の体験は清末の知識人が考えた近代や日本に対する認識と共通点を持つことを指摘した。また、清末の新女性に関する言説を踏まえ、黛玉の造形についても検討し、黛玉は清末の理想的な新女性として描かれたことを明らかにした。さらに、『新石頭記』と同時代の留学生小説との比較を通して、作者である南武野蛮は清国と日本との間に依然として前近代的な関係が保持されていると考えており、そこに作者の大中華意識が温存されること、及び国際情勢を正確に認識していないことを指摘した。

第二章では、張資平「一班冗員的生活」を中心に、留学生と自国との齟齬や留学生間の問題に光を当てた。大正時代は中日関係の緊張がいよいよ高まる時期であり、「愛国青年」という自我を確立しようとする留学生像が多数表象されている。一方、「一班冗員的生活」に描かれる留学生は、愛国の情熱が冷め、貧困に陥って、日々の困窮と戦うことになっている。本章では、小説の社会的背景を踏まえ、作中に描かれている留学生の貧困問題が当時の現実を反映していることを明らかにした。そして、張資平が余計者という意味の「冗員」ということばを以て留学生を描いた背景には、留学生自身の問題のほか、中国国内教育の向上、欧米留学生の育成による日本留学生の社会的地位の低下、留学生の愛国活動と中国政府の政策との間にある齟齬を指摘した。「一班冗員的生活」は、留学生及び中国政府両方に批判のまなざしを投げかける点で、大正時代に多く表象された「愛国青年」としての留学生像を更新した。

第三章では、崔万秋『新路』を中心に、昭和初期の女子留学生の表象を考察した。『新路』には女子留学生の生活や恋愛がふんだんに盛り込まれており、とくに女子留学生が資本主義の消費文明を享受する姿が鮮明に描かれている。本章では、そうした女子留学生に対する描写に注目し、彼女たちの外見・住まい・生活などを考察することを通して、モダンガールとして表象された女子留学生のあり方を究明した。『新路』のモチーフは「抗日救国」にあるかもしれないが、満洲事変後のモダンガールの様子からすると、多様な女子留学生像を作り上げることで、愛国と欲望とを交じり合わせたことが指摘できる。女子留学生を初めて正面から描いた『新路』は中国文学史においても評価できる。

第四章以降は、日本人作家による作品を対象とした。第四章では、佐藤春夫「アジアの子」を扱い、盧溝橋事件後、日本人作家が想像する留学生のありかたと現実とのずれについて論じた。郭沫若の日本脱出は日本の文壇に波紋を呼び大いに批判されたが、佐藤は小説の中で郭が北支開発に打ち込むことを想像している。このような想像からは、留日した知識人を日本文化の中国輸出の担い手として役に立たせようとする佐藤の考え方が読み取れるが、この考え方は佐藤独自のものではなく、当時の一部の知識人に共通する認識であることを指摘した。また、佐藤は「アジアの子」で「混血児」を「日本文化」の担い手としてのみ表象しているが、倉田百三「東洋平和の恋」や張資平「她悵望着祖国的天野」、武田泰淳「女の国籍」と比較することで、中日近代文学史における「アジアの子」の問題の系譜を浮かび上がらせた。

第五章では、太宰治『惜別』を中心に、留学生と日本との「親和」問題を論じた。アジア太平洋戦争下、日本政府は留学生を「共栄圏の指導的人材」として養成すべく、留学生政策を見直し、留学生に対して管理を強めながら日本との「精神的一体化」を図ろうとする。「大東亜共同宣言」の「独立親和」原則を小説化した『惜別』はこのような社会背景を反映しているものの、「一清国留学生」としての「周さん」は「日本の国体の実力」を讃美した後、最終的には中国独自の論理を信じ、日本との「親和」が破綻する。『惜別』の批評性は、明治末期の留学生と日本との親和物語の破綻を描くことによって、アジア太平洋戦争下の「親和」物語のパロディーを作った点にあることを指摘した。

第六章では、大城立裕『朝、上海に立ちつくす』を中心に、アジア太平洋戦争下、東亜同文書院に留学していた日本人留学生の知名の表象を考察した。知名は「東洋の志士」の理念を植え付けられたが、戦時下の体験を通して「大東亜共栄」の欺瞞性に気づく。そして同文書院に対する認識を深めるにつれて、帝国日本の国民としてのアイデンティティーに揺らぎが生じ「無国籍の男」との出会いによって帝国日本を「裏切」ることとなる。この帝国日本への「裏切り」は、一方で知名と中国人との支配関係の改善を予測させるが、最終的に、知名と中国人との心的な距離は縮まらず、知名は上海に立ちつくす。大城は、自身の戦時体験に基づきつつ、同文書院さらには帝国日本を否定し、中国人とも距離を保ったまま、上海にさまよう留学生を表象することで、優れたアンチ・上海ノスタルジーの小説を作り上げたのである。

以上に述べたことを再度整理すると、第一部においては、『新石頭記』からは「愛国青年」のアイデンティティーを獲得するまで、すなわち「中華帝国」意識を温存しながら日本に接した留学生の様子を読み取ることができ、「一班冗員的生活」では日本で愛国活動をする留学生が中華民国政府の政策と齟齬をきたし、社会情勢の変化も相まって日本留学生が周縁化されつつあった当時の状況が活写されている。さらに、『新路』では日本で資本主義の消費文明を享受する女子留学生が、満洲事変の後それぞれの道を歩み、作者の「抗日愛国」のモチーフを反映しながらも、それが人間の情欲と交じり合って描かれたことを指摘した。これらの作品を考察することによって、「愛国青年」ではひとくくりにできない留学生像が浮き彫りになった。

第二部においては、「アジアの子」で日本知識人の盧溝橋事件後の留学生の帰国に対する認識を考察し、留学生を日本文化の担い手として造形した佐藤春夫の書き方が留学生の二面性を見落としたことを指摘した。『惜別』では、アジア太平洋戦争下の帝国日本の留学生に対する要望を踏まえ、日本との「精神的一体化」に失敗した明治末期の留学生表象を通して、太宰治が時局に対して批判のまなざしを投げかけていたことを明らかにした。また、最後の『朝、上海に立ちつくす』では、戦時経験を通して自分の居場所であった同文書院を否定するようになり、アイデンティティーの揺らぐ日本人留学生が表象され、日中両国のはざまに置かれた留学生の精神的葛藤を読み取ることができた。

以上、明治末期から第二次世界大戦が終わるまでの留学生の諸相を考察してきた。各々の性格や思想を以て日中両国に臨む留学生は、ナショナリズムという枠組みによって一括りに捉えられるものではない。多様な留学生のありようを顕在化させることは、中日近代文学における留学生像をより立体化させ、豊かなものにすると考えられる。さらに、二〇世紀の日中関係を多角的に理解することを助け、近代の日中交流に含まれる問題に対する認識を深めることにも繋がるであろう。ときに歴史を裏付け、ときに歴史を裏切る留学生像の描出は文学ならではの機能であり、文学の最大の魅力でもある。

波乱万丈の中日関係において、「留学生」は文学の中で描かれ続けてきた。一九七八年、中華人民共和国は改革開放政策を打ち出し、海外へ留学生を派遣することになった。中国人は再び日本に渡り、現代中国人の日本留学が始まる。そして、小草『日本留学一千天』（一九八七・一二、世界知識出版社）、蒋濮『東京有個緑太陽』（一九九八・一二、人民文学出版社）などが刊行され、社会主義体制の中国から日本に留学した留学生の日本における経済的問題や人間関係が語られている。さらに、二〇〇〇年四月、上海文芸出版社が『中国留学生文学大系』を刊行し、そこには世界各国での留学体験を描いた文学作品が収録されている。アメリカやドイツ、日本など、題材が豊富で、現代人のカルチャーショック、新中国成立以降の留学生が抱える問題が盛り込まれている。本研究では、二〇世紀八〇年代以降の留学生表象まで考察することができなかった。今後の課題としたい。

参考文献一覧

凡例

一、この参考文献一覧は、本書刊行にあたって参照した資料の一覧であり、本文中で示したもの以外に、資料収集のために参照したものなども含む。

一、資料は原則として項目ごとに、発表年代順で示した。また、項目内では、日本語資料、中国語資料の順で記した。

一、《単行本》では、執筆（編集）者名『書名』（発行年月日、発行所名）のように示し、叢書名、シリーズ名などは省略した。ただし、中国語の著書に限って、発行年月のみ記す場合がある。

一、《新聞・雑誌収録の作品・論文など》では、新聞の場合は執筆者名「タイトル」（「掲載紙名」、発行年月日）、雑誌の場合は執筆者名「タイトル」（「掲載誌名」巻号、発行年月）のように示した。

一、執筆者の署名のないものは「（無署名）」とし、筆名や無署名でも執筆者が判明している場合は執筆者の名前を記した。

一、書名などは原則として奥付の表記に従った。

一、中国語の文献はタイトルを中国語のままに記した。

序章

《単行本》

実藤恵秀『中国人日本留学史稿』（一九三九年三月、日華学会）

東京都立日比谷図書館編『実藤文庫目録』（一九六六年八月二五日、東京都立日比谷図書館）

さねとうけいしゅう『増補　中国人日本留学史』（一九七〇年一〇月二〇日、くろしお出版）

実藤恵秀『近代日中交渉史話』（一九七三年七月二五日、春秋社）
実藤恵秀『中国留学生史談』（一九八一年五月一三日、第一書房）
阿部洋『中国の近代教育と明治日本』（一九九〇年八月一〇日、福村出版）
厳安生『日本留学精神史』（一九九一年一〇月一日、岩波書店）
大里浩秋・孫安石編『中国人日本留学史研究の現段階』（二〇〇二年五月三一日、御茶の水書房）
河路由佳・淵野雄二郎・野村京子『戦時体制下の農業教育と中国人留学生――一九三五～一九四四年の東京高等農林学校』（二〇〇三年二月一〇日、農林統計協会）
阿部洋『「対支文化事業」の研究：戦前期日中教育文化交流の展開と挫折』（二〇〇四年一月、汲古書院）
大里浩秋・孫安石編『留学生派遣から見た近代日中関係史』（二〇〇九年二月一九日、御茶の水書房）
小谷一郎『一九三〇年代中国人日本留学生文学・芸術活動史』（二〇一〇年一一月二〇日、汲古書院）
小谷一郎『一九三〇年代後期中国人日本留学生文学・芸術活動史』（二〇一一年一二月二六日、汲古書院）
大里浩秋・孫安石編『近現代中国人日本留学生の諸相：「管理」と「交流」を中心に』（二〇一五年三月三一日、御茶の水書房）
舒新城『近代中国留学史』（一九二七年九月、上海中華書局）
黄福慶『清末留日学生』（一九七五年七月、中央研究院歴史語言研究所）
李喜所『近代中国的留学生』（一九八七年七月、人民出版社）
王奇生『中国留学生的歴史軌跡：一八七二～一九四九』（一九九二年九月、湖北教育出版社）
沈成殿『中国人留学日本百年史：一八九六～一九九六』（一九九七年九月、遼寧教育出版社）
尚小明『留日学生与清末新政』（二〇〇二年一〇月、江西教育出版社）
娄晓凱『中国現代文学史上留欧美与留日学生文学観比較研究：一九〇〇～一九三〇』（二〇一〇年一月、光明日報出版社）
劉振生『近代東北人留学日本史』（二〇一五年九月、民族出版社）

《新聞・雑誌掲載の作品・論文など》
中村みどり「放蕩留学生と日本女性――『留東外史』及び『留東外史補』『留東新史』について」（『野草』第七七号、二〇〇六年二月）
中村みどり「対支文化事業」と陶晶孫――特選留学生としての軌跡」（『中国研究月報』第六七巻第五号、二〇一三年五月）
李兆忠「〝大中華〟与〝小日本〟的悪性互動――『留東外史』解読」（『名作欣賞』第二五期、二〇一二年九月）

第一章

《単行本》
阿英著、飯塚朗・中野美代子訳『晩清小説史』（一九七九年二月二三日、平凡社）
黄尊三著、実藤恵秀・佐藤三郎訳『清国人日本留学日記』（一九八六年四月一五日、東方書店）
厳安生『日本留学精神史』（一九九一年一〇月一日、岩波書店）
吉見俊哉『博覧会の政治学』（一九九二年九月二五日、中央公論社）
日本地図センター『地図で見る神戸の変遷』（一九九六年八月二〇日、日本地図センター）
中島利郎『晩清小説研叢』（一九九七年七月三〇日、汲古書院）
小浜正子『近代上海の公共性と国家』（二〇〇〇年二月二九日、研文出版）
周一川『中国人女性の日本留学史研究』（二〇〇〇年二月二四日、国書刊行会）
佐藤三郎『中国人の見た明治日本――東遊日記の研究――』（二〇〇三年一一月三〇日、東方書店）
坂元ひろ子『中国民族主義の神話――人種・身体・ジェンダー――』（二〇〇四年四月二七日、岩波書店）
柄谷行人『定本　柄谷行人集　第1巻』（二〇〇四年九月二八日、岩波書店）
神戸史学会編『神戸の町名　改訂版』（二〇〇七年一二月一〇日、神戸新聞総合センター）
中華会館編『落地生根――神戸華僑と神阪中華会館の百年――増訂版』（二〇一三年一二月二四日、研文出版）

B・アンダーソン著、白石隆・白石さや訳『定本　想像の共同体――ナショナリズムの起源と流行』（二〇一五年一〇月一五日、書籍工房早山）
王柯『近代日中関係の旋回――「民族国家」の軛を超えて』（二〇一五年一一月三〇日、藤原書店）
松田郁子『呉研人小論〝譴責〟を超えて』（二〇一七年一二月一二日、汲古書院）
章宗祥『日本遊学指南』（一九〇一年、発行月・出版社記載なし）
呉汝綸『東遊叢録』（一九〇二年一〇月一七日、三省堂書店）
項文瑞『遊日本学校筆記』（一九〇三年、発行月不明、敬業学堂）
黄嗣艾『日本図書館調査叢記』（一九〇五年九月五日、湖南各書坊）
崇文書局編『日本留学指掌』（一九〇五年一〇月一五日、崇文書局）
啓智学社著訳『留学生鑑』（一九〇六年二月二五日、啓智学社）
沈厳『江戸遊記』（一九〇六年八月、上海武昌各書局）
夢芸生『傷心人語』（一九〇六年九月、振聵書社）
文愷『東遊日記』（一九〇七年活版、発行月・出版社記載なし）
劉檮『蛉洲遊記』（一九〇八年活版、発行月・出版社記載なし）
呉趼人『新石頭記』（一九〇八年一〇月、改良小説社）
履冰『東京夢』（一九〇九年三月、作新社）
阿英『小説閑談四種』（一九八五年八月、上海古籍出版社）
陳平原・夏暁虹編『二十世紀中国小説理論資料・第一巻（一八九七～一九一六）』（一九八九年三月、北京大学出版社）
王徳威『小説中国：晩清到当代的中文小説』（一九九三年六月一日、麦田出版）
欧陽健『晩清小説史』（一九九七年六月、浙江古籍出版社）

王徳威『想像中国的方法』（一九九八年九月、生活・読書・新知三聯書店）
梁啓超『梁啓超全集』（一九九九年七月、北京出版社）
王永健『「蘇州奇人」黄摩西評伝』（二〇〇〇年三月、蘇州大学出版社）
李修生・趙義山編『中国分体文学史　小説巻』（二〇〇一年七月、上海古籍出版社）
呉克岐『懺玉楼叢書提要』影印本（二〇〇二年二月、北京図書館出版社）
李欧梵『中国現代文学与現代性十講』（二〇〇二年一〇月、復旦大学出版社）
楊聯芬『晩清至五四：中国文学現代性的発生』（二〇〇三年一一月、北京大学出版社）
陳平原『中国現代小説的起点：清末民初小説研究』（二〇〇五年九月、北京大学出版社）
李東芳『従東方到西方：20世紀中国大陸留学生小説研究』（二〇〇六年一一月、中国文聯出版社）
王徳威・季進編『文学行旅与世界想像』（二〇〇七年四月、江蘇教育出版社）
付建舟・朱秀梅『清末民初小説版本経眼録』（二〇一〇年六月、上海遠東出版社）
王昊『従想像到趨実：中国域外題材小説研究』（二〇一〇年九月、人民出版社）
袁咏紅『梁啓超対日本的認識与態度』（二〇一一年一二月、中国社会科学出版社）
習斌『晩清稀見小説鑑蔵録』（二〇一三年一月、上海遠東出版社）
李嵐『行旅体験与文化想像――論中国現代文学発生的遊記視角』（二〇一三年六月、中国社会科学出版社）
高西峰『記者、小説与知識分子関係』（二〇一五年四月、中央編訳出版社）
劉堃『晩清文学中的女性形象及其伝統再構』（二〇一五年七月、南開大学出版社）
黄湘金『史事与伝奇：清末民初小説内外的女学生』（二〇一六年三月、北京大学出版社）

《新聞・雑誌掲載の作品・論文など》
（無署名）「学術人類館」（「風俗画報」第二六九号、一九〇三年二月一日）

鈴木英雄「勧工場と明治文化（1）」（「環境と経営：静岡産業大学論集」第六巻第二期、二〇〇〇年一二月）
小松裕「近代日本のレイシズム：民衆の中国（人）観を例に」（「文学部論叢」第七八号、二〇〇三年三月）
盧守助「梁啓超の「新民」の理念」（「現代社会文化研究」第三三号、二〇〇五年七月）
顧偉良「清朝末期における新小説の万華鏡」（「弘前学院大学文学部紀要」四三号、二〇〇七年三月）
青山治世「清末の出使日記とその外交史研究における利用に関する一考察」（「現代中国研究」第二二号、二〇〇八年三月）
蝦名良亮「近代中国における異文化の位相――清末知識人の日本体験と漢字文化」（「言語・文化・社会」第九号、二〇一一年三月）
高明珠「日本留学生の歴史的貢献からみた清末留学生派遣政策の効果」（「同志社政策科学研究」第一四巻第一号、二〇一二年九月）
福田州平「博覧会における「文明」と「野蛮」の階梯：人類館事件をめぐる清国人留学生の言説」（「OUFC ブックレット」第一期、二〇一三年三月）
梁啓超「新中国未来記」（「新小説」第一号～三号・七号、一九〇二年一一月～一九〇三年九月）
同郷会会員「日本第五回内国勧業博覧会観覧記」（「浙江潮」第三期、一九〇三年四月）
杞憂子「苦学生」（「繍像小説」第六三期～六七期、一九〇五年一一月～一九〇六年一月）
楊雨青「20世紀初中国人対日本的考察」（「近代史研究」一九九三年第六期、一九九三年一二月）
欧陽健「晩清〝翻新〟小説総論」（「社会科学研究」一九九七年第五期、一九九七年九月）
胡纓「歴史書写与新女性形象初立：従梁啓超「記江西康女士」一文談起」（「近代中国婦女史研究」第九期、二〇〇一年八月）
劉集林「従〝出洋〟、〝遊学〟到〝留学〟――晩清〝留学〟詞源考」（「広東社会科学」二〇〇七年第六期、二〇〇七年一一月）
張仲民「衛生、種族与晩清的消費文化――以報刊広告為中心的討論」（「或問 WAKUMON」第一四期、二〇〇八年七月）
温暁静「黄慶澄『東遊日記』及其日本観」（「温州職業技術学院学報」第九巻第四号、二〇〇九年一二月）
湯克勤「論転型視野下晩清留学生小説家和晩清小説中的留学生形象」（「文芸研究」二〇一一年第三期、二〇一一年三月）
湯克勤「論晩清小説中留学生形象的書写」（「菏澤学院学報」二〇一二年第一期、二〇一二年二月）

黎霞「上海有軌電車史話」(「史話」第二三一期、二〇一三年九月)
楊湯琛「晩清域外遊記与中国散文的現代性嬗変」(「文学評論」二〇一四年第五期、二〇一四年九月)
紀蘭香「本土、異域、虚擬世界――清末民初小説的三重叙事空間」(「理論界」二〇一四年第一一期、二〇一四年一一月)
姜栄剛「留学生与晩清小説関係考論」(「文学遺産」二〇一五年第二期、二〇一五年三月)
曲楠「西遊有理而取鬧:晩清〝翻新小説〟中的『西遊記』」(「漢語言文学研究」二〇一六年第一期、二〇一六年三月)
趙娟茹「『文明小史』的異国形象与自我認同危機」(「陝西学前師範学院学報」第三二巻第三号、二〇一六年三月)

第二章

《単行本》

伊藤虎丸編『創造社資料』全一一巻(一九七九年五月一日、汲古書院)
飯島茂編『せめぎあう「民族」と国家――人類学の視座から』(一九九三年五月三〇日、アカデミア出版会)
張競『近代中国と「恋愛」の発見』(一九九五年六月二七日、岩波書店)
西村成雄編『現代中国の構造変動　3　ナショナリズム――歴史からの接近』(二〇〇〇年三月八日、東京大学出版会)
大里浩秋・孫安石編『中国人日本留学史研究の現段階』(二〇〇二年五月三一日、御茶の水書房)
小野信爾『五四運動在日本』(二〇〇三年二月一日、汲古書院)
郭沫若著、大高順雄など訳『桜花書簡:中国人留学生が見た大正時代』(二〇〇五年六月二日、東京図書出版会)
滝藤満義編『日本近代文学と性』(千葉大学社会文化科学研究科研究プロジェクト報告書第一五二集、二〇〇七年二月二〇日、千葉大学大学院人文社会科学研究科)
大東和重『郁達夫と大正文学:「自己表現」から「自己実現」の時代へ』(二〇一二年一月二〇日、東京大学出版会)
城山拓也『中国モダニズム文学の世界――一九二〇、三〇年代上海のリアリティ』(二〇一四年一〇月六日、勉誠出版)

孫安石・大里浩秋編『中国人留学生と「国家」・「愛国」・「近代」』（二〇一九年三月三一日、東方書店）

舒新城『近代中国留学史』（一九二七年九月、上海中華書局）

張資平『脱了軌道的星球』（一九三一年七月、現代書局）

史秉慧編『張資平評伝』（一九三三年四月、現代書局）

張資平『資平自伝』（一九三四年九月一五日、第一出版社）

鄂基瑞・王錦園『張資平——人生的失敗者』（一九九一年七月、復旦大学出版社）

李葆琰編『張資平小説選（上）』（一九九四年一〇月、花城出版社）

（明）張自烈・（清）寥文英『正字通』（一九九六年七月、中国工人出版社）

呉福輝・銭理群編『張資平自伝』（一九九八年九月、江蘇文芸出版社）

李兆忠『看不透的日本：中国文化精英眼中的日本』（二〇〇六年一二月、東方出版社）

譚元亨・劉克定『此日是帰年：張資平詮稿』（二〇〇九年七月、汕頭大学出版社）

婁暁凱『中国現代史上欧美与留日学生文学観比較研究』（二〇一〇年一月、光明日報出版社）

童暁薇『日本影響下的創造社文学之路』（二〇一一年三月、社会科学文献出版社）

謝冰瑩『一個女兵的自伝』（二〇一二年一月、江蘇文芸出版社）

魏建『青春与感傷——創造社与主情文学文献史料輯』（二〇一三年一二月、人民出版社）

羅志田『乱世潜流：民族主義与政治』（二〇一三年一二月、中国人民大学出版社）

夏志清著、劉紹銘など訳『中国現代小説史』（二〇一四年五月、広西師範大学出版社）

《新聞・雑誌掲載の作品・論文など》

片岡一忠「民国初期留日学生の対日観について」（「歴史研究」第一四巻、一九七七年三月）

松岡純子「張資平の五高時代について——張資平と日本（一）——」（「熊本大学教養部紀要」（外国語・外国文学編）第二八巻、

一九九三年一月）
張競「大正文学の陰影——張資平の恋愛小説と田山花袋」（『比較文学研究』第六六号、一九九五年二月）
崔暁紅「日本の壁——『留東外史』の日常世界——」（『饕餮』第六号、一九九八年九月）
松岡純子「張資平研究資料（1）年譜」（『長崎県立大学論集』第三四巻第四号、二〇〇一年三月）
中村みどり「近代中国知識人と日本女性像——中国文学に描かれた性的な日本女性——」（『中国研究論叢』第一号、二〇〇一年六月）
松岡純子「張資平研究資料（2）文献目録」（『長崎県立大学論集』第三五巻第二号、二〇〇一年九月）
牧野格子「1923年中国人アメリカ留学生の姿——『申報』等記事より」（『現代中国』第七五号、二〇〇一年一〇月）
立松昇一「張資平への言説をめぐって——創造社同人の文学——」（『拓殖大学語学研究』第一一二号、二〇〇六年九月）
清地ゆき子「張資平作品における「自由恋愛」——一九一〇年代末から一九二〇年代の知識人の言説を踏まえて——」（『比較文学』第五四巻、二〇一二年三月）
韓立冬「『五校特約』下の一高特設予科——修了者の進路を中心に——」（『アジア地域文化研究』第九号、二〇一三年三月）
劉建雲「第一高等学校特設予科時代の郭沫若——『五校特約』下の東京留学生活——」（神奈川大学人文学研究所『人文学研究所報』第五二号、二〇一四年八月）
市隠「文官考試之雑談」（『申報』上海版、一九一七年一〇月七日）
陳独秀「随感録（72）——留学生」（『新青年』第七巻第一号、一九一九年一二月）
張資平「曙新期的創造社」（『現代』第三巻第二期、一九三三年六月）
熊賢君「論民国時期教育経費的困擾与対策」（『湖北大学学報』一九九六年第五期、一九九六年九月）
張海鵬「中国留日学生与祖国的歴史命運」（『中国社会科学』一九九六年第六期、一九九六年一一月）
張恵芝「〝五四〟愛国運動的先声——《中華民国留日学生救国団》的成立」（『首都師範大学学報』一九九七年第六期、一九九七年一二月）
稂詩曳「再論冰心与〝問題小説〟」（『南京師大学報』一九九八年第三期、一九九八年七月）

陳青生「創造社時期的鄭伯奇」(「郭沫若学刊」一九九九年第四期、一九九九年一一月)
盧德平「中国現代文学中的日本形象」(「中国青年政治学院学報」二〇〇〇年第六期、二〇〇〇年一一月)
鄭大華「論中国近代民族主義的思想来源及形成」(「浙江学刊」二〇〇七年第一期、二〇〇七年一月)
張海生・呉玉玉「中国現代小説中的〝零余者〟形象」(「重慶工学院学報」第二二巻第二期、二〇〇八年二月)
鄧麗蘭「従〝法統〟崇信到〝革命〟認同——従〝孤軍派〟観国民革命時期中国知識界的知識動態」(「福建論壇」二〇〇八年第一一期、二〇〇八年一一月)
劉功君・沈世培「北洋政府時期留日経費籌措考察」(「歴史档案」二〇〇九年第一期、二〇〇九年二月)
徐志民「1918 ~ 1926 年日本政府改善中国留日学生政策初探」(「史学月刊」二〇一〇年第三期、二〇一〇年三月)
李曄曄・任欣欣「留日学生救国団帰国抗日活動及其影響探析」(「長春師範学院学報」第三二巻第四期、二〇一三年七月)

第三章

《単行本》

日華学会学報部編『留日中華学生名簿　第五版』(一九三一年九月五日、日華学会)
田中純一郎『日本映画発達史Ⅱ』(一九八〇年三月二〇日、中央公論社)
阿部洋編『日中関係と文化摩擦』(一九八二年一月二〇日、巌南堂書店)
李沢厚著、坂元ひろ子など訳『中国の文化心理構造——現代中国を解く鍵——』(一九八九年一〇月二五日、平凡社)
宇野木洋・松浦恆雄編『中国二〇世紀文学を学ぶ人のために』(二〇〇三年六月二〇日、世界思想社)
レイ・チョウ著、田村加代子訳『女性と中国のモダニティ』(二〇〇三年八月二五日、みすず書房)
阪口直樹『中国現代文学の系譜——革命と通俗をめぐって』(二〇〇四年二月二五日、東方書店)
謝黎『チャイナドレスをまとう女性たち——旗袍にみる中国の近・現代』(二〇〇四年九月一八日、青弓社)

関西中国女性史研究会編『中国女性史入門――女たちの今と昔』（二〇〇五年三月二〇日、人文書院）
李子雲など編、友常勉など訳『チャイナ・ガールの1世紀――女性たちの写真が語るもうひとつの中国史』（二〇〇九年七月一五日、三元社）
伊藤るりなど編『モダンガールと植民地的近代――東アジアにおける帝国・資本・ジェンダー』（二〇一〇年二月二五日、岩波書店）
菅聡子『女が国家を裏切るとき――女学生、一葉、吉屋信子』（二〇一一年一月二七日、岩波書店）
奈良女子大学アジア・ジェンダー文化学研究センター編『奈良女子高等師範学校とアジアの留学生』（二〇一四年三月、奈良女子大学アジア・ジェンダー文化センター）
蒋光慈『異邦与故国』（一九三〇年一月一五日、上海現代書局）
黄震遐『大上海的毀滅』（一九三二年一一月、大晩報館）
崔張君恵など編『崔万秋先生記念集』（一九九三年三月、アメリカ剣橋出版社）
呉福輝『都市漩流中的海派小説』（一九九五年八月、湖南教育出版社）
李今『海派小説与現代都市文化』（二〇〇〇年一二月、安徽教育出版社）
熊月之『上海名人名事名物大観』（二〇〇五年一月、上海人民出版社）
陳正茂『逝去的虹影：現代人物述評』（二〇一一年一二月九日、秀威資訊）
朱美禄『域外之鏡中的留学生形象――以現代留日作家的創作為考察中心』（二〇一一年九月、巴蜀書社）
《新聞・雑誌・単行本掲載の作品・論文など》
崔万秋「日華関係の将来――理解を出発点に」（「読売新聞」朝刊、一九四七年三月一三日）
野島正也「社交ダンスの社会史ノート（1）――戦前の日本における社交ダンスの展開――」（「生活科学研究」第六号、一九八四年四月）
加藤直子「戦前における中国人留日女子学生について――一女子学生の事例を中心に」（「史論」第四〇集、一九八七年三月）

バーバラ・ハミル・佐藤「モダンガールの登場と知識人」(『歴史評論』第四九一号、一九九一年三月)
青野繁治「流派研究における「海派」の問題」(『野草』第五八号、一九九六年八月)
劉怡「都市風俗の象徴としての「摩登女性」」(『アジア遊学』第六二号、二〇〇四年四月)
渡辺祐子「もうひとつの中国人留学生史――中国人日本留学史における中華留日基督青年会の位置――」(『明治学院大学教養研究センター紀要カルチュール』第五巻第一号、二〇一一年三月)
諸岡知徳「モダン・ガールはいかに書/描かれたか ――片岡鉄兵と通俗小説の時代――」(『神戸山手短期大学紀要』第五四号、二〇一一年一二月)
濱田麻矢「女学生だったわたし――張愛玲『同学少年都不賤』における回想の叙事」(『日本中国学会報』第六四集、二〇一二年一〇月)
蕙若「文壇画虎録――胡懐深、丁丁、崔万秋、温梓川」(『十日談』第三三期、一九三四年七月)
韓冷「磨鏡与断袖――海派小説中的同性恋現象」(『湖北経済学院学報』第四巻第四期、二〇〇六年七月)
韓冷「現代海派小説的性愛観念及其写作的文学史意義」(『学術探索』二〇〇七年第四期、二〇〇七年八月)
洛秦「〝海派〟音楽文化中的〝媚俗〟与〝時尚〟――20世紀30年代前後的上海歌舞庁、流行音楽与爵士的社会文化意義」(『民族芸術』二〇〇九年第四期、二〇〇九年一二月)
聞兵「試論劉吶鴎筆下的摩登女郎形象」(『常州工学院学報』第二八巻第二期、二〇一〇年四月)
陳思広「黄震遐与崔万秋抗戦長編小説新論」(『海南師範大学学報』第二七巻第一〇期、二〇一四年一〇月)

第四章

《単行本》

小野忍・丸山昇訳『郭沫若自伝2』(一九六八年一一月一〇日、平凡社)
実藤恵秀『近代日中交渉史話』(一九七三年七月二五日、春秋社)

小田嶽夫『郁達夫伝』（一九七五年三月二五日、中央公論社）
劉岸偉『東洋人の悲哀――周作人と日本――』（一九九一年八月三〇日、河出書房新社）
佐藤春夫『定本　佐藤春夫全集第10巻』（一九九九年四月九日、臨川書店）
佐藤春夫『定本　佐藤春夫全集第22巻　評論・随筆4』（一九九九年八月一〇日、臨川書店）
武継平『異文化のなかの郭沫若――日本留学の時代――』（二〇〇二年一二月一〇日、九州大学出版会）
劉建輝『増補　魔都上海　日本知識人の「近代体験」』（二〇一〇年八月一〇日、筑摩書房）
貴志俊彦編『近代アジアの自画像と他者――地域社会と「外国人」問題――』（二〇一一年三月三〇日、京都大学学術出版会）
西成彦『バイリンガルな夢と憂鬱』（二〇一四年一二月五日、人文書院）
野村幸一郎『日本近代文学はアジアをどう描いたか』（二〇一五年一一月二日、新典社）
李麗君『郁達夫の原像――異文化・時代・社会との葛藤』（二〇一六年三月二五日、花書院）
星名宏修『植民地を読む：「贋」日本人たちの肖像』（二〇一六年四月一五日、法政大学出版局）
川島浩平・竹沢泰子編『人種神話を解体する3　「血」の政治学を超えて』（二〇一六年九月三〇日、東京大学出版会）
龔済民・方仁念編『郭沫若年譜 上』（一九八二年五月、天津人民出版社）
郭沫若『郭沫若全集』（一九九二年八月、人民文学出版社）
武継平『郭沫若留日十年（一九一四～一九二四）』（二〇〇一年三月、重慶出版社）
董炳月『〝国民作家〟的立場：中日現代文学関係研究』（二〇〇六年五月、生活・読書・新知三聯書店）

《新聞・雑誌掲載の作品・論文など》

奥出健「佐藤春夫の昭和十年代（前期）――「アジアの子」の周辺・付著作目録補遺――」（『国文学研究資料館紀要』第六号、一九八〇年三月）
周海林「支那趣味愛好者――佐藤春夫」（『社会文学』第一二巻、一九九八年二月）

畠山香織「佐藤春夫と中国近代劇作家田漢との交友について――「人間事」から読み取れるもの」(『京都産業大学論集』第二五巻、一九九八年三月)
顧偉良「谷間の時代の中の文学――文学の世界性をめざして――」(『日本文学』第五一巻第一号、二〇〇二年一月)
武継平「「支那趣味」から「大東亜共栄」構想へ――佐藤春夫の中国観――」(『立命館言語文化研究』第一九巻第一号、二〇〇七年七月)
中英蘭「郁達夫と佐藤春夫に関する小考」(『京都大学国文学論叢』第二〇巻、二〇〇九年二月)
王俊文「一九二七年日中両国作家の「人間事」――佐藤春夫・田漢・芥川龍之介・辜鴻銘を中心として」(『東京大学中国語中国文学研究室紀要』第一二号、二〇〇九年一〇月)
寇振鋒著、田村加代子訳「一九三六年の郁達夫訪日について」(『名古屋大学中国語言文学論集』第二一輯、二〇〇九年一二月)
河野龍也「佐藤春夫『南方紀行』の中国近代(一)――一作家が見た軍閥割拠の時代――」(『實踐國文學』第七九号、二〇一一年三月)
茅盾など「給周作人的一封公開信」(『抗戦文芸』第一巻第四号、一九三八年五月)
武継平「佐藤春夫与創造社作家們的恩怨」(『郭沫若学刊』第九三期、二〇一〇年三月)

第五章

《単行本》

小田嶽夫『魯迅伝』(一九四一年三月、筑摩書房)
謝廷秀編『満洲国学生日本留学拾周年史』(一九四二年九月一五日、満洲国学生会中央事務所)
竹内好『魯迅』(一九四四年一二月二〇日、日本評論社)
丸山昇『魯迅』(一九六五年七月一〇日、平凡社)
景梅九著、大高巖・波多野太郎訳『留日回顧』(一九六六年一二月一〇日、平凡社)
兪辛焞『孫文の革命運動と日本』(一九八九年四月一〇日、六興出版)

赤木孝之など編『新編太宰治研究叢書1』（一九九二年四月三〇日、近代文藝社）
藤原聡など『アジア戦時留学生』（一九九六年八月一〇日、共同通信社）
太宰治『太宰治全集・一一』（一九九九年三月二五日、筑摩書房）
北岡正子『魯迅　日本という異文化のなかで』（二〇〇一年三月三一日、関西大学出版部）
山内祥史編『太宰治研究・一二』（二〇〇四年六月一日、和泉書院）
陳焜旺『日本華僑・留学生運動史』（二〇〇四年一二月一八日、日本僑報社）
大平祐一・桂島宣弘編『「日本型社会」論の射程――「帝国化」する世界の中で』（二〇〇五年三月二五日、文理閣）
矢部彰『太宰治とわくわく遊ぶ』（二〇〇九年九月一八日、菁柿堂）
細谷雄一『歴史認識とは何か――日露戦争からアジア太平洋戦争まで』（二〇一五年七月二五日、新潮社）
藤井省三『魯迅と日本文学：漱石・鴎外から清張・春樹まで』（二〇一五年八月一八日、東京大学出版会）
浜口裕子『満洲国留日学生の日中関係史――満洲事変・日中戦争から戦後民家外交へ』（二〇一五年一〇月二五日、勁草書房）
魯迅『魯迅全集・第七巻』（一九五八年九月、人民文学出版社）
呉玉章『呉玉章回憶録』（一九七八年一一月、中国青年出版社）
董炳月『国民作家的立場：中日現代文学関係研究』（二〇〇六年五月、生活・読書・新知三聯書店）
周立英『晩清留日学生与近代雲南社会』（二〇一一年一一月、雲南大学出版社）

《新聞・雑誌掲載の作品・論文など》

竹内好「藤野先生」（「近代文学」第二・三合併号、一九四七年三月）
竹内好「花鳥風月」（「新日本文学」第一一巻第一〇号、一九五六年一〇月）
山田野理夫「仙台時代の魯迅」（「文学」第二四巻、一九五六年一〇月）
尾崎秀樹「大東亜戦争と二つの作品――「女の一生」と「惜別」――」（「文学」第二九巻第八号、一九六一年八月）

大塚繁樹「太宰治作「惜別」と中国古典」(「愛媛大学紀要第Ⅰ部　人文科学」第一〇巻(A)、一九六四年一二月)
五十嵐康夫「太宰治『惜別』の成立――さねとう・けいしゅう氏の著作を中心に」(「日本近代文学会会報」第五一号、一九八〇年三月)
松木道子「太宰治『惜別』における魯迅受容のあり方」(「国語国文研究と教育」第九巻、一九八一年一月)
川村湊「「惜別」論――「大東亜の親和」の幻」(「国文学　解釈と教材の研究」第三六巻第四号、一九九一年四月)
権錫永「〈時代的言説〉と〈非時代的言説〉――「惜別」」(「国語国文研究」第九六号、一九九四年九月)
矢島道弘「「惜別」私論(前)――執筆事情への疑問と太宰の意図――」(「芸術至上主義文芸」第二三号、一九九七年一二月)
祝振媛「太宰治と中国――太宰の『竹青』の中の郷愁の世界を中心に――」(「国文学　解釈と鑑賞」第六三巻第六号、一九九八年六月)
藤原耕作「太宰治『惜別』論」(「福岡女子短大紀要」第五五号、一九九八年七月)
山﨑正純「太宰治と中国――「惜別」を中心に」(「国文学　解釈と教材の研究」第四四巻第七号、一九九九年六月)
高橋秀太郎「太宰治「惜別」論」(「日本文芸論稿」第一五号、一九九九年一〇月)
藤井省三「太宰治の『惜別』と竹内好の『魯迅』」(「国文学　解釈と教材の研究」第四七巻第一四号、二〇〇二年一二月)
孫長虹「魯迅の日本観――日本留学を通しての日本認識」(「多元文化」第三号、二〇〇三年三月)
川島真「日本占領期華北における留日学生をめぐる動向」(「中国研究月報」第六一巻第八号、二〇〇七年八月)
松本和也「小田嶽夫『魯迅伝』の形成と変容(一九四〇～一九六六)」(「立教大学日本文学」第一〇六号、二〇一一年七月)
孫文「支那保全分割合論」(「東邦協会会報」第八二号、一九〇一年一二月)

第六章

《単行本》

大城立裕『内なる沖縄・その心と文化』(一九七二年一月、読売新聞社)
西里竜夫『革命の上海で：ある日本人中国共産党員の記録』(一九七七年七月一日、日中出版新社)

山本隆『東亜同文書院生』（一九七七年八月一五日、河出書房新社）
大城立裕『沖縄、晴れた日に』（一九七七年八月三日、家の光協会）
大学史編纂委員会編『東亜同文書院大学史――創立八十周年記念誌――』（一九八二年五月三〇日、滬友会）
地方史研究協議会編『琉球・沖縄――その歴史と日本史像――』（一九八七年一〇月五日、雄山閣出版株式会社）
鹿野政直『戦後沖縄の思想像』（一九八七年一〇月一五日、朝日新聞社）
栗田尚弥『上海東亜同文書院：日中を架けんとした男たち』（一九九三年一二月二五日、新人物往来社）
イ・ヨンスク『国語という思想』（一九九六年一二月一八日、岩波書店）
小熊英二『〈日本人〉の境界：沖縄・アイヌ・台湾・朝鮮植民地支配から復帰運動まで』（一九九八年七月一〇日、新曜社）
ピーター・ドウス・小林英夫編『帝国という幻想――「大東亜共栄圏」の思想と現実』（一九九八年八月二四日、青木書店）
木畑洋一編『大英帝国と帝国意識――支配と深層を探る――』（一九九八年一二月二〇日、ミネルヴァ書房）
西所正道『「上海東亜同文書院」風雲録――日中共存を追い続けた五〇〇〇人のエリートたち』（二〇〇一年五月二五日、角川書店）
大城立裕『大城立裕全集』（二〇〇二年六月三〇日、勉誠出版）
古川隆久『戦時下の日本映画――人々は国策映画を観たか――』（二〇〇三年二月一〇日、吉川弘文館）
古厩忠夫『日中戦争と上海、そして私――古厩忠夫中国近現代史論集』（二〇〇四年九月一〇日、研文出版）
川村湊、成田龍一、上野千鶴子など『戦争文学を読む』（二〇〇八年八月七日、朝日新聞出版）
紅野謙介編『堀田善衛上海日記　滬上天下一九四五』（二〇〇八年一一月五日、集英社）
髙綱博文『「国際都市」上海のなかの日本人』（二〇〇九年三月二三日、研文出版）
陳祖恩著、大里浩秋監訳『上海に生きた日本人――幕末から敗戦まで』（二〇一〇年七月一〇日、大修館書店）
新城郁夫『沖縄を聞く』（二〇一〇年一二月一〇日、みすず書房）
ジョナサン・カラー著、折島正司訳『文学と文学理論』（二〇一一年九月二三日、岩波書店）

武山梅乗『不穏でユーモラスなアイコンたち――大城立裕の文学と〈沖縄〉』(二〇一三年三月二五日、晶文社)
馬場公彦『現代日本人の中国像:日中国交正常化から天安門事件・天皇訪中まで』(二〇一四年五月九日、新曜社)
加藤千香子『近代日本の国民統合とジェンダー』(二〇一四年六月一六日、日本経済評論社)
嵯峨隆『アジア主義と近代日中の思想的交錯』(二〇一六年六月三〇日、慶応義塾大学出版会株式会社)
朴裕河『引揚げ文学論序説:新たなポストコロニアルへ』(二〇一六年一一月三〇日、人文書院)
和崎光太郎『明治の〈青年〉――立志・修養・煩悶――』(二〇一七年三月三〇日、ミネルヴァ書房)
熊月之『上海通史・第8巻』(一九九九年九月、上海人民出版社)
任駿『見証日俘日僑大遣返』(二〇〇五年六月、南京出版社)
陳祖恩『上海的日本文化地図』(二〇一〇年四月、上海錦繍文章出版社)

《雑誌・新聞掲載の作品・論文など》
細野浩二「清末留日極盛期の形成とその論理構造――西太后新政の指導理念と「支那保全」論的対応をめぐって――」(『国立教育研究所紀要』第九四巻、一九七八年三月)
大森史子「東亜同文会と東亜同文書院――その成立事情、性格及び活動」(『アジア経済』第一九巻第六号、一九七八年六月)
森時彦「東亜同文書院の軌跡と役割――「根津精神」の究明――」(『歴史公論』第五巻第四号、一九七九年四月)
岡本恵徳「文学状況の現在――『朝、上海に立ちつくす』をめぐって」(『新沖縄文学』第五九号、一九八四年三月)
川村湊「〝ジャンハイ〟された都市――5つの「上海」物語」(『文学界』第四二巻第一一号、一九八八年一一月)
水谷尚子「東亜同文書院に学んだ中国人――中華学生部の左翼学生――」(『近きに在りて』第二八号、一九九五年一一月)
朱虹「近代日本文学における上海――大城立裕文学を中心に――」(『琉球アジア社会文化研究』第一号、一九九八年一〇月)
山田良介「東亜同文会の中国「保全」論に関する一考察――『東亜時論』における議論を中心に――」(『九大法学』第八五号、二〇〇三年二月)

高綱博文「日中戦争期における「上海租界問題」」（『研究紀要』第一六・一七巻、二〇〇四年三月）
大城立裕「私の上海」（『アジア遊学』第六二号、二〇〇四年四月）
栗田尚弥「東亜同文書院の復権――最近の研究動向に則して――」（『大倉山論集』第五一号、二〇〇五年三月）
黄穎「大城立裕『朝、上海に立ちつくす』論」（『琉球アジア社会文化研究』第九号、二〇〇六年一一月）
菅聡子「林京子の上海・女たちの路地――アジールの幻想」（『立命館言語文化研究』第一九巻第三号、二〇〇八年二月）
武井義和「中国における東亜同文書院研究」（『愛知大学国際問題研究所紀要』第一三二号、二〇〇八年九月）
西成彦「「非国民」としての恥を超えて――大城立裕「ノロエステ鉄道」を読む」（『生存学』第四巻、二〇一一年五月）
蘇智良「上海東亜同文書院述論」（『档案与史学』一九九五年第一〇号、一九九五年一〇月）
趙文遠「上海東亜同文書院与近代日本侵華活動」（『史学月刊』二〇〇二年第九期、二〇〇二年九月）
王昇遠「〝近代〟的明暗与同情的国界――近代日本文化人筆下的北京人力車夫」（『外国文学評論』二〇一三年第四期、二〇一三年一一月一八日）

付録　「余計者たちの日常」（中国語原題「一班冗員的生活」）

張資平（初出：「創造」第一巻第三期、一九二二年一一月）

（一）

「Cさん！　八時になりましたよ。今日は学校に行かないのですか」

Cは毎朝七時半に起きるのだが、今日はその時間を過ぎても起きてこない。授業に遅刻するのではと心配した家主が、わざわざ二階まで来てCを呼び起こした。

家主に起こされたCは不機嫌だった。家主の呼び声で、とても大事なことが駄目になった気がしたから。布団の中から不機嫌な調子で答えた。

「寝かせておいてください。今日の授業は十時からです」

Cが住んでいる下宿は食事がついてない。最近、あちこちの下宿で、家賃やら食事代やらが値上がりした。部屋は畳の枚数で家賃が決まる（日本の一畳は長さ約四尺、幅二尺である）。家賃は一畳あたり三円で、普通の学生は四畳半の部屋に住むため、十四円あまりかかる。食事代はいくら安くても毎月二十四、五円。下宿に住んだら、ひと月数十円の官費では家賃と食事代しか賄えず、学費や書籍、文房具代などは出せなくなる。そこでCは、貧民窟で四畳半の部屋を借りた。食事なしで毎月六円、昼食と夕食を食堂で済ませれば、毎月十三円でやりくりできる。

朝食はどうやって取るかというと、これにも簡便な方法がある。毎朝銅貨八枚で、イギリスパン半ポンドに、お湯二杯、これで毎月三円もかからない。月の支出は合計二十二円を超えないから、下宿よりかなり安い。

経済面において、Cは日増しに節約の経験を積んでいる。先月、毎日さらに銅貨二枚を節約する方法を見つけた。どんな方法かというと、半ポンド八銭のイギリスパンをやめて、代わりにフランスパンを二個買うのである。フランスパンは重さではなく、個数で計算し、銅貨三枚で一個だ。Cは勉強と節約以外には何もわからない世間知らずだった。フランスパン二個の方がイギリスパン半ポンドより容積が大きく、値段も安いと考えて、フランスパンに換えたのだった。フランスパンの生地がイギリスパンほど密ではないことは知らなかった。

何週間か過ぎて、Cはさらに銅貨三枚を節約する方法を発見した。フランスパンを食べ始めて以来、一個食べるのと二個食べるのと、腹に与える影響は大差ないと感じて、最近は一個しか食べなくなったのだ。友人にからかわれると、朝食をやめた方が体にいいのだ、などと反論した。

Cは家主に起こされてから寝られず、布団の中で何度も寝返りを打った。腹がぐうぐう鳴って、そのとき初めてお腹が空いたと感じた。恨みがましく起き出し、乱暴に布団を押し入れに畳み入れ、階下にかけ降りる。バタバタと顔を洗い、うがいをし、何年も使っている、ボロボロの黒くなった学生鞄を肩にかけて、学校へ向かった。道中、家主をひどく罵った。こんなに早く自分を起こしてほしくなかったのだ。というのも、彼は新たに節約の方法を一つ見つけていたからだ。休講になり、朝八時に授業がない日には、睡眠時間を三十分伸ばし、フランスパン一個をも節約し、代わりに昼食時に食堂でご飯をもう半杯多く食べるつもりだった。その苦心を知らない家主は、今朝Cを起こして、この計画を台無しにした。恨まずにはいられない！　おなかがあまりにも空いて、今日は銅貨三枚の節約は無理だと思った。

学費、教科書、衣服、履物、文房具、散髪、銭湯、新聞、郵便、交際費など、毎月の支出は少なくない。その支出を数十円の官費だけで賄わなければならないので、Cはこのように節約の方法を数多く案出した。Cだけではない、Cと同じ境遇の留学生は皆そうなのである。

（二）

教室で先生が一体何を教えているのか、Cの頭には入ってこなかった。自分は今日、制服の銅製ボタンと万年筆以外に、金属品を一つも身につけてない、とぼんやり考えていたからだ。授業の後銭湯に行きたくてもお金がないだけではなく、明日パンを買うための三枚の銅貨もまだ手に入れていない。お金のことが気になって、授業を受けても形だけになってしまい、何一つ知識を得ることができない。教授の講義をタイプライターのように機械的に一字一句写しただけだった。周りの日本人学生は活発に勉強している。

Cは食堂で昼食を食べたが、テーブルの前に座ったままで、学校に戻ろうとしなかった。食堂でまだやらねばならないことがあったからだ。時々、同じテーブルを囲む、似たような境遇の留学生が食べ終えたかどうかを見ていた。もし誰かが気に留めてこの留学生を見たら、彼の顔が赤いことに気づいただろう。

「ああ、いい気分だ！　ちょっと！　お酒をもう一合温めてくれ！」

天真爛漫な年下の留学生が向かいに座っていた。目の前のもつ炒めを食べ終えるところで、手にしたガラスの盃は洗ったようにきれいだ。

食堂のおかみさんは未亡人で、そろそろ五十歳になる。結婚する前は神戸と名古屋の間を行ったり来たりする私娼だったが、改心して守衛の男——毎日黒い服を着て、短剣を下げて、役所の前に立っていた男——と結婚した。一昨年その夫が亡くなり、なけなしの恩給を受け取った女は、上京して商売をしようと考えた。どこかから留学生向けの商売がやりやすいと聞きつけ、中国人の料理人を一人雇い、留学生が最も多いH区内に下宿兼食堂を開いた。小さな店構えで、二階には留学生が何人か住んでいる。一階にテーブルを二つ据え、近くに住む留学生に食事を提供した。簡単な中華料理を出すと、経済的に困窮している大学生が何十人も店に来るようになった。

Cの向かいに座っている若い学生は章といい、スポーツが得意で——大学の運動会では、円盤投げで最高得点を記録した——体格がよく食欲旺盛で、普通の食事ではエネルギーが足りない。今日はいつもより寒いためか、さらにお酒を二杯飲んだ。

「人に分けてもよさそうなものを……」

Cの隣に座っているKは、章に向かって笑いかけたが、章は相手にせず、ひたすら自分のお酒を飲んでいる。相手にされなかったのを見て、Kはこちらを振り返り、目を細めながらCに対して、「ひひひ」と笑った。青いようで青くはない、黄色いようで黄色くはないKの長い歯の間には、青菜の切れ端が付着している。Cはお金のことで悩んでいるので、冗談をいう気力もなかった。

「植物園にでも行こうか。」

つまらないと感じたKは、Cに一言かけて立ち上がった。

「……」

Cが答えず頭を横に振ると、Kは一人で出て行った。

「午後また学校に戻らなくてはいけないんですか」

章はKが去ったのを見て、Cに聞いた。

「もうすぐ戻るつもりだよ」

Cも立ち上がった。

「もう一時ですよ。まだ行かないんですか。腕時計は持ってないんですか?」

「倉庫に預けてあるから」

Cは思わず笑った。

「あなたのも預けてあるんですか? こりゃ愉快だ、ハハハ!」

章はCを見ながらひとしきり大笑いした。

Cは章に一刻も早く去ってほしかった。というのも、食堂のおかみさんに少額の借金の交渉をするつもりだったからだ。非常にありがたいことに、おかみさんはCに五十銭貸してくれた。月末に食事代と一緒に清算するのだ。いつもは授業に集中できないCも、五十銭のおかげで、午後は教授の話がよく耳に入った。

「君たち、paragonite と palagonite の区別をしっかり覚えるように」

「覚えなくても大丈夫ですよ」

　やんちゃな学生が大声で言った。

「どうして？」

　先生は怒り出しそうだった。

「また先生に聞けばいいじゃありませんか」

　学生の笑いながらの答えに、クラスは大笑いだった。

　授業が終わった後、Cは、帰りに彭という友人を訪ねた。彭は彼と同じ中学校の出身で、早稲田の政治経済科に進んだ。彭はちょうど家にいて、Cを二階に上げて座布団に座らせた。

「C君！　昨晩来てればなあ。ご馳走できたのに。他でもない、家主一家にご馳走したんだ。たった四、五円で彼ら大満足だったぞ。ウィスキー一瓶と、牛肉二百五十グラム、豚肉一キロだ！　鍋にしたんだよ。正宗〔日本酒の名前…原注〕を何合も買った。刺身は大きなお皿二つ分だ。本当に食べきれなかった。君が来てればなあ！」

（けしからん。僕にこんなこと言うのは失礼じゃないか。仲良しで遠慮がないといっても、言葉遣いには気をつけてほしいよ）

　Cは心の中で思ったが、口にはしなかった。

　後日、彭の下宿のおかみさんから、彭に正宗二合と焼き芋二十銭分だけをご馳走になったのだと聞いた。しかもそのおかげで、焼き芋を買いに行った十歳ほどの子どもは汗まみれになったという。

（三）

　Cが彭の所から帰ったのは、四時半になるころだった。ボロの鞄を置いて、すぐ銭湯に行き、半月あまり溜まった汚れを洗い落とした。Cは銭湯に入るのが好きだが、毎月の官費が途切れがちなため、最近はあまり行くことができずにいた。銭湯から帰ると、ものうげに畳の上で横になった。おかみさんから借りた五十銭のうち十分の一を使ってしまった。すぐ必要なものを買っておかなければならない。鉱物学の先生の講義は進度が恐ろしく速く、速記用のノートは残り三、四頁しかない。一冊買わないといけないが、一番安いものでも三十銭必要で、それを買ったらもうお金は残らない。官費は、まだ十日間ぐらい待たねばならない。この十日間をどうやって過ごそう? ライオン印の赤い歯磨き粉は、先週で使い切ってしまったので、歯磨き粉を何日も使っていない。月末に官費をもらったら、一、二包多めに買っておかねば。

六時半になると、Cは食堂へ夕食を食べに行った。そこでいいニュースを聞いた。今日の午後、YMCAで官費生が官費の増額を求める大会を開いたのだ。代表を決め、北京に帰って教育部と直接交渉することになったという。官費増額の件では、いくら申請を出しても、電報を打っても、教育部は全く応じてくれない。官費生はみな、教育部に良心はないのかと罵っている。しかし、教育部もまた寄付を募って辛うじて現状を維持していると聞く。留学生を顧みるどころではないのだ。

夕食の後、Cはすぐに家に戻らず、一番賑やかな通りをゆっくり歩きながら露店をひやかした。行き来している留学生は、誰もが神経を高ぶらせているようで、夏の日差しにさらされて熱した池の魚の群れのようだった。

電車の終点駅近くで、Cは同じクラスのWに出会った。Wは省の官費生の代表である。忙しそうにしていて、何を話しているのかも聞き取れないうちに慌ただしく走り去ってしまった。Wに会って、CはWが二週間前に言ったことを思い出した。そして、国の面子なんてとっくに潰れた、いっそのこと思い切って騒げばいいとCは思った。

二週間前、WがCに話したのもやはり官費増額の件だった。Wのクラスの主任教授は、Y博士である――留学生に表向きはお世辞を口にしながら、陰では中国人を卑しめるY博士だ。二週間前にもYMCAで官費生の大会が開かれて、官費増額を求める決議をした。集会の理由や会場の状況は、翌日、各新聞で大々的に報道された。そのとき、ちょうどWは、Y博士について日本の中部の山中へ調査旅行に行っていた。Y博士は道中で新聞を見て、

「君たち留学生は毎日勉強もせず、何を騒いでるんですか」

　と聞いた。Ｗが集会の内容を伝えると、博士は

「月に一体どれぐらいの官費をもらっているのですか」

　と尋ねた。Ｗが金額を伝えると、博士はため息をついた。

「日本では農民でさえ、子供を東京の中学校に進学させたら、毎月の仕送り額はそれ以上ですよ。中国の政府は君たちを勉強させるために日本に派遣したのですかね？　以前買うよう薦めた参考書もきっとまだ買ってないですね。君たちが騒ぐのも無理ないですよ」

「政府は私たちを余計者と見なしていて、とっくに見捨てているのです」

　Ｗはそう言おうと思ったが、やめたという。Ｃは、中国政府があまりにも意気地がなく、官費生をいっそのこと帰国させることもできないのだと考えた。留学生を帰国させればその分の官費を軍事費に当てられるのに、とＣはちょっと皮肉に考えた。

　Ｃにはもう一つの心配事がある。彼は南方の官費生である。南方政府は、北方から先進的な教育家を招聘して担当させている。この開明的で頭脳明晰な教育家は、官費増額の要求にきっと応じないだろう。なぜかというと、南方は北方政府に反対しており、北方の教育部が認めても南方は実行しなくてよいと考えているからだ。このわかりやすい道理を、例の教育家が承知していないはずがない。Ｃが本省の担当者に聞いてみたところ、返事は予想通りだった。

　学校の章程には実習という必修科目が設けられている。春休み、夏休みそれに冬休みの休暇を利用して実習に行く。従来、教育部は実習費の規定を設けていたが、最近は節約などの口実でその規定を取り消した。Ｃは冬休みに実習に行くため、改めて例の教育家に旅費を申し込んだ。そのときは、この申し込みが拒否されるなどとは予想もしていなかったが、冬休みになり、担当者の所へ行って例の教育家からの返事を見たら、「教育部に従い……当学生の要求は叶えかねる」と役人口調での返答であった。Ｃは「新青年」[1]でこの教育家の論説をたくさん読んで感心したが、そ

の言行の不一致については知らなかった。この教育家は、返答する際に外国の学校の規則を確認しなかったのだろうか。よく考えもせずにお役所言葉でいい加減に対応していいものだろうか。かつて、Cは他の定見のない青年と同じく、この教育家を眼鏡違いで過大評価をしていたが、今はX線で教育家を精査しなければならないことを悟った。

(四)

Cは街を半時間ほどもさまよい歩いた。寒気を覚えたので近道をして家に帰った。玄関に座って靴を脱いでいると、家主から、お客さんが上で待っていると言われた。

「言さんじゃないですか。長く待ちましたか?」

同郷の言が来ていた。

「十五分も待ってないよ。家主さんから、C君はご飯に行ってすぐ戻ると聞いたから、勝手に上がって待ってたんだ。すまないね」

言は誠実な紳士で、話し言葉も文章のようである。前提があって結論があり、起承転結もそなわり、筋が通っている。

言はやや年上だった。明治大学を卒業後は、帰国して政治に関わるよう勧められもしたが、言には自分なりの考えがあった。時流に乗るのが嫌で、わずかなお金のために人に仕えたくなかったので、日本に残って研究を続けていた。言にはインテリ気質なところがあり、外見にはこだわらなかった。黒く四角い大学制帽は黄ばみ、テーブルに置いたらへたって、制帽の体裁が全くなくなった。制服の銅ボタンは五つのうち三つしか残っておらず、襟口や袖口はボロボロになって、鼠にでも齧られたようだ。制服はもともと黒だったが、何年着たかわからないほどで、太陽の下を歩くと赤に見える。ズボンの前面にボタンがいくつかあるはずなのに、揃っておらず、中に穿いている中国式の下着は白いような黄色いような色をのぞかせている。言は家では決して日本服を着用せず、長い中国服に短い上着を着て、肚兜[2]も身に着けている。中国式のズボンは太ももの周りがバケツのように広い。そして言の制服の白い詰襟は油垢で黒く塗られたようになっていた。

言は日本語の文章を書くのは上手いが、あまり話せない。つねにノートと赤い鉛筆を携帯し、電車に乗るのも道を聞くのも筆談を用いる。そのため、日本人の家や下宿には住まず、中国人の商人宅の二階の、蜘蛛の巣と煤だらけの部屋を借りている。

言は「救国日報」を再び刊行することに関して、Cに意見を求めに来たのだった。

「国はもはや滅びました、まだ救えるものでしょうか」

言よりもCのほうが年下だが、Cは言ほど血気盛んではなかった。

「そんな風に言うなよ。国家に少しでも命脈があれば、われわれには救国の義務がある。……現在東京の団員はY君、S君と君しかいない。……君から呼び掛けてほしい、君は比較的党派色がないから。今の中国はお金がないこと以上に優れた人材がいないことこそ問題だ。……外には毅然と対し内には安定をもたらす……」

言は姿勢を正してCに説いた。感動したCは説き伏せられた。

「じゃあ、来週の土曜日、YMCAで準備の会を開こう。今回はぜひ君に出てほしい」

別れ際、言はCに出席するよう懇願した。Cは言を見送った後、言こそ一番の知己だと思った。

Cが机の前に戻って座布団も暖まらないうちに、家主がまた上がってきて、客だといった。家主の後から上がってきた客は、白線が二本入った制帽をかぶり、黒いマントを羽織っていた。学生の間で最も流行っている防寒具である。Lだった。明日が学校の三十何周年目かの記念日で、休みだから、遊びに来たという。

「こ、こ、今晩は、で、で、出かけなかったんですか」

Lには吃音の症状があった。そして彼にはもう一つ癖があった。人に貸すだけのお金があると知られるのをいやがるのだ。一緒に歩いていると、Lは必ず、何かを買いたいと言い出し、財布を出しながら、「お、お、お金が足りないから、ほ、ほ、ほかの日にか、買うよ」という。しかしみんなは、彼には財布が二つあるという。Lの長男は中国の中学校をもうすぐ卒業するが、Lは日本でまだ高等学校の一年生である。Lがもう一年留年し、来年息子が日本に来て高校に進学すれば、父子が同級生になるとみんなはからかう。Lは頭が悪くないから、留年はしないだろうが、ただ志が高尚で、卒業し帰国して人と職を争うのが嫌で、自ら卒業の年限を伸ばし、日本で官費をもらいながらもっと長く勉強しようと考えている。

(五)

この日のLの来訪は、全く目的がないわけではなかった。Lと同郷で、Cと同じ学校に通う程を帰国させるための、適当な方法について相談しに来たのである。程のことを少し遡って話す必要がある。

Lの学校の近くに仕立て屋がある。店の主人は吉江という姓で、妻の名は文子。夫婦の間に十八、九歳の娘と七、八歳の息子がいる。娘は綾英、息子は虎吉という名であった。綾英のクラスメートが、早稲田大学出身の中国の参議院議員に嫁ぎ、中国へ渡った。綾英はそのクラスメートと文通をしている。中国からの最初の手紙では、自分が中国に来てからどれほど幸せで、どれほど楽しいかを述べていた。次の手紙では、夫がどれほど自分を可愛がってくれるか、いかに優しいかを述べ、中国人の夫が日本の男性のように粗暴ではないと言っていた。また、次の手紙では、中国の建築物が、日本の木造で藁葺き屋根の低く醜いものとは異なり、どれほど立派でどれほど大きいかを、そして、自分は支那[3]のいちばんいいところに住んでいて、毎日馬車や車で公園やレストランに行き、さらに、自分は日本にいるあいだは無産階級の平民だったが、中国に来たとたん金持ちになり、日本の高官や身分の高い人と交遊していると言う。そして最後に来た手紙では、綾英に対し、日本人と結婚するな、結婚するなら支那人とするほうがいい、と勧めさえした。

綾英はクラスメートの話をすっかり信じ込み、毎日ぼんやりと支那の空中楼閣を思い描いた。留学生の気を引こうと、高等学校の前を行ったり来たりした。そして、それにひっかかったのが、程だった。

程は何に対しても慎重で細かい性格だが、女性に対してだけは、その主義を貫徹できなかった。程が親切にしてくれるので、綾英はクラスメートの手紙にあった、中国人は日本人より優しいという話が真実だと確信した。

一方、程もまた、綾英のことばかり考えて、学業を顧みなくなった。その年の夏休みには二度目の落第になった。「留学生管理章程」によると、同じ学年を三年続けてはならない、最長二年で昇級しなければならないとされている。そのため、程の官費は取り消された。

そのころはすでに、程は吉江家に住んでいたが、家賃を払えなくなり、吉江夫婦から嫌われるようになった。綾英は程の落第は自分のせいだと言い、A区の貧民窟に三畳の部屋を見つけ、程の荷物を運んで、一緒に暮らし始めた。綾英は毎日タバコ工場で働き、一日四、五十銭の工賃を稼ぎ、米を買いおかゆを作って二人で分けて食べた。程はこのような家庭の貧しさを味わったことがなく、毎晩青白い光のランプに向かって涙をこぼした。月に電気代六十銭の、五ワットの電球もつけられないほどだった。

綾英は程に、頑張って勉強をつづけ、来年二つ目の官費学校を受験するよう勧めたが、程には官費のことを考える心の余裕がなかった。綾英は、官費でなくてもいいから、工賃が上がったら程を明治大学に編入させ、一年で三年分を取り戻させるともいった。

綾英はどこからか五円を借りてきた。餅屋を営む従姉から借りたという。彼女は五円を程に渡し、明治大学に出願するよう促した。明治大学は、お金さえあれば、中国人の入学を随時許可していたからだ。翌日、程は市場に出かけてたくさんの魚や肉を買ってきた。おかゆばかりで乾ききってしまった胃が脂肪を欲していた。綾英はタバコ工場だけでなく、毎晩出かけて、九、十時にようやく帰る。家計は前より余裕ができたが、程は綾英に出かけてほしくなかった。そんな程に対して、綾英は、自分が家にいると、程が勉強せずひたすらにキスを求めてくるので、自分は出かけ、程は一人で勉強したほうがいいといった。

程は、一日ごとに綾英が自分から離れて行くように感じた。いっぽう、綾英は程が最近短気になったと感じていた。二人の間には霧がかかったようになり、お互いがはっきりと見えなくなっていた。綾英の母、文子が時々来るが、三畳の部屋で互いに顔を見つめ合うばかりで、母娘はたがいに言いたいことを口に出せない。ある日、文子は綾英をひとしきり見つめてから、程のほうを向いた。程もまた自分の気持ちを抑えて立ち上がり、神田で友達に会うと言って一人で出ていった。

「お母さんが何と言ったのか、教えてほしい」

そう尋ねるつもりで程がその晩帰ると、綾英は家にいなかった。参禅者のように一時間待った。綾英がようやく戻ると、詰問口調になった。

「何も」

綾英は程の前に座って、笑顔で程を慰めた。

「うそをつけ！　一日顔突き合わせて何も言わなかったって、唖じゃあるまいし」

怒りとひもじさが腹の底から一気にこみ上げてきた。

「何か話したとしても、あなたの気に入らないものだし、私の気にも入らない。なのにどうして私に話させようとするの」

綾英はひたすら悲しかった。

「話せ！　話さないなら、僕にほかの考えがある」

「母は……あなたのその考えと同じことを望んでいる。つまり私たちに別れてほしいの」

綾英は畳に伏して泣いた。

「私……私たちには……あの……、お母さんはまだ知らないの」

「別れるなら別れる。それだけだ」

程は綾英を捨てるのは忍びなかった。しかし彼は卑怯で、重い責任を負うのが怖かった。

「ああ！　心……心変わりしたのね……私は……」

綾英はそれ以上言葉が出なかった。半年の苦心も水の泡だった。私一人なら大丈夫だけど、お腹の子はどうすればいいのだろう⁉　一人で養うことなどできるのだろうか。

（六）

綾英はこの二ヵ月間、身体に異常を覚えていた。気分が悪い日が続き、食べては吐き、だんだん痩せていった。数ヵ月後には、タバコ工場で働くこともできなくなるのではと心配した。そうなったらどうやって生活すればいいのだろう。程は自分の疑いが事実になったと知り、綾英を棄てる意志を固めていた。

綾英は工場に行けなくなる前に、貯金しようと考えた。夜の仕事のことは程には話していないが、程に対する彼女の気持ちは依然として純真そのもので、彼を愛する心は少しも変わっていない。それどころか、以前よりも程を強く愛するようになっていたのだ！

程は、日本の留学生社会では、綾英の夫という身分で通っていたので、強引に綾英とおなかの子どもを捨てることはできないと思い、穏便な方法を考えた。綾英に次のように話した。

今の状態は、二匹の猿が喧嘩しているようなもので、お互い手を離さないなら、山頂で押しあって、しまいに二匹とも谷川に落ちてしまう。日本にいても先は見えず、むしろ帰国し仕事の機会を探してみたい。風向きを見て舵を取るように活動してみる。お金が手に入れば捲土重来し、再び日本に来て大学の卒業証書を買う。もしお金が手に入らなければ、政界へと乗り出し、顧問や参謀となる。どうせ中国の現在の政治情勢では、雇われるのに学問など不要で、頭は縦に振るだけ、口はごまを擦るだけ、手は拍手をするだけだ。自分の荷物——数箱分の本や何枚かの服——は当分ここに置いておく。中国で仕事が見つかって、日本に戻ってこなければ、旅費を送って綾英を迎える。

こう言って、綾英にボロの荷物を預けると、綾英はまんまと騙されてしまった。

実際、程の帰国は、同郷の人たちの勧めによるものだった。同郷の三、四十人が一人二円ずつカンパした。程は数日中に船の切符を買って帰国すると言った。

こうして、CやL、程のクラスメートや同郷の人たちは、程が帰国したものとばかり思っていた。

ところが程の帰国から二ヵ月あまり経った、北風が非常に強いある晩、ひとりの客がCのもとにやって来た。その客をみてCは仰天した。

「君は帰国したんじゃなかったのか。なぜまだここに?」

「お邪魔して申し訳ございません」

程はいつもよりうんとへりくだって、さらに驚いたことに、跪き額を地につけた。

「いったいどうしたんだい」

Cはあわてて程の土下座を止めた。外は寒いのに、程はマントもなしで、ふるえていた。幸い、Cの部屋は暖まっていたので、程に火鉢に近づくよう勧めた。程の両耳は赤く、頬は凍ったように冷えて、赤でも紫でもない色になっていた。熱で暖まった顔が痒くなったのか、両手で覆って軽くこすった。しかし十五分がゆうに過ぎたが、程は両手で顎を支え、火鉢の火をじっと見つめているばかりで何も言わない。

「今どこに住んでるんだい」

「市外のT村××番地S館に住んでいます。もともと帰国するつもりだったんです。ただ、ちょうどそのとき、南洋にいる兄から手紙が来て、すぐに送金してくれると。それで、来年の二月に官費学校をいくつか受験して帰国するまで、四ヵ月しかなかったので、S館に住んでいたんです」

「学校には通ってないの」

「家にこもって受験勉強をしていました」

その後程は、みんなを騙したようになったことを長々と懺悔し、これからはもっと努力するなどとも言った。

二人は熱いお茶を何杯か飲み、しばらく沈黙した。

「食事は済んだの？　夕食はまだみたいね」

程の腹がぐうぐうと何度か鳴るのが聞こえた。

「いや、大丈夫です……食べました」

程は空腹をこらえ、遠慮して答えた。ご飯を食べていないうえに、遠距離を歩いてきたのだ。

「遠慮しないで。遠慮は損だよ」

Cは日本語で言った。

「Cさんは外で食事するのじゃないですか」

程はCの下宿に賄いがないことを知っている。

「そばでよければ、おかみさんに買ってきてもらうよ」

「本当にすみません！　本当にすみません！」

Cはすでに階下に降りていたが、程は一人で「すみません」と言い続けた。

Cが来てから四十分くらい経った頃、おかみさんが肉の細切りが入ったそば一つと、かけそば二つを漆のお盆に載せて持ってきた。程は感謝の言葉を何度も繰り返した後、龍が宝を呑むように、一分と経たないうちに三杯のそばを食べ尽くした。碗のふちについたネギまで、舌先で嘗めて食べた。それを見て、Cは涙がこぼれそうになった。

「本当にすみませんでした！　本当にすみませんでした！　散財させてしまいました。今晩のそばは最高においしかった、どんな食べ物よりもおいしかったです」

スープの熱気のせいで、鼻水が出た。皺になって黒ずんだ、薄汚いちり紙をポケットから取り出して、程は鼻をかんだ。

(七)

階下にある家主の掛け時計の鐘が十回鳴った。風はいっそう強くなり、雨戸は激しく揺れ、今にも吹き飛ばされてしまいそうだった。程はいよいよと思ったのか、

「Cさん！　本当に申し上げにくいのですが、南洋からの送金がもうすぐ届きます。届いたらすぐにお返ししますから、もし余裕があれば、二十円ほど融通していただけませんか。家賃が二ヵ月滞っていて、次回は払わないわけにいかなくて。本当に申し訳ないのですが」

と、一息に訴えた。

「二十円も！」

Cは気が遠くなりそうだった。程は、普段節約しているCはお金に余裕があると思っていた。

Cは程のこの申し出を承諾することができなかった。二人は火鉢を前に、長い間黙りこんで向き合った。程は夜が更けたと見て、

「申し訳ありません。こんな遅くなったので、後日また伺います」

程は立ち上がり、再びお辞儀を二つして、扉を開けた。また身体がふるえはじめた。振り向いて、顔を赤らめながらCに向かって、

「Cさん、正直に申しますと、交通費がなかったので、今晩歩いてきたのです。それにずっと座っていたので、足が痺れて、もう歩けません。十、二十銭でよいので切符を買うお金を貸してくれませんか」

「T村から歩いてきたの？」

Cは驚いた。T村からH区までは少なくとも二十里の距離がある。交通費がないと、夜明けまで歩くことになってしまう。すぐさまCは懐を探り、そして顔を赤くした。程はCの様子から事情を悟り、Cの苦衷を理解した。

「大丈夫です、心配しないで、歩いたほうが暖まりますから」

「いや、家主に借りてみよう」

そう言うとCは階下に行き、家主から五十銭を借りて程に渡した。程は涙を流しながら去っていった。

これを最後に、程の消息は耳にしていなかった。

Lがやって来たこの日の夜、CはLから、程が四ヵ月分の家賃を滞納し、警察署に連行されたことを初めて知らされた。警察署では一、二晩過ごすと保釈されるが、問題はどうやって帰国させるかである。Lは熱心かつ誠実な態度で訥々と話した。

一晩のうちに、言とLという、二人の留学生とそれぞれ話し合い、Cは神経が高ぶって寝つけなかった。翌日、九時を過ぎてから、やっと目を覚ました。起きたくなかったので、枕元に手を伸ばすと、新聞が二部と葉書が何枚かあった。葉書には、「本会は××日に××について大会を開きます……茶菓を用意いたします……ぜひご出席を賜りますよう……××会より」やら、「本会は先般××日に……選挙大会を行いました……貴下は……に選ばれました。重要な用件ですのでぜひご出席くださいますようお願い申し上げます」などと書いてある。勉学のために来日したはずなのに、政治手腕をみがくことに多くの時間を費やしている仲間たちのことが、Cにはおかしく思えた。

Cは起きて学校に行った。授業の後、いつもの食堂でご飯を食べた。

「管理員の所へお金を借りに行こうよ」

午後は授業がないので、Cは章を誘った。

「賛成賛成！　借りられる見込みはあるでしょうか」

「とりあえず行ってみようよ。十五銭は捨てたつもりで」

東京の市電に乗るには、距離を問わず往復に銅貨十五枚がいる。

「強く要求するのではなく、おだてる方がいいですね」

若い章だが、話はやけに老成している。

二人が駅を出ると陶に出会った。章は落胆した。陶がよく管理員の所へ借金に行くことを知っており、その陶も管理員のところへ行ったのであれば、自分たちの割り当てはもうなくなっているだろう。

陶は、省同郷会会長と留学生総会評議部の副部長とを兼ねている。いつも南方の発言と北方の発音を一緒くたにしてしゃべるため、聞きづらく、意味がよくわからない。興奮すると身振り手振りが加わる。一言話しては下腹部にあるズボンのチャックを触り、しばらくすると同じ動作をくり返す。Cと章を見た陶は、非常に喜んで、身振り手振りを交えて話し始めた。

「Cさん！　同郷会で幹事に選ばれましたね」

「誰が選んだのですか」

Cは本当は、操り人形になどなりたくない。

「同郷の諸君ですよ」

陶は傲然と肩をそびやかせた。

「同郷の人たちに知り合いはごくわずかです。きっとあなたが推薦してくれたんでしょう。何とお礼を言えばいいか。どのくらいの票数を集めてくれたんですか」

Cは笑いかけた。

「幹事はやることもあまりないし、名義だけですよ、ハハハ」

陶は挙手の礼をしてから改札を通り、Cらが乗ってきたのとは逆の方向の電車に乗って去っていった。章はほっとしたようだった。

（八）

Cと章は、電車の中では座って目を閉じたまま、おしゃべりをしなかった。章には妙な癖があった。日本人の前で、中国人と中国語で話すのを好まないのである。Cのもう一人の同級生である謝は、章とは異なるもっと奇怪な振る舞いをする。謝は、上は蝙蝠の翼のような和服を着て、下は袴に高下駄をひっかけ、両肩を高くそびやかし、左の肩には学生鞄をかけ、右の脇に紙傘を挟んでいる。足が前に出るより先に頭が前へと突き出る。その姿を見て、今にも前につんのめりそうだと心配する人もいれば、日本人の学生とそっくりだと褒める人もいる。

Cと章は、四、五十分ほど電車で居眠りをし、とある駅で降りた。管理員の家に着くと、来客中だった。その客は法科出身の著名な法学士であり、管理員がもてなしていたのだ。Cと章を見るなり、管理員は不快な顔をした。彼らがまたお金を借りに来たことを知っているからである。

「あなたがたね、私の苦しい事情も理解して下さいよ。またお金を借りたいと言われても困りますよ。電報をいくつ打っても省からは返事が来ません。来月の学費が出せるかどうかさえわかりませんよ。

一人や二人ならよいが、三人、四人、五人、十人、二十人と借りに来るとは、管理員の苦衷もあまりある。余った公金なら貸すこともできるが、自分の財産まで人に貸すことは到底できない。

ねばって四、五時間も折衝した結果、管理員は、先にCに十五円貸していたが、今回もう五円貸してもいいと言った。章は十円借りた。借金ができて喜んだ二人が駅に着いたときは、すでに黄昏に近かった。

章は、いま借りたお金をもって、防寒用のウールのセーターを買いに行くという。彼は大の節約家なので、デパートのショーウィンドーを何十軒も見て回るだろう。章が市外電車で去るのを見送ってから、Cは市内電車よりも快適な高架線電車に乗ってH区に戻った。高架線電車は市内電車より五銭高い。

電車の中でYMCAの寄宿舎に住んでいるFに出会った。来週の土曜日、FはYMCAのメンバー全員でK区の女子職業学校を見学するらしく、Cにも参加しないかと聞いてきた。CはひそかにYMCAの幹事などつまらないと思っている。彼らは、今週も見学、来週も見学、再来週も見学しかしないのである。見学先はきまって女子大学、女子高等師範、女子美術学校、女子家政学校、女子医学校だ。今度も女子職業学校を見学するなんて、何でもかんでも女子のことばかりだ。見聞を広めるという点で有益な男子校を見学しようとはしない。ＹＭＣＡの連中は女性を見たいだけなんだ。

Ｆは運動会を見てきた帰りだという。自身も参加したのか、走って疲れたようだ。Ｃは、Ｆが分厚い近視用の眼鏡をかけていることに気付いた。目尻の筋肉がぴくぴくと動いている。Ｍ駅に着いた。ＣはＦが降車まであと二駅あることを知っていたが、Ｆを食事に誘った。ここで降りるとＦの切符は無駄になってしまう。

「降りようよ。僕の所で食事をしましょう。ゆっくりしゃべれるから」

ＣはＦに下車するよう促した。

「……」

Ｃにご馳走してもらえるにしても、帰りにまた切符を買わないといけないので、Ｆは一瞬躊躇した。Ｆにも妙な癖があった。レストランに行くと——洋食であれ中華であれ——まずは値段を見る。メニューに値段が書いてないと、明らかに料理人が作れそうにないものを注文する。厨房が作れると答えたら、料理ができる時間をうるさく指定するなどして、毎回店の人と喧嘩になり、次の店に行く。ＣはよくＦを連れて安い店に行くが、その際、まずＦに値段を伝え、どれが安いかわかると、Ｆはやっと安心して食べるのだ。

Ｆは現在ＹＭＣＡで部屋を借りており、食事は外で済ましている。時々焼いた里芋やさつまいもを買って一日をやり過ごす。

Ｆは以前、日本人の家に住んでいたことがある。引っ越しの際に、お金がなくて家主に謝礼を渡さなかった。するとおかみさんが、昔ここに住んでいた人が引っ越すとき、何円かくれたといった。それ以降、Ｆはそいつが悪しき先例を作り、自分を巻き添えにしたのだと、先住の中国人を留学生界の悪玉のように言うのだった。

夕食の後、Cは畳の上で横になった。この二日間に起きたことを思い出し、随分いろんなことをしたと思った。うつらうつらするうちに寝てしまった。

借りた五円は使い果たし、もうすぐ冬休みが来る。お金のために奔走しながら、試験の準備もしなければならない。自分は、借金とりに追われる貧乏人よりもさらに苦しく、悲しむべき境遇ではなかろうか。

一九二二、五、十八夜、東京。

訳注

①中華民国早期の代表的な雑誌の一つであり、一九一五年～一九二二年発行された。主な編集者は、陳独秀、銭玄同、胡適などで、中国新文化運動の中心的な役割を担った。

②中国伝統的な下着。

③「支那」は差別的な意味が含まれる。原文のままに訳したが、訳者の立場を代表しない。

初出一覧（ただし、いずれも改稿を施している）

序　章　書き下ろし

第一章「賈宝玉、日本へ行く——南武野蛮『新石頭記』を読む——」

（『饕餮』第二四号、二〇一六年九月、中国人文学会）

第二章「「余計者」としての留学生——張資平「一班冗員的生活」を中心に——」

（『現代中国』第九〇号、二〇一六年九月、日本現代中国学会　ただし、「研究ノート」として）

第三章「摩登哥児（モダンガール）としての中国人女子留学生——崔万秋『新路』を読む——」

（『野草』第九七号、二〇一六年二月、中国文芸研究会）

第四章「想像としての「アジアの子」——佐藤春夫「アジアの子」試論——」

原題「「アジアの子」試論——時代に迫られた留学生たち——」

（『同志社国文学』第七九号、二〇一三年一二月、同志社大学国文学会）

第五章「親和と留学生——太宰治『惜別』を中心に——」

（『同志社国文学』第八二号、二〇一五年三月、同志社大学国文学会）

第六章　書き下ろし

ただし、内容は中国日本文学研究会第一五回年会暨国際シンポジウム（二〇一六年八月一四日、於中国・杭州師範大学）における口頭発表「幻になった留学——大城立裕『朝、上海に立ちつくす』を中心に——」に基づく。

終　章　書き下ろし

附　録「翻訳　余計者たちの日常」

（『論潮』第九号、二〇一六年七月、論潮の会）

あとがき

本書は二〇一七年度課程博士論文として同志社大学へ提出した「中日近代文学における留学生表象――二〇世紀前半期の中国人の日本留学を中心に――」をもとに、加筆修正を行ったものである。博士論文審査では、田中励儀先生、西川貴子先生、瀬崎圭二先生よりご指摘・ご意見を賜った。この場を借りて感謝の意を表したい。

二〇〇五年高校を卒業後、地元の福建師範大学で四年間日本語を専攻した。日本語を勉強するうちに日本文学に興味を持つようになった。日本近代文学の授業で、初めて読んだ太宰治の作品は「走れメロス」だった。「メロスは激怒した」から始まるこの小説は、内容はともかく、文章としてのリズムがよくて、よく音読したことを覚えている。

二〇〇九年九月、広東外語外貿大学大学院に進学し、魏育隣教授の下で日本文学の研究を始めた。大学院に在籍中の二〇一〇年九月、交換留学の機会を得て、神戸女学院大学に一年間在学することになった。岡田山の自然に恵まれた四季折々の景観を眺めながら、進路などについて、一人で思い耽ることもあった。修士論文は飯田祐子教授のご指導のもと、太宰治の『斜陽』について論じた。二〇一一年六月、帰国の前に、飯田先生に「将来どうするつもり。博士後期課程に進まないの。」と言われた。そのお言葉を励みに、二〇一二年四月、同志社大学大学院国文学専攻博士後期課程の特別学生となり、翌年四月から正規学生として進学した。同志社大学「博士後期課程若手研究者育成奨学金」をいただいた。そのおかげで、経済的な負担が減少し、アルバイトをしながら研究を進めることができた。

ただ、博論のテーマにたどりつくまでには少々時間がかかった。最初は太宰治の作品を研究しようと考えていたが、『惜別』について研究しているうちに、文学における中国人留学生の表象というものに興味を覚えるようになった。その勢いで佐藤春夫「アジアの子」について考察を行った。しかし、日本近代文学における中国人留学生の表象について研究するうちに、様々な留学生が登場する中国近代文学に関する考察を避けては通れないことを痛感し、中国近代文学・日本近代文学の両方をやることになった。国文学に所属しながら、このテーマを許して下さった指導教授の田中励儀先生に心より御礼を申し上げる。田中先生はいつも細かく論文を読んでくださり、中国文学に関する考察についてもいつも適切なご意見をくださった。時に厳しいご意見をいただくこともあったが、文学研究において実証的に時代背景を調査したうえでテクスト分析を行い、作者の意図と作品の意味を論ずるという方法を丁寧に教えてくださった。

本書の第一章は二〇一六年五月に香港中文大学で開催された若手研究者フォーラムに招待された際に発表した内容を踏まえて論文化し、北海道大学中国語中国文学研究室が主催する「饕餮」第二四号に掲載されたものである。清末の文学について門外漢であった私の論を北大のみなさんは丁寧に読んでくださり、貴重なご意見をくださった。第二章は二〇一五年一〇月に日本現代中国学会全国学術大会で発表し、機関誌「現代中国」第九〇号に掲載された。その後、神奈川大学中国人留学生史研究会に参加し、その内容を修正し、孫安石・大里浩秋編『中国人留学生と「国家」・「愛国」・「近代」』（二〇一九年三月三一日、東方書店）に再録していただいた。改稿にあたって、皆さん、とくに大里先生からは貴重なご指摘をいただいた。第三章は二〇一四年一〇月に中国文芸研究会の例会で発表し、機関誌「野草」第九七号に掲載された。中国文芸研究会では、多くの中国文学研究の専門家に出会い、たくさんのことを学ばせていただいている。特に本書では、『新路』の論考を執筆するさい、関西学院大学の大東和重教授から貴重なアドバイスをいただいた。第四章は「同志社国文学」第七九号、第五章は「同志社国文学」第八二号に掲載された。なお、第五章は日本近代文学会二〇一三年度一二月例会・国際研究集会で口頭発表をした。第六章は二〇一六年八月に中国日本文学会第一五回年会で口頭発表した内容を踏まえ、書き下ろしたものである。それぞれの学会や研究会では多くの有益なアドバイスをいただいた。記して感謝を申し上げたい。

このほか、感謝すべき人がたくさんいる。同志社大学大学院の特別学生として入学することを受け入れてくださり、そして博士課程一年目まで指導してくださった真鍋正宏教授にお礼を申し上げる。大阪学院大学の竹松良明教授は、中国での科研調査の同行を許可してくださり、調査の方法などを教えてくださった。感謝を申し上げる。また、日本文学を研究する女性研究者たちが集まる「論潮の会」への加入を許可してくださった皆さんにも深く感謝したい。大学院のゼミの皆さんからも示唆に富んだ種々の意見を頂戴した。

本書の出版は大阪府立大学の張麟声教授の企画「一衣帯水を行き来する人・物の明暗」によるものである。張先生からお声掛けいただかなければ、博士論文を書籍化することはずっと後になっていたかもしれない。このような機会を与えてくださった張先生に厚く御礼を申し上げる。そして、出版を快諾してくださった日中言語文化出版社の関谷一雄社長に深く感謝する。また、本書の編集を担当して下さった中村奈々氏にも謝意を表したい。

本書の日本語チェックにご協力いただいた同志社大学博士後期課程の吉岡真由美氏に御礼を申し上げる。本書に不備や誤りがあるのは著者の能力不足によるもので、すべて著者の責任であることはいうまでもない。

最後に、長年支えてくれた家族に感謝したい。中国にいる両親、兄弟に感謝する。夫は文学研究とは無関係の仕事に就いているが、いつも研究を応援してくれている。そして、博士論文を提出した後、娘が生まれた。新しい命の誕生と彼女の成長によって、感動に溢れた幸せな日々を過ごすことができている。本書の校正段階で、香港中文大学蒋経国基金会亜太漢学中心（CUHK-CCK Foundation Asia-Pacific Centre in Chinese Studies）の訪問学者として香港に滞在することになり、各方面からサポートをいただいた。記して感謝を申し上げる。

附記――本研究の一部は二〇一五年度富士ゼロックス・小林節太郎基金の助成を受けて行われたものである。また、出版に向けての改稿に当たって、科学研究助成事業「研究活動スタート支援」（番号18H05590）の助成を受けた。記して感謝を申し上げる。

二〇一九年七月　林麗婷

盧徳平　45, 63, 187

わ行

和崎光太郎　163, 172, 195

鄭伯奇　56 ～ 58, 66, 187
滕固　56, 57
陶晶孫　3, 4, 6, 7, 9, 11, 56, 90, 91, 180
董炳月　99, 100, 109, 118, 139, 143, 190, 192

な行

中村みどり　4, 11, 96, 180, 186
夏目漱石　69, 192
野村京子　2, 179
野村瑞峯　127, 142

は行

波多野乾一　103, 119
林芙美子　69
馬良春　45, 61, 63
平江不肖生　→　向愷然
武継平　3, 99, 111, 118, 120, 190, 191
藤井省三　122, 141, 192, 193
藤田佳久　150
淵野雄二郎　2, 179
穆時英　86, 96
星名宏修　115, 120, 190

ま行

松本亀次郎　2, 74
南武野蛮　1, 8, 12 ～ 24, 26, 27, 30 ～ 33, 174, 218
夢芸生　15, 29, 30, 39, 181
武者小路実篤　69
室伏高信　101, 102, 119

や行

山上正義　102, 119
山崎正純　122, 141, 193
山本隆　167, 168, 172, 194
兪辛焞　133, 143, 191
余婉卉　71, 92
楊聯芬　21, 36, 182
吉見俊哉　25, 37, 180

ら行

李欧梵　24, 37, 96, 182
李恢成　145
李喜所　3, 66, 179
李鴻章（李中堂，李文忠）22, 36
李兆忠　4, 11, 180, 185
李東芳　4, 5, 7, 39, 182
李伯元　1, 14, 28
劉岸偉　190
劉堃　27, 38, 39, 182
劉坤一　151
劉振生　3, 179
劉吶鴎　86, 96, 189
梁啓超　1, 5, 21, 25 ～ 28, 32, 38, 39, 182, 183
凌叔華　76, 84, 85, 96
廬隠　76, 96
魯迅　3, 6, 10, 46, 62, 99, 108, 111, 121 ～ 123, 125, 128 ～ 131, 134, 136, 141 ～ 143, 152, 191 ～ 193

呉克岐　14, 33, 182
小谷一郎　3, 106, 179
胡適　53, 66, 217
後藤和夫　103, 119

さ行

蔡淑馨　74, 76, 93
崔万秋　1, 6, 7, 9, 68, 69, 80, 83 ～ 85, 89, 92, 95, 97, 175, 188, 189, 218
三枝茂智　111, 120
佐藤三郎　35, 143, 180
佐藤春夫　1, 9, 10, 98 ～ 100, 108 ～ 112, 114, 116 ～ 120, 175, 177, 190, 191, 218, 219
実藤恵秀（さねとうけいしゅう）　2, 16, 34, 35, 72, 90, 91, 93, 97, 104, 111, 119, 120, 127, 142, 143, 178 ～ 180, 189,193
謝冰瑩　76, 89, 97, 185
謝冰心　62
周一川　2, 39, 73, 75, 93, 180
周海林　99, 118, 190
周作人　3, 110, 111, 113, 129, 190, 191
朱虹　146, 169, 195
朱美禄　6, 7, 11, 71, 92, 97, 188
章宗祥　16, 18, 34, 35, 49, 181
尚小明　3, 179
舒新城　3, 52, 65, 179, 185
城山拓也　44, 59, 63, 184
新城郁夫　146, 169, 194
成仿吾　56
銭稲孫　110
宋教仁　133
蘇智良　152, 171, 196
孫安石　2, 3, 11, 49, 50, 64, 179, 184, 185
孫文（孫中山）　26, 27, 106, 133, 134, 143, 166, 191, 193

た行

髙綱博文　166, 167, 172, 194, 196
高橋秀太郎　123, 141, 193
高橋宏宣　123, 141
竹内好　108, 121 ～ 123, 134, 141, 144, 147, 191 ～ 193
武田泰淳　100, 115 ～ 117, 120, 175
武山梅乗　146 ～ 148, 169, 195
太宰治　2, 10, 121, 122, 127 ～ 129, 131 ～ 134, 136, 139 ～ 143, 175, 177, 192, 193, 218, 219
段祺瑞　42, 48, 50, 54, 59
千葉正昭　122, 141
張継　133
張之洞　16, 51, 151
張資平　1, 5, 8, 9, 40 ～ 52, 54 ～ 67, 82, 100, 115, 117, 120, 174, 175, 185, 186, 197, 218
張定璜　56
張聞天　5
沈厳　22, 36, 181
陳思広　71, 89, 92, 97, 189
沈成殿　3, 179
陳天華　138, 143
陳独秀　52, 65, 103, 119, 186, 217
程家檉　133, 138

人名索引

あ行

阿英　12, 14, 32, 33, 180, 181
阿部洋　2, 3, 179, 187
安藤宏　147, 170
郁達夫　1, 3, 5, 6, 8, 9, 45, 48, 55 ～ 58, 98, 99, 108, 117, 118, 184, 190, 191
生島治郎　145
井上芳郎　102, 119
王奇生　3, 179
汪兆銘（汪精衛）　1, 43, 44, 125, 126, 152, 171
王徳威　15, 28, 32, 33, 39, 181, 182
王錦園　45, 63, 185
大内暢三　149, 152
大里浩秋　2, 3, 11, 64, 179, 184, 185, 194, 220
大城立裕　10, 144 ～ 148, 152 ～ 154, 156, 159, 160, 162, 168, 169, 171, 176, 193 ～ 196, 218
大東和重　3, 184
大宅壮一　104, 119
岡本恵徳　145, 169, 195
奥出健　98, 118, 190
尾崎秀樹　121, 122, 124, 141, 192

か行

夏衍　74
郭沫若　1, 3, 5, 6, 9, 42, 44, 45, 48, 56, 59, 61, 63, 66, 98 ～ 108, 112, 114, 117 ～ 120, 175, 184, 186, 187, 189 ～ 191
鄂基瑞　45, 63, 185
鹿野政直　145, 169, 194
河路由佳　2, 179
川村湊　122, 141, 193, 194, 195
韓冷　71, 92, 189
北岡正子　3, 192
木下順二　145
杞憂子　15, 20, 28, 29, 183
権錫永　122, 141, 193
履冰　1, 15, 30, 39, 181
倉石武四郎　144
倉田百三　10, 100, 112, 114, 117, 120, 175
栗田尚弥　150, 170, 194, 196
景梅九　130, 131, 133, 135, 138, 142, 191
厳安生　2, 3, 14, 15, 33, 130, 131, 142, 143, 179, 180
顧偉良　99, 118, 183, 191
黄穎　146, 169, 196
向愷然（平江不肖生）　1, 90
黄興　133
黄尊三　18, 35, 135, 136, 138, 143, 180
黄福慶　3, 179
康有為　21, 26, 27
呉玉章　130, 131, 133, 138, 142, 192
呉趼人　12 ～ 14, 21, 28, 32, 33, 181

著者紹介

林麗婷（りん　れいてい）

中国福建省出身。二〇一七年、同志社大学大学院文学研究科博士後期課程修了。博士（国文学）。現在、同志社大学文学研究科外国人留学生助手。

主要著作・論文

『中国人留学生と「国家」・「愛国」・「近代」』（共著、東方書店、二〇一九年）、「摩登哥児としての女子留学生――崔万秋『新路』を読む――」（『野草』第97号、二〇一六年）、「賈宝玉、日本へ行く――南武野蛮『新石頭記』を中心に――」（『饕餮』第24号、二〇一六年）など。

中日近代文学における留学生表象

——二〇世紀前半期の中国人の日本留学を中心に——

2019年8月20日　初版第1刷発行

著　者　林　　麗　婷

発行者　関　谷　一　雄

発行所　日中言語文化出版社

〒531-0074　大阪市北区本庄東2丁目13番21号

TEL　06（6485）2406

FAX　06（6371）2303

印刷所　有限会社 扶桑印刷社

©2019 by LIN Liting Printed in Japan

ISBN978 - 4 - 905013 - 54 - 9